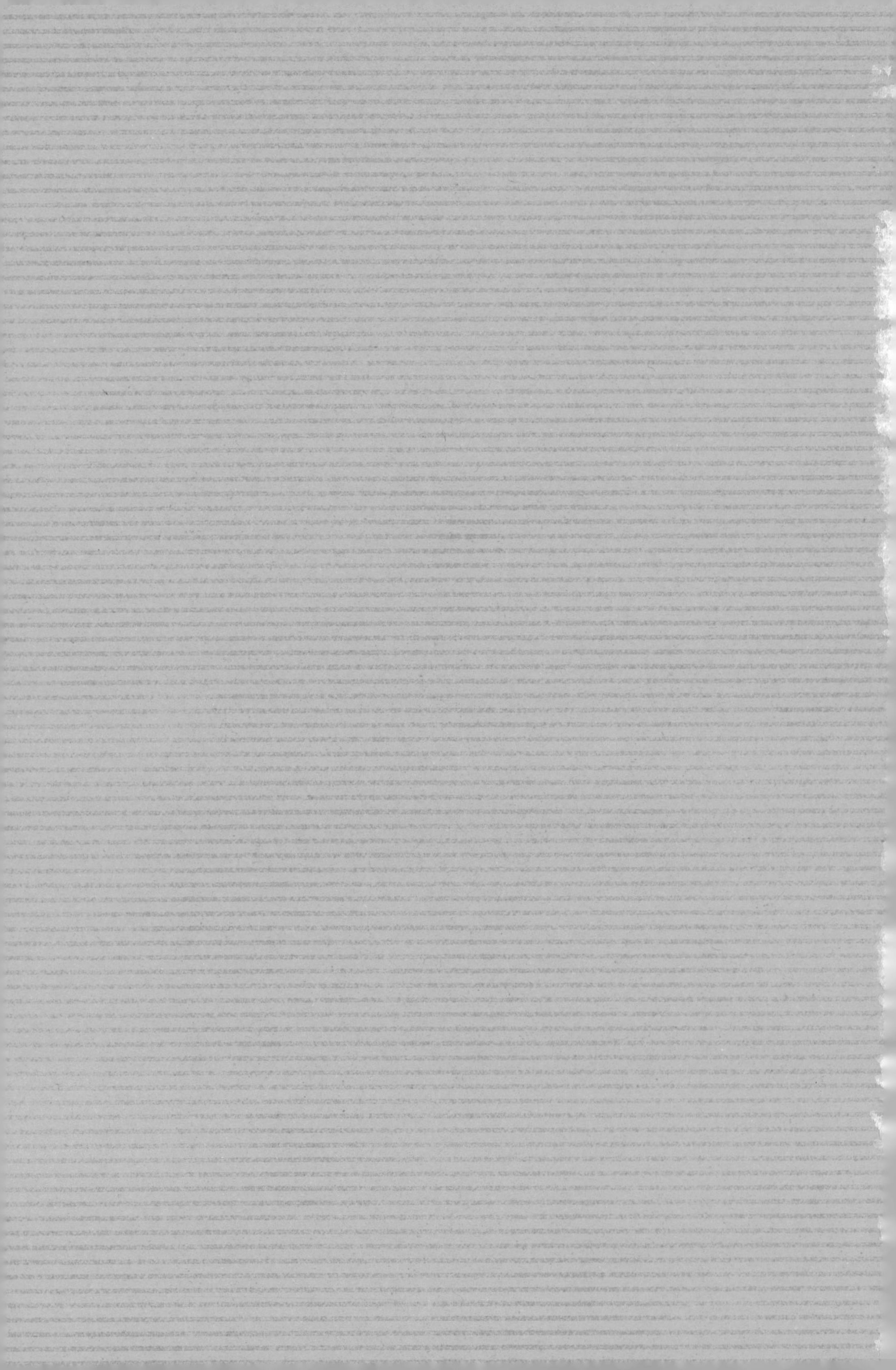

韓國漢詩大觀

11

李穡 3

李鍾燦 譯註

以會文化社

번역의 말

　예로부터 우리는 문화민족이라 불려왔다. 우리 스스로가 이르는 말
이 아니라, 이웃나라들에서 불러준 이름이다. 이렇게 된 까닭에는 여러
요인들이 있겠지만, 그 중에서도 두드러진 것이 文語文字인 漢字와 口
語文字인 正音(한글)을 가지고 있다는 장점 때문일 것이다. 한자로 쓰
여진 漢文은 당시로서는 동양 공유의 문자이었으니, 여기에서 너와 나
의 구별이 없는 세계문학(당시로서는)을 공유해 온 것이고, 한편으로는
우리의 언어기록인 정음문학이 서민대중의 공통문학을 유지하여 왔던
것이다. 세계의 어느 민족도 생각할 수 없는 二元的 문학을 갖게 된 것
이다.

　그러나 이 이원성이 현대에 이르러서는 구어와 문어의 통일로 문학
도 구어화되면서 漢文은 한낱 말 그대로 古文의 자리로 물러나게 되어,
활용되지 못하는 유산으로만 남게 될 처지가 되었다. 여기에 이 문어도
구어화해야 할 당위성이 있다. 현대적 언어문학으로 바꿔야 할 때가 된
것이다. 하루 빨리 漢文의 國語譯이 이루어져야 한다.

　그래서 시작된 작업이 이 '韓國漢詩大觀'의 역주이다. 한시로 한정한 것은 옛분들이 문학이라 하면 시를 주종으로 이해했을 뿐만 아니라, 오늘의 문학에서도 이 고전과의 접맥이 다른 부분보다 더 절실하기 때문이며, 글을 쓴 先人들은 누구나 시를 남긴다는 의식이 다른 글보다 앞서 있었기 때문이기도 하다.

　이 많은 시를 다 번역한다는 것은 어려운 작업이어서 선별초역하기로 하였다. 가능한 한 역대의 모든 시를 다 섭렵하겠다는 욕심에서 상대시가에서 녹취하기 시작하여 통시적으로 선별하기로 하였다. 이 총서가 어느 시기에 마무리될지도 모르는 일이어서 우선 한 권 한 권씩 선뵈기로 하였다. 시간이 허락될 때까지 이어질 작업이다.

　여기에 원전으로 삼은 것은 민족문화추진회에서 간행한 『韓國文集叢刊』이다. 현대의 우리에게 옛시를 읽힌다는 의도에서 번역시를 앞에 싣고 원시의 한시를 이어 싣기로 하였다.

역주자　이종찬

李穡 3(牧隱詩藁)

牧隱詩藁 卷之二十三

牧隱詩藁 卷之二十四

牧隱詩藁 卷之二十五

牧隱詩藁 卷之二十六

牧隱詩藁 卷之二十七

牧隱詩藁 卷之二十八

牧隱詩藁　卷之二十九

牧隱詩藁　卷之三十

牧隱詩藁 卷之三十一

牧隱詩藁 卷之三十二

牧隱詩藁 卷之三十三

牧隱詩藁 卷之三十四

牧隱詩藁 卷之三十五

李穡 3

牧隱詩藁

牧隱詩藁 卷之二十三

양화원인 임무가 와서 정원의 화초를 돌보다
養花員林茂 來閱園中花木

화초 나무는 자연의 생장이라 차례로 열리어
문득 사람의 힘을 빌려 공들여 재배되지만
목은 늙은 이의 제 병은 누가 치료할 수 있나
황금 꾀꼬리 소리 속에 가랑비가 내린다.

花木天生次第開　　却將人力功栽培
牧翁自病誰能療　　黃鳥聲中細雨來

술 고향
醉鄕

술 고향은 참으로 즐거운 땅이라
사물과 내가 다 함께 제 모습 잃다
해와 달 세월이 더디거나 빠름 없고
강이나 산도 제 스스로 까마득하다
한 몸이 흥건히 비 이슬에 젖고

두 귀에는 우뢰 번개도 끊긴다
늙은 경지에 세상을 도피하려는데
어느 사람이 눈을 곱게 떠줄 것인가.

醉鄕眞樂土	物我共忘形
日月無遲疾	江山自杳冥
一身渾雨露	雙耳絶雷霆
老境將逃世	何人眼作靑1)

뼈가 시리다
骨酸

병든 뼈는 시고 아파 앉고 눕기도 어려워
새벽 하늘 북두성은 이미 아른아른 기울어
앞을 다투다 보면 흡사 닭의 주둥이 되고
죽음을 꺼리면 오히려 말의 간을 먹는 듯
바람이 창에 살랑대어 쑥대머리는 희고
산이 깊어 5월달에도 초당은 춥구나
근년 이래로 장차 쉬려고 한적하게 있으니
세상과 멀어지려고 이에 갓을 거꾸로 걸다.

---

1) 眼作靑: 고운 눈으로 보다. 靑眼은 고운 눈길을 말함. 晉의 阮籍은 사람에 따
라 靑眼 白眼을 했는데, 당시 즐기던 山林的인 동지에겐 靑眼을 하고 禮俗의
선비에겐 白眼을 했다 한다. 그래서 곱지 않게 보는 시선을 '白眼視'라 한다.

病骨酸辛坐臥難　　曉天星斗已闌干
爭先恰似爲雞口2)　　諱死還如食馬肝3)
風細一窓蓬鬢白　　山深五月草堂寒
由來將息在閑適　　與世闊疎仍倒冠4)

느낌 있어
有感

내 머리털은 빗을수록 짧고
내 눈은 씻을수록 어둡다
내 마음은 거둘수록 나가니
그래서 길이 문을 닫았다
책을 읽어 만약 터득한다면
조용히 앉아 곧 말을 잊는다
유연히 마디만한 마음 땅에도
하늘 땅을 용납할 수가 있다
찬란히 화려함을 억제 경계하라

---

2) 鷄口: 닭의 입. 작더라도 안정됨을 비유하는 말. "寧爲鷄口 勿爲牛後(차라리
   닭의 입이 되지 소의 항문은 되지 말라)"하기도 하고, "鷄口雖小 猶進食 牛後
   雖大 乃出糞也(닭의 입이 비록 작지만 식사를 하고, 소의 뒤가 비록 크지만
   똥이 나온다)"한다.
3) 馬肝: 말의 간. 전하는 말에 말의 간에는 독이 있어서 먹으면 사람을 죽음에
   이르게도 한다 함.
4) 倒冠: 倒冠落佩. 벼슬을 버리고 은퇴함. 冠과 佩는 官員의 정상적 복장이다.
   唐 杜牧의 〈晚晴賦〉에 "若予者則爲如何 倒冠落佩兮 與世疎闊(나와같은 자는 무
   엇을 하는가 관을 거꾸로 쓰고 인끈을 버리니 세상과 멀어지다)"함이 있다.

세월은 냇물 달리 듯한다
냇물은 달려 돌아올 파도 없으니
덕스런 본성을 의당 스스로 높여라.

我髮梳益短	我眼洗益昏
我心收益放	所以長掩門
讀書若有得	靜坐遂忘言
悠然方寸地	可以涵乾坤
抑戒尙燦爛	歲月如川奔
川奔無回波	德性當自尊

허리가 시어
腰酸

허리가 시리니 기와 사르기 급하고
마음 답답하니 차 다리기 자주하다
날마다 쓰임에 원래 쓰임이 없고
천진한 자연에 점점 천진을 잃다
높은 누대는 파란 산마루와 나란하고
깊은 동리는 붉은 먼지와 막혀 있다
중화의 노래를 지으려 하니
까닭 없이 흥이 새로이 돋아난다.

腰酸燒瓦5)急	心悶煮茶頻
日用元無用	天眞漸失眞

高樓齊碧巘　　　深巷隔紅塵
欲賦中和頌　　　無端發興新

귀의하다
歸依

성인이 계신 당일엔 돌아가 의지할 만하니
누추한 시골도 봄 바람에 이웃의 사비가 없다
이미 그렇구나, 흐르는 나이 50도 지났으니
망연히 홀로 서서 날아가는 날빛을 보내다.

聖人當日可依歸　　　陋巷春風去四非
已矣流年過知命6)　　　茫然獨立送飛暉

날씨 개면 산곽엔 구름이 길 열어 줄 것 생각하고
장마에는 강 마을엔 물이 사립문 반은 찰까 기억한다
누가 알랴, 봉황이여 쇠한 지 이미 오래 되었구나
고요하고 고요한 혜초 휘장이요 이끼낀 낚시 터.

晴思山郭雲開路　　　雨記江村水半扉
誰識鳳兮衰已久7)　　　寥寥蕙帳8)與苔磯

---

5) 燒瓦: 허리와 배가 아프면 기와장 같은 것을 구워서 따뜻하게 지진 것.
6) 知命: 50歲를 말함. 孔子가 "五十知天命"이라 한데서 유래.
7) 鳳兮衰久: 〈論語, 微子〉에 "楚狂接輿歌而過孔子曰 鳳兮鳳兮 何德之衰(초의 광
   인 접여가 노래하며 공자 곁을 지나며 '봉황이여 봉황이여 어찌 덕이 저리 쇠
   했는가)" 함이 있다.

성균시를 치르던 날
成均試日

개성에 사는 부부가 기쁨이 끝이 없으니
앉아서 성균관에 선비 시험하던 때 연상한다
등불 아래 시 읊으며 밤은 한밤중 되려는데
주장을 맡아 홀을 안은 것이 바로 우리 아이.

開城夫婦喜無涯　　　　坐想成均試士時
燈下吟哦夜將半　　　　主司袍笏是吾兒

모든 서생들 으뜸 다투려 무리지어 나아오니
달구고 다듬은 공이 여섯 여덟 중으로 높다
주황색 옷이 선두로 점치는 곳을 상상해 보니
뜰 앞 소나무는 종일토록 맑은 바람 보니겠지.

諸生群進欲爭雄　　　　鍛鍊功高六八中
想見朱衣點頭處　　　　庭松盡日送淸風

개성에서 늙은 이가 나의 동년형인데
유한은 황금방 위에 이름 있음이다
아들이 있어 과거 올라 또 시험을 주관하니
벼슬 오름에 스스로 만족하여 평생을 위로하다.

---

8) 蕙帳: 휘장의 미화된 표현. 南朝 齊의 孔稚珪의 〈北山移文〉에 "蕙帳空兮夜鵠怨
　　山人去兮曉猿驚(혜초 휘장이 비었으니 밤 기러기가 원망하고, 산 사람이 가니
　　밤 원숭이가 놀란다)" 함이 있다.

老開城是我年兄[9]　　遺恨黃金牓上名
有子登科仍掌試　　乘除自足慰平生

초엿새날 희롱으로 쓰다
初六日戲題

내 자신이 초엿새의 달과 같음을 스스로 기뻐
싸늘한 안개 성긴 비에 띳집에 누워 있다
그 안에 멋이 있지만 알아주는 이 없으니
천리의 순채 국에 간을 타지 않음과 같구나.

自喜身如六日蟾[10]　　冷烟踈雨臥茅簷
簡中有味無人識　　千里蓴羹未下鹽[11]

---

9) 年兄: 과거에서 동방으로 등과한 사람을 同年이라 하고, 서로 부르는 칭호가
　　年兄인데, 主試한 사람이 선발한 문생에게도 때로는 사용한다.
10) 六日蟾: 蟾이 달을 지칭한다. 두꺼비와 토끼가 달의 정기가 되었다 하여, "蟾
　　宮"은 달의 月宮을 말한다. 여기서 六日蟾은 초엿새의 달이니 초승달의 작은
　　모습으로 비유된 말이다.
11) 千里蓴羹未下鹽: 〈晉書, 陸機傳〉에 "嘗詣侍中王濟 濟指羊酪謂機曰 '卿吳中何以
　　敵此' 答云 '千里蓴羹 未下鹽豉' 時人以爲名對(육기가 시중인 왕제에게 가니 왕
　　제가 양 젖을 가리키며 육기에게 이르기를 '그대의 오지방에 이것을 대적할 만
　　한 것이 무엇인가' 하니 대답하되 '천리의 순채 국에 소금이나 간장을 치지 않
　　은 것이다' 하였는데 당시의 사람들이 아주 명구의 대구라 하였다)" 함이 있다.

회포의 서술
述懷

일백 세대의 세월을 지나는 나그네는 바빠
어지러이 나가고 멈춰 창창하기만하구나
감히 늙은 경지를 歐陽脩 趙孟堅에게 기대하랴
크게 동쪽나라에 늙은 이 모이는 당을 짓고자
문도 닫힌 푸른 버들에 봄 홍이 고요하고
책을 베개삼아 꾀꼬리에 낮 졸음이 서늘하다
지금이 비록 초연한 곳이라 하더라도
어찌 그 당년에 홍미 가장 길었던 것만하랴.

百代光陰過客忙　　　紛然出處有蒼蒼
敢期老境如歐趙[12]　　大作東韓會老堂
閉戶綠楊春興靜　　　枕書黃鳥午眠凉
卽今縱是超然處　　　那及當年味最長

---

12) 歐趙: 宋의 歐陽脩와 趙孟堅인 듯. 趙孟堅은 趙孟頫의 從弟로 송이 망하자 秀
　　州에 은거했는데, 元에 귀화한 從兄 孟頫가 오니, 문을 닫고 열어주지 않았다.
　　처의 강권에 뒷문을 열어주고는 간 뒤에는 그가 앉았던 자리를 닦아냈다.

개임을 기뻐하며
喜晴

내 오늘 개인 것을 기뻐하니
하늘이 응당 후생을 가련히 여겼나
황금 대궐에 연꽃 방을 놓은 것은
헛된 이름을 자랑하려 함이 아니다
거의 영특한 재질 얻을 수 있다면
가르치고 길러 큰 그릇으로 이루어
우리 정치의 길을 돕고 도와서
조정과 시골이 다 맑고 밝아지리
바라는 바가 옅은 것이 아니니
하느님이여 이 정성에 감동하사
당연히 뭇 현인들이 진출함 보소서
봉황새가 태평성세를 울리리다.

我喜今日晴　　天應憐後生
金闕放蓮牓　　匪以夸虛名
庶幾得英材　　敎養大器成
贊毗我政理　　朝野皆淸明
所望非淺淺　　天公感精誠
當觀衆賢進　　鳳鳥鳴太平

맑은 바람
清風

맑은 바람이 높은 숲에 울려
작은 비가 처음 개이는 때
착한 아이 배우려 돌아오고
늙은 노인은 막 시를 읊는다
속 정은 얼굴로 표현되나
웃는 이야기는 왜 지지한가
노인 어린이 당 아래에 서니
온화한 기상 얼굴 심히 평안해
모두 기다리기 오래되었다 하니
부모의 기쁨을 알 수 있겠다
인생은 은혜 의리 중히 여겨
이 날이 바로 풍교 조화의 기틀
원컨대, 천박하고 소홀히 말라
이를 보존함이 윤리의 첫 걸음이다.

清風動高林	小雨初晴時
善童游學回	老翁方詠詩
中情見於面	笑語何遲遲
老幼立堂下	氣和顏甚怡
共言徯之久	父母喜可知
人生重恩義	是日風化基
願言勿偸薄	保玆初秉彝[13]

뜬 인생
浮生

뜬 인생 누가 운명을 믿나
늦은 경치엔 스스로 근심 잊어
손님 대하고 자주 이를 잡고
기미 잊고 갈매기 가까이 해
단청칠을 하면 산에 비오려 하고
밥을 먹으려 하면 보리는 가을이라
읊고 노래함에 유유하기 심하니
맑은 바람이 흰 머리에 불린다.

浮生誰信命	晚景自忘憂
對客頻捫虱	忘機可押鷗
丹青山欲雨	飯餌麥將秋
吟嘯悠悠甚	清風吹白頭

끝났구나
已矣

하늘 그늘진 버들 골에 고요히 바람도 없고
비둘기 울음 참새 지저귐 속에 높이 눕다

---

13) 秉彝: 常道를 지킴. 윤리를 견지함. 〈詩經, 大雅, 蒸民〉에 "民之秉彝 好是懿德
(백성이 상도를 잡음이여 좋도다 이 아름다운 덕이여)" 함이 있다.

진리 상실되다 누가 공자 안 적 있으며
꿈에 취하여 때로 혹 주공을 뵙는구나
고금의 온갖 일은 날로 아래로 몰리고
밤 낮으로 모든 냇물은 흘러 동으로 향하다
끝났구나 지금은 참으로 이미 끝났구나
삼한 땅의 하나의 머리 흰 늙은이여.

天陰柳巷靜無風　　高臥鳩鳴雀噪中
道喪誰曾知孔子　　夢酣時或見周公
古今萬事日趨下　　晝夜百川流向東
已矣乎今眞已矣　　三韓一箇白頭翁

고기잡이 노래
捕魚行

송산에 밤비 내려 시내 물이 넘치니
강 중심의 고기들 흐름을 거슬러 오른다
건장한 종놈 가는 그물로 두 언덕을 걷되
모래 희고 물 맑으니 손바닥 가리키듯 하네
마늘 찧고 회를 치기 어찌 더디하랴
소반 안에는 이미 볼이 서로 향하는 것 본다
사람살이 입과 배가 작은 물건이 아니니
마음과 함께 우열을 따져 볼 수도 있다
백이와 도척이 비록 두 끝으로 대립되나

몸을 보존하기에는 꼭 간교함이 되지 못한다
생각하면 홀로 앉아 두 번 세 번 탄식하나
다행하게도 머리 위엔 조정의 관이 없구나
맑은 바람이 옷에 불리고 하늘 또 흐리니
들 밖의 연기 자욱하게 푸른 숲에 나직하다
달려가 소년의 마당에 든다고 무엇 해로우랴
다만 병이 들어 서로 갈마들어 찾을 뿐이다
번거로이 사물 이치 생각하면 얻는 듯하니
나 이익돼도 남 손해면 덕이 박하다고 한다
고기 연못에 뛰어 살아 활발하니
이것도 역시 찬연한 어진 자가 수하는 곳이다
제군들은 또한 상세한 구경으로 즐기지 말라
흰 머리엔 마음이 서글픔을 금할 수 없다.

松山夜雨溪水漲	江中群魚泝流上
豪奴細網卷兩岸	沙白水淸如指掌
搗辛斫膾那肯遲	盤中已見䚡相向
人生口腹非小物	得與天君14)相甲乙
伯夷盜跖雖兩端	保身未必皆爲奸
念之獨坐再三歎	幸哉頭上無朝冠
淸風吹衣天又陰	野外烟暗低靑林
何妨馳入少年場	只被疾病相侵尋
翻思物理若有得	盆已損人稱薄德

---

14) 天君: 마음. 〈荀子, 天論〉에 "心居中虛 以治五官 夫是之謂天君(마음은 중심의
빈 곳에 있어 오관을 다스리니 대체 이를 일러 천군이라 한다)" 하였다.

魚躍于淵活潑潑　　是亦粲然仁壽域
諸君且莫玩細娛　　白髮不禁心惻惻

어긋남의 노래
參差歌

어슷비슷한 사물 인정 비록 고르지 않으나
내 이제 노래 짓는 그 심정 쓸쓸하구나
상산의 김군은 나와 동년방으로서
함께 놀고 함께 배워 서로 이끌다
김군은 시를 잘해 일찍 이름 있었으니
내가 따라 계략을 세운들 어찌 감히 다투어
나는 요행히 삼중대광에 이르렀지만
김군은 아직도 여러 생도를 위해 있네
나는 흰 머리칼이 이미 머리에 가득하여
10년의 병 걱정으로 어찌 이리 지루한가
김군은 수염에도 한 줄기의 흰 점이 없어
맑은 노래 느린 춤으로 길이 풍류일세
조물주는 어찌하여 사람에게 후박이 있어
우리 무리 어리석게 농락하기 꼭뚜각시로 아나
당시에 바닷불이 창에서 같은 이불에서 졸며
출세 은퇴를 가지고 미래 세월 말했었고
처음부터 끝까기 사귀는 의리 보존하기 바랐다
후진으로 하여금 우리 현인 선망토록 했으나

하늘인가 운명인가 늦고 빠름이 달라졌네
빠른 걸음으로 장원한 길을 달리기 좋아해
앞은 피곤하고 뒷 사람 건전함 사세가 그러하다
예부터 반드시 현인 우인 논할 필요야 없지만
더구나 지금 국가에는 다시 일이 많으니
예리한 의견으로 시부로 과거를 일으키다
김군은 읊기도 잘하려니와 사륙문도 잘하여
방울이 칠판에 구르듯 江河를 가르듯하다
이에 선비는 때를 만나기 어려움을 알겠구나
과거 획책 여러 번에 헛되이 갓만 털었네
지금에 생황을 불어 제나라 문을 향한다면
그대의 풍채가 삼한 땅을 경도시킬 것을 안다
쇠약함 부축하여 연회에 나아가게 되면
그대 불러 유리 잔으로 크게 대작하겠지
큰 손님을 상대하여 생활의 노고를 말하며
조물주는 원래가 공정함을 감사해 한다
매화는 원래 일찍 피고 국화는 늦게 피니
하늘 땅 어느 곳인들 봄 바람이 아닌가.

參差物情雖不齊　　我今作歌情悽悽
商山金君我同年　　同游同學相提携
金君能詩早有名　　我隨作計那敢爭
我則僥幸至三重　　金君尙爾爲諸生
我今白髮已滿頭　　十年憂病何悠悠
金君鬚無一莖白　　淸歌緩舞長風流

造物於人豈厚薄　　愚弄我輩如倡優
當時螢牕共被眠　　肯將出處論他年
庶幾終始保交誼　　要令後進歆吾賢
天耶命耶早晚異　　逸足政好馳長途
前疲後健勢所至　　自古未必論賢愚
況今廟堂更事多　　銳意方興詩賦科
金君能吟善四六　　如丸走坂如決河
乃知士也遭遇難　　策科幾度虛彈冠
如今吹竽15)向齊門　　知君風采傾三韓
扶衰如赴宴會中　　喚君大酌玻璃鍾
面對大賓說契闊　　爲謝造物由來公
梅開自早菊自晚　　乾坤何處非春風

절구 노래
詠碓

누런 구름을 다 거두어 들여 절구에 넣어
찧어서 백옥이 된 곡식 겨에 섞여 쌓이다
찌고 익혀 향기에 매끄러우면 내 힘은 끝이나
까불려 내는 공력은 감히 시기할 수 없다.

---

15) 吹竽: 〈韓非子, 內說苑〉에 "齊宣王이 사람들에게 생황(竽)을 불게 하면 꼭 3백
  명으로 하였다. 南郭處士가 자청하여 생황을 불겠다 하니, 선왕이 기뻐서 수백
  명을 함께 먹게 하였다. 선왕이 죽고 湣王이 즉위하여는 한 사람이 부는 것을
  좋아하니, 處士는 도망가고 말았다." 한다.

卷盡黃雲入碓來　　　春餘白玉雜糠堆
爛蒸香滑終吾力　　　篩簸推功不敢猜

솔 노래
詠鼎

황제를 제향하고 현인을 기름 무엇으로 삶나
복희씨 그려내어 비로소 이름을 알다
많은 쇠로 한 번 부어내니 산처럼 옮기기 어려워
문득 국가로 하여금 길이 태평하게 하다.

享帝養賢何以烹　　　庖羲畫了始知名
九金16)一鑄山難轉　　　便使邦家永大平

들꽃
野花

들꽃 이르는 곳마다 이름을 알지 못하나
꼴 늙은이 나무군 아이는 시계가 밝다
어찌 반드시 上林만이 부귀가 되랴
하느님의 마음 씀이 스스로 균평하다.

---

16) 九金: 九鼎. 전하는 이야기에 禹임금이 九鼎을 만들어 商나라를 지나 周나라에
　　이어져, 마침내 국가의 중요한 器物이 되었다 한다. 그래서 국가의 정권이나
　　제왕의 지위를 상징한다.

野花隨處不知名　　蕘叟樵童眼界明
豈必上林17)爲富貴　　天公用義自均平

좌정한 탄식
坐嘆

참새 지저귐 어찌 저리 재잘재잘
닭의 울음은 어찌 저리 꼬꾜꼬꾜
숲의 비둘기 울음은 또 급하고
비 바람은 어찌 소소 쓸쓸한가
외로운 이 바야흐로 혼자 앉아
흰 머리에 붉은 얼굴도 말랐구나
사물 있어 그 회포를 감동시켜
스스로 짧고 긴 노래 이루게 하네
부끄러운 것은 덕이 쇠잔했음이니
뫼의 봉황을 부를 수가 없구나
가련하구나, 영천의 군수여
천년동안 높은 지표만 흠모하네.

雀噪何査査　　鷄鳴何膠膠
林鳩啼又急　　風雨何蕭蕭
幽人方獨坐　　白髮朱顔凋
有物感其懷　　自成長短謠

---

17) 上林: 옛날 궁전 정원의 이름. 일반적인 제왕의 동산을 이름.

所愧德之衰18)　　　　岡鳳難可招
可憐潁川守　　　　千載歆高標

어떻게 할까 노래
欲如何行

나　지금 어떻게 해야할까
종일 바야흐로 탄식하다
사람의 한 몸이 곧 하늘 땅이고
골육은 산악이고 혈기는 강물과 같으니
조금이라도 정도를 잃으면 병은 곧 생겨
마치 물이 넘치면 백성들이 평안치 않음 같다
신령한 우임금 멀어졌고 扁鵲도 죽은 지 오라니
오! 나 자신과 세상이 모두 절둑거리고 있다
나의 의지는 날로 더욱 슬퍼지고
나의 몸은 날로 더욱 쇠약해 진다
늙음 되돌려 어린이로 간다함 헛된 말일 뿐
신선이 있는지 없는지 사람들은 아직 의아해
누가 안개를 먹으며 소나무 잣나무 씹을 수 있으며
해와 달의 정기 빨아 들이기 뱀이나 거북처럼 할까
마음을 평안히 하고 담담히 욕심 없는 것만 못하니
순순히 그 정도를 받아 들이며 나의 시나 읊자.

---

18)　德之衰: 〈論語, 微子〉에 "楚狂接輿歌而過孔子曰　鳳兮鳳兮　何德之衰(초나라의
　　광인 접여가 노래하며 공자 앞을 지나며 '봉황이여 봉황이여 어찌 덕이 그리 쇠
　　했나')" 함이 있다.

我今欲如何　　　　　終日方嘆嗟
人之一身卽天地　　　骨肉山岳血氣猶江河
少失其道病乃生　　　如水泛溢民不寧
神禹[19]旣遠扁鵲[20]死已久　　嗚呼身世俱蹉跎
我志日益悲　　　　　我身日益衰
返老還童虛語耳　　　神仙有無人尙疑
誰能飱霞啖松栢[21]　　嚼日[22]吸月如蛇龜
不如平心淡無欲　　　順受其正吟吾詩

앉아 졸다
坐睡

늙은 이 밥상 물리고 낮잠을 자니
막막 아득한 꿈 나라일세
코 구멍에 우뢰 처음 은은하고
마음 밭의 안개도 숨으려 한다
순박함에 돌아가면 혼돈 태초로 의아하고
실지로 나아가도 창황한 서두름 끊다
오래되었구나, 세상살이 거짓이었음이여
사람을 길이 탄식하게 한다.

---

19) 神禹: 신령한 禹임금. 夏나라의 禹王이 黃河의 범람을 막아 治水에 공이 컸다.
20) 扁鵲: 전국시대의 이름난 의사. 〈漢書, 藝文志〉에 〈扁鵲內經〉 9권과 〈外經〉 12
　　권이 있다 하나 전하지 않음.
21) 餐霞啖松栢: 신선의 양생술로, 안개로 밥짓고 소나무 잣나무로 생식한다 함.
22) 嚼日: 태양의 정기를 삼킨다는 도가의 양생술.

老翁攤飯[23]坐　　漠漠黑甛鄕[24]
鼻孔雷初隱　　心田霧欲藏
還淳疑混沌　　就實絶蒼黃
久矣世行詐　　令人發嘆長

치자 꽃
梔花

치자 꽃 잎이 크고 희기 서리와 같아
열매로 누런 빛 물들임 누가 아는가
오월달에 달이 둥글면 두루 피려 하여
목은 늙은이 상대하여 우연히 시를 짓다.

梔花葉大白如霜　結實誰知色染黃
五月月圓開欲遍　牧翁相對偶成章

---

23) 攤飯: 낮잠, 午睡. 宋 陸游의 〈春晚村居雜賦〉에 “澆書滿把浮蛆瓮 攤飯橫眠夢蝶
　　牀(새벽 술에 밥풀 뜬 항아리 가득 당기고 낮잠에 나비 꿈의 침상에 옆으로 자
　　다)”함이 있고, 自註하기를 晨飮謂澆書 午睡謂攤飯이라 하였다.
24) 黑甛鄕: 꿈 나라. 달게 자는 잠을 黑甛이라 한다. 宋 蘇軾의 〈發廣州〉詩에 “三
　　盃軟飽後 一枕黑甛餘(석 잔 술로 배불린 뒤에 베개 하나로 달게 자는 여유)”라
　　함이 있다.

어느 사실
卽事

바람 가득한 성근 발에 해는 책상에 비치고
녹음의 누런 꾀꼬리는 빈 초당을 옹위하다
두건 벗고 알 머리로 두 다리 서려 앉으니
인간세상 모두가 열나게 바쁨 믿기지 않다.

風滿疎簾日照床　　綠陰黃鳥擁虛堂
脫巾露頂盤雙脚　　未信人間盡熱忙

대낮에
晝日

햇빛이 깊은 골을 비치고
우뢰 소리는 먼 허공에서 은은하다
검은 구름이 장차 비를 내리려 하니
푸른 나무들은 저절로 바람 머금다
운명을 믿어 시대 운수 따르고
기미 잊어 조물주의 조화에 맡기다
우연이 흥이 이는 곳에서
천년의 세월 누구와 함께 할까.

日色明深巷　　雷聲隱遠空
黑雲將送雨　　綠樹自含風

信命隨時運	忘機付化工
偶然乘興處	千載與誰同

강산
江山

강과 산에 먼지 물들지 않고
마음 자취에 파도가 없다
아득아득한 푸른 구름의 흥이고
의의 아련한 흰 눈의 노래일세
袁安은 문 앞에 눈이 쌓였고
陶潛은 뜰의 가지를 올려본다
세상 경륜에 스스로 계책이 있지만
늙고 쇠했으니 내 어찌해야 하나.

江山塵不染	心跡水無波
渺渺靑雲興	依依白雪歌
袁生25)擁門雪	陶令眄庭柯26)
經世自有策	老衰吾奈何

---

25) 袁生: 漢의 袁安이 현달하지 않았을 때, 洛陽에 큰 눈이 내렸다. 낙양의 형령
　이 민정을 살피기 위해 袁安의 문 앞까지 이르렀는데, 安은 태연하게 집 안에
　누워 있었다. 현자인 것을 알고 추천하여 기용하여 대성하게 했다. 이를 "袁安
　高臥"라 한다.
26) 眄庭柯: 晉의 陶潛의 〈歸去來辭〉에 "引壺觴而自酌　眄庭柯以怡顔(술잔을 당겨
　제가 잔질하고 뜰 나뭇가지를 올려보며 얼굴을 펴다)"함이 있다.

지지당 노래
知止堂歌

　우리 집 동쪽 모퉁이에 남쪽으로 향한 3칸 짜리 당이 있고, 서쪽으로 주방 한 칸을 달고, 서쪽으로 꺾인 남쪽에 동으로 향한 2칸이 있다. 총칭하여 별당이라 했는데, 내가 하루는 흔연히 지지당이라 이름하고 단가를 짓다.

　吾家艮隅 有一堂向南三間 附其西廚房一間 自西折而南 向東二間 摠呼之曰別室 予一日 欣然名之曰知止 發爲短歌

진부한 일상시에도 윤리가 밝아지기를 걱정하니
생각은 천하가 태평한 경지를 벗어나지 않는다
서어미와 며느리 정이 넘치고 부자간은 평안하나
형제가 담 안에서 싸우면 친구도 떠난다
서로 잔인하고 서로 포학함은 큰 불상사이니
그 말을 따지려면 말이 길어진다
재화의 근원은 다만 사사로움을 자행함이니
자기를 극복하여 욕심 없음이 좋은 방법이다
사사로움은 먼지 때와 같고 마음은 거울이니
때가 없어지면 거울 밝음은 순간에 있을 뿐이다
모양 모양 색색의 빛깔은 볼만큼이나 빛나는데
누가 다시 어둡게 하기를 연기 안개처럼 하나
기쁨으로 서로 대접하면 은혜 저절로 깊어지는데
어찌 의도적인 작위성으로 마음을 괴롭히는가
목은 늙은이 노래 지어 바야흐로 길이 탄식하니

시경에도 작은 새 꾀꼬리의 자리를 노래했잖나.

陳常時憂彝倫明　　　　思不出位天下平
婦姑浮漚父子夷　　　　兄弟鬩墻朋友離
胥殘胥虐大不祥　　　　欲究其說言之長
禍源只在逞其私　　　　克己寡慾爲良方
私如塵垢心似鏡　　　　垢去鏡明在俄須
形形色色粲可覩　　　　誰復溟濛似煙霧
歡然相接恩自深　　　　何嘗作爲勞其心
牧翁作歌方永嘆　　　　詩有黃鳥鳴綿蠻27)

빨래
澣濯

가는 베나 거친 베에 공력이 세밀하고
찌는 더위에 빨래를 자주 하다
더욱 소원해 짐은 늙은 이의 뼈대고
점점 헤어지는 것은 쇠잔한 몸 같다
검은 점이야 저절로 좋은 것이지만
술 흔적은 누가 다시 꾸짖을까
외모를 다듬는 것이 내 일은 아니나
다만 사람들과 다를까 두려워서.

---

27) 綿蠻: 〈詩經, 小雅〉의 시편의 이름 "綿蠻黃鳥 止于丘隅(작고 귀여운 꾀꼬리여
　　언덕에 머물 줄을 안다)" 하여, 새는 언덕에 멈출 줄을 알고, 사람은 仁에 멈
　　출 줄을 알아야 함을 비유한 것이다.

絺綌[28]功夫細　　　炎蒸澣濯頻
愈疏便老骨　　　漸弊似衰身
墨點自來好　　　酒痕誰復嗔
修容非我事　　　只恐異於人

오뚝히 앉아
兀坐

오뚝히 앉아 담담히 세상을 잊고
유유히 성품 신령을 가다듬다
맑은 바람이 북쪽 창에서 일고
성근 비는 뜰 안에 가득하구나
이미 나무 그늘이 녹음 들었고
다시 산을 푸르게 바꾸고 있다
초연히 먼지 때를 뛰어넘으니
머리 위가 하나로 아득하네요.

兀坐淡忘世　　　悠悠陶性靈
清風生北牖　　　踈雨滿中庭
已是樹陰綠　　　更敎山色青
超然出塵垢　　　頭上一冥冥

---

28) 絺綌: 葛布의 細布 纀布의 총칭. 〈詩經, 周南, 葛覃〉에 "葛之覃兮 施于中谷 維
  葉莫莫 是艾是濩 爲絺爲綌 服之無斁(칡의 뻗어남이여 골짜기 중으로 옮아가도
  다 잎이 무성히 자라니 이에 베고 삶아 가는 포 굵은 포를 만드니 입어도 싫증
  이 나지 않네)" 하였다. 곧 세포나 추포에는 여인의 공력이 들었으니 이것을
  입어 헤어질 때까지 즐겨 입는다.

개구리 울음
蛙鳴

개구리 푸른 미나리 밭에서 울고
비로 어두워지면 소리 더욱 거세다
높낮이가 어울려 악보를 알리고
물 밑에서 피리 생황을 펴내다
소리와 가락은 정치와 상통하나
우아한 악곡은 지금 아득하기만
하늘 기미 우연히 발동하여
스스로 만족하여 큰 임금 생각하나
큰 임금은 이미 멀어졌으니
남은 빛을 바라보는 것과 같네.

蛙鳴靑芹田	雨暗聲更揚
高低合樂府	水底開笙簧
聲音與政通	韶鈞今渺茫
天機偶爾動	自足思皇王29)
皇王旣遠矣	髣髴瞻餘光

---

29) 皇王: 옛날의 聖王. 皇은 크다의 뜻, 큰 황제. 〈詩經, 大雅, 文王有聲〉에 "四
方攸同 皇王維辟(사방이 다 한 마음이니 큰 임금이 바로 임금이로다)"함이 있
다. 武王이 천하 통일하여 사방이 다 모여 드는 것은 큰 임금인 文王이 닦아놓
은 덕이라는 것이다.

마음 속의 서술
述懷

홀로 앉아 아득히 무료하여 소박한 정이 돋아
높이 읊고 긴 휘파람에 곧 시가 이루어지다
구름 모습 저절로 엷어 해가 새나오려 하고
빗방울 다시 성글으니 산도 개려 하는구나
늙었기에 도연명의 취기를 따를 만하다가도
담담함이 오히려 伯夷의 청렴인 듯하구나
스물 네 번이나 고시를 관장한 郭子儀와
나와는 누가 더 가볍고 무거운지 알 수 없다.

獨坐悠悠生野情	高吟長嘯便詩成
雲容自薄日將漏	雨點更疎山欲晴
老矣可從元亮30)醉	淡然還似伯夷淸
中書二十四考令31)	未識與吾誰重輕

잡다한 흥 세 수
雜興 三首

고요 적적하면 의지 더욱 멀어지고
그윽하고 한가하면 거처 절로 깊어져

---

30) 元亮: 晉 陶潛의 字.
31) 中書二十四考令: 唐의 郭子儀가 中書令으로 있으면서 관리의 성적 考課를 24
　　번이나 주관했다. 그래서 郭子儀를 이르는 말이 되었다.

흥을 만나면 외로운 하소연 나오고
근심 펴려면 짧은 시구를 짓는다
豳風의 우아함 이미 아득해 졌고
魯頌의 아송은 어찌 이리 잠잠한가
작자들을 다시 볼 수야 없지만
바다 해가 鯷지방 뫼에서 오른다.

闃寂志彌遠　　幽閑居自深
遇興發孤嘯　　舒憂成短吟
豳雅旣渺渺　　魯頌何沈沈
作者不可見　　海日升鯷岑[32]

동방은 풍속이 인자 장수하여
군자들이 거처하는 곳이었다
중간에 기자의 국가 되어
또렷 또렷한 洪範의 글이지
처음은 주나라의 무왕에 전하여
치도의 행함 패연히 여유 있었고
가져와 우리 백성에게 은혜되어
예의로 사양함이 서서히 유행되다
바다 동쪽 나라는 절로 안정인데
주나라 진나라는 폐허로 변했네.

東方俗仁壽　　君子之所居
中爲箕子國　　井井洪範[33]書

32) 鯷岑: 鯷는 중국에서 동해 밖에 있는 여러 종족을 가리키는 말.

初傳周武王　　　道行沛有餘
卷之惠我民　　　禮讓何徐徐
海邦自安靜　　　周秦成丘墟

황제 요임금과 같은 무진년에
동방에 처음으로 군주가 있었네
그 때는 하늘과 통하여서
秘書와 怪書가 三墳을 이루었다
수명이 일천 년을 이르러
문득 동해의 갓을 소유했다
질박하기에 예의가 간소했고
거칠어서 말만이고 글은 없었다
어찌하여 나의 생활에는
세상 변화가 뜬 구름 같은가.

帝堯戊辰歲[34)]　　　東方始有君
其時與天通　　　秘怪成三墳[35)]
壽考至千載　　　奄有東海濱
質朴禮向簡　　　麤踈言不文
奈何予之生　　　世變如浮雲

---

33) 洪範: 禹임금이 治水할 때에 洛水에서 神龜가 나와 등에 문자 같은 것이 있어
    서 그를 취하여 본받아 洪範의 九疇를 만들었다 함.
34) 戊辰歲: 중국의 堯임금의 건국연도가 무진년이고 고조선의 檀君의 건국도 같은
    해의 무진년이었다는 것이다.
35) 三墳: 중국 최고의 서적. 三皇의 책으로 天 地 人의 三禮와 또는 天 地 人의
    三氣를 다룬 것이라 함.

牧隱詩藁 卷之二十四

부질없이 쓰다
漫成

이치는 형상 없이 숨어도 눈으로 보는 듯하고
말은 혀가 움직이지 않아도 이미 마음에 전해
자연 조직이야 우리들의 일이 아니기에
앉아 남산을 대하니 비가 하늘에 가득하네.

理隱無形如目視　　　言難動舌已心傳
機關不是吾家事　　　坐對南山雨滿天

말 서늘하다 하여 천기의 비밀을 누설하며
용의 변화에 물결의 급수가 높음 놀랄만해
저절로 주황옷의 머리 끄덕이는 자 있지만
누가 시력을 가지고야 가을 터럭을 볼 수 있나.

馬凉肯洩天機秘　　　龍化堪驚浪級高
自有朱衣點頭36)者　　　誰將眼力見秋毫

---

36) 朱衣點頭: 宋의 歐陽修가 과거의 시관으로 있을 때, 그가 앉은 자리 뒤에 주황
　　색 옷을 입은 이가 머리를 끄덕이는 것(朱衣點頭)이 있는 듯하면 그 글은 합격
　　이 되었다. 처음에는 돕는 관리가 있는가 의심하여 돌아보니 아무 것도 보이지

어느 사실
卽事

병난 후로 따르는 이 없어
한가한 중에 소득은 많다
바람 맞아 백옥의 나무 생각하고
달을 대하면 황금 파도 감상한다
앉아 기린의 상서 이야기 읽으면
마치 봉황의 덕 노래 듣는 듯하나
점점 풍속이 경박한 것을 아니
난들 나에게도 어찌해야 하나.

病後相從少	閑中所得多
臨風思玉樹37)	對月賞金波
坐讀麟祥說	如聞鳳德歌
漸知風俗薄	吾亦奈吾何

새벽 노래
曉吟

며칠을 짙은 그늘이 새벽에 또 짙어져도
담담한 맑은 정이 이는 흰 머리의 노인

않았다. 이 사실을 동참자에게 알리니 그저 감탄할 뿐이었다. 그 후로 "朱衣點
頭"가 과거의 합격을 이르게 되었다. 宋 趙令時의 〈侯鯖錄〉.
37) 玉樹: 전설에 신선의 나무. 또는 아름다운 나무.

짐짓 거짓 더위와 사귀어 마음은 싸늘하지만
비운에 끝내 궁하니 운명이야 어찌 통하랴
산들이 홀연히 갈리니 처음 안개 걷히고
동산 숲이 저절로 조용하니 다시 바람 없구나
어느 때나 여강의 달에 길게 휘파람 불어
이 분분하고 시끌 시끌함을 멀리 벗어날까.

數日濃陰曉又濃　　淡然情興白頭翁
故交伴熱心皆冷　　否運終窮命豈通
山岳忽分初罷霧　　園林自寂更無風
何時長嘯驪江月　　逈脫紛紛擾擾中

의리의 사귐이 끝내 담박해야 형세 사귐도 짙어
홀로 앉은 쓸쓸한 하나의 대머리 늙은 이
기산 영수의 높은 표적으로 巢父를 바라고
하수 분수의 옛 학문은 변방의 王通이다
스스로 흐린 물에 달을 볼 수 없음 가련하나
누가 큰 소나무엔 반드시 바람이 있다 하나
산 속에 사는 늙은 모영의 토끼는 아니지만
이 생에서는 가슴 속을 펴낼 계칙이 없다.

義交終淡勢交濃　　獨坐蕭條一禿翁
箕潁高標企巢父38)　　河汾39)舊學鄙王通

---

38) 巢父: 요순시대의 은자. 虞나라의 舜임금이 은자인 巢父와 許由를 箕山과 潁川
　　으로 찾아가 천하를 맡아달라 하니, 더러운 소리를 들었다하여 귀를 씻었다 함.
39) 河汾: 河水와 汾水의 병칭, 산동성 서남 지방. 隋의 王通이 이 하분 지방에서

自憐濁水不見月　　誰道長松必有風
不是中山老毛穎40)　　此生無計謝胸中

설사와 이질에 이중산을 구하다
泄痢求理中散

평생동안 너는 책이나 읽는 늙은 이라
흰 머리에도 어쩐지 자신을 보호함에 어둡다
음식이나 동작도 모두가 나에게 있어서
한가함 스스로 만족해 흥이 무궁하구나
찌는 더위에 녹초됨이 비록 외부에서이나
약의 별미로 고칠 수 있다면 이는 理中散이지
구해 본들 어디에서 얻을 지는 모르지만
북창에서 종일토록 맑은 바람에 누워 있다.

平生汝是讀書翁　　白髮胡然昧保躬
飮食起居皆在我　　閑居自適興無窮
炎威見爍雖由外　　藥味能攻是理中
未識求之何處得　　北窓終日臥淸風

교육을 펴서 수업한자가 수 천명에 달했다. 그 후로 '河汾'이 王通과 그의 學派
를 이르게 되었다.

40) 毛穎: 韓愈가 붓을 의인화하여, 〈毛穎傳〉을 쓰면서 토끼를 "毛穎"이라 했다.

팥죽
豆粥

간장을 씻어내니 새로움에 이르게 되어
대낮 창에 한 모금 마시니 정신이 상쾌하구나
사기를 공격함이 다른 방책이 없는 것 아니지만
다만 농사꾼의 집은 진미의 맛을 기뻐할 뿐이다
金谷園의 갑작스런 준비야 바라는 바 아니지만
남산의 거칠고 추한 것이라도 역시 먹을 만하다
아득히 천고의 옛날의 영웅들도
거친 밥을 잘게 씹으면서 세속과 어울렸다.

澡雪41) 肝腸欲致新　　　午窓一啜快精神
攻邪未必無他策　　　只喜田家氣味眞
金谷咄嗟42) 非所慕　　南山蕪穢亦堪嗔
悠悠千古英雄輩　　　細嚼魙湌總化塵

절구
絶句

묵은 구름이 풀리면서 햇빛이 뚫리니

---

41) 澡雪: 씻어내어 청결하게 함. 洗滌. 澡는 洗手.
42) 金谷咄嗟: 金谷은 晉의 부호인 石崇의 莊園이다. 咄嗟는 순간적인 판단. 금곡
　　원에 손님이 오니 순식간에 팥죽이 준비되었다는 말. 〈晉書, 石崇傳〉에 "爲客
　　作豆鬻 咄嗟使辦〉이라 함이 있다.

남은 생애 파란 하늘 보게 됨 크게 기쁘다
다시 맑은 향기 있어 좌석 가득히 불리니
작은 시 절구로 비 세 편을 써내다.

宿雲解駁日光穿   大喜餘生覩碧天
更有淸香吹滿座   小詩題出雨三篇

연 캐는 노래, 외숙에게 올림
採蓮曲 奉寄舅氏

강남의 바람 기상은 어찌 이리 맑고 고와
이름난 꽃 절묘한 품이 다 신선일세
연은 군자가 되어 맑게 서 있다 불리어
햇빛이 위 아래로 비쳐 붉은 화장이 곱다
맵시 있는 여인 있어 희기 백옥 같아
웃으며 파도 사이 향해 호화선을 지탱하고
파란 머리 비껴 떨어져 비취 일산 움직이고
바람은 향내 소매 불려 때때로 펄럭인다
돌아오면 비단 버선 짙은 이슬에 젖었고
파란 창에 서로 마주하면 사창은 안개 낀 듯
何晏의 미모와 筍彧의 향이 재치가 비슷하여
시인들의 제목 작품에 많이도 흘러 전하지만
누가 아나, 온갖 산의 가장 깊은 곳에
한 구간이 완연히 강남의 하늘 같음을

그 중에 다만 연캐는 채련곡이 없어서
흰 머리로 남쪽을 바라보며 마음 유연하다
문득 몸을 빌려 행장 차림을 모시고서
상아 술잔 통음하며 시편들을 쓰고자 하나
늘그막의 소원을 하늘도 아끼지 않으리니
오는 해 보아 두었다가 다시 내명년에도.

江南風氣何淸姸　　　名花絶品皆神仙
蓮爲君子號淸植　　　日照上下紅粧鮮
有女婉婉白如玉　　　笑向波間撑畫船
綠鬢斜墮翠盖動　　　風吹香袂時翩翩
歸來羅襪濃露濕　　　碧窓相對紗如烟
何郎43) 荀令44) 巧相似　　　詩家題品多流傳
誰知萬山最深處　　　一區宛爾江南天
於中只欠採蓮曲　　　白頭南望心悠然
便欲乞身陪杖屨　　　象筒劇飮題詩篇
老來所願天不靳　　　看取來歲幷明年

---

43) 何郎: 삼국 魏의 駙馬인 何晏. 하안이 용모도 준수한데 수식을 좋아해 분을 손
　　에서 떼지 않고 걸을 때도 자신의 그림자를 돌아 보니 사람들이 "傅粉何郎"이라
　　했다. 그 후로 '何郎'이란 말이 용모가 아름다운 청년 남자를 지칭하게 되었다.
44) 荀令: 荀令香. 荀令君은 荀彧인데 자는 文若. 侍中으로 尙書令을 지켜 荀令君
　　이라 한다. 전설에는 그가 기이한 향을 얻어 항시 옷에 바르고 다니니, 그 향
　　의 여운이 3일동안 가시지 않았다 한다.

박학사의 석상에서
朴學士席上

살구꽃 산의 봄빛은 사람을 비추어 밝고
대 시내의 가을 소리는 뼈에 스며 맑구나
옛 집의 남은 경사일 뿐이라 말하지 말라
많고 많은 玉笋 같은 영재가 바로 문하생들이니.

杏山春色照人明　　　竹澗秋聲徹骨淸
莫道舊家餘慶耳　　　森森玉笋45)是門生

두류회 노래
詠流頭會

상쾌한 오늘은 저절로 간사한 마음 없다
시원히 뚫린 간장엔 찌꺼기가 절단되었네
맑고 맑은 백옥 잔에 죽엽의 술을 기울이고
깊고 깊은 은 대접에 구슬 꽃 이슬을 마신다
완연히 밝은 달이 두 시냇물에 비친 것 같고
뛰어난 승지의 맑은 바람에 일곱 잔의 차일세
묻건대, 채소밭 정원에 양이 있는가 없는가
얼음의 술과 눈의 떡이 이리저리 더해졌으면.

---

45) 玉笋: 玉筍. 많은 英才들을 비유하는 말. 〈新唐書, 李宗閔傳〉에 "俄復爲中書舍
　　人 典貢擧 所取多知名士 若唐冲 薛庠 袁都等 世謂之玉筍(조금있다 다시 중서사
　　인이 되어 과거를 관장하여 취한 사람이 지명인사가 많았으니, 당중 설상 원도
　　등으로 세상에서 옥순이라 일렀다)" 함이 있다.

爽然今日自無邪　　　　冷徹肝腸絶滓査
灔灔玉盂傾竹葉⁴⁶⁾　　深深銀鉢吸瓊花⁴⁷⁾
宛如明月雙溪⁴⁸⁾水　　絶勝淸風七椀茶⁴⁹⁾
爲問菜園羊⁵⁰⁾在否　　氷漿雪餠亂交加

흥을 달래다
遣興

병을 부추겨 사람 심방은 역시 억지 몰골이라
말마다 맛이 없고 귀밑머리만 희뜩희뜩하다
돌아와서 다시 깨닫는 조용한 거처의 멋은
앉아 마주하는 흰 구름이 파란 산과 이음이지.

扶病尋人亦强顔　　　　語言無味鬢毛斑
歸來更覺幽居味　　　　坐對白雲連碧山

---

46) 竹葉: 술의 이름인데, 일반적으로 좋은 술을 말하기도 한다.
47) 瓊花: 瓊花露, 술의 이름. 宋의 張榘의 〈飛雪堆滿山〉의 詞에 "儘淸油談笑 瓊花
　　露 杯深量(모두가 맑은 기름 같은 담소로 구슬꽃 이슬에 깊은 잔의 분량이여)"
　　라 함이 있다.
48) 雙溪: 두 시내. 또는 시내 이름이기도 함. 雙溪는 浙江省에 있어 부근의 경치
　　가 뛰어나 시인들이 즐겨 감상하기도 함.
49) 七椀茶: 唐의 盧仝의 〈走筆謝孟諫議寄新茶〉의 시에 "一椀喉吻潤 兩腋破孤悶 …
　　七椀喫不得也 唯覺兩腋習習淸風生"이라 하여 후세에 '七椀茶'를 차의 효용을 극
　　찬한 용례로 인용이 된다.
50) 菜園羊: 羊踏菜園. 양이 채소밭을 밟다. 삼국 魏의 邯鄲淳의 〈笑林〉에 "有人常
　　食蔬茹 忽食羊肉 夢五臟神曰 '羊踏破菜園'(어떤 사람이 항상 채소만 먹다가 홀
　　연히 양 고기를 먹었더니, 꿈에 오장신이 나타나 '양이 채소밭을 밟아 망쳤다')"
　　함이 있어, 이 말이 그 뒤로 채소만 먹던 사람이 고기를 먹게 됨을 비유하는
　　말이 되었다.

정원 안에 배나무가 있는데 유월이면 익어 흔들면 떨어
지지만, 알이 작기 때문에 상하지 않고 심히 시지만 달
기도 하여 맛이 있다. 한 수를 읊다
園中有梨樹 六月熟 撼之則墜 以其體小 故不傷 甚酸甘有
味 吟成一首

정원 안에 배나무 10여 그루가 있어
한 그루가 일찍 익어 그 품수가 특수하다
꽃 피고 잎 열리기는 다 같은 시기이나
열매만은 유독 달라 사람을 감탄케 한다
동글 동글하고 연한 빛깔이 바로 황금인데
몸집 가벼워 떨어져도 살갗 상하지 않는다
이 정원은 원래 서쪽 이웃의 정원이었으니
묵은 늙은 이가 주인 되어 어쩌면 서글펐나
당시는 부귀 누려 늙을수록 길하고 창성하여
자손들 높은 벼슬로 수레 거리를 메웠었네
他姓이 효조나 경수로 나타날 줄 어찌 알았으랴
관가로 몰락 유입하여 늙어가는 늙은 이 되었으니
늙은 이 50이 되어도 살 집이 없고
세수의 포목도 지금껏 다 내지 못했다
산에 맞닿은 누대 있지만 비바람을 못 가리고
밭이 있어 채소나 심어 아침 저녁 제공된다
밤이 있어 가을 열매는 소반의 진미로 족하고
배 있어 빨리 내달아 마치 앞서 가는 듯하구나

甘羅가 재상이 된 것이 가장 나이 어렸으니
이를 대하면 나 지금 흰 머리가 부끄럽구나
하느님의 생각이란 저절로 헤아리기 어려우나
이르고 늦음은 찬연히 환하게 구분하였거늘
바람 앞에서 세 번의 탄식에 절로 터득됨이 있으니
사물은 나와 함께 하는 것이라 내가 살펴야 하지.

園中梨樹十餘株　　　一株早熟其品殊
開花發葉皆同時　　　實獨也異令人吁
團團色嫩直黃金　　　體輕墜不傷其膚
此園本是西隣園　　　老牧作主何悲夫
當時富貴老吉昌　　　子孫冠盖51)盈通衢
那知外姓出梟獍52)　　沒入官家歸老夫
老夫五十無屋廬　　　直布至今全未輸
有樓對山厭風雨　　　有田種菜供朝哺
有栗秋實足盤味　　　有梨捷疾如先趨
甘羅53)作相寂年少　　對此愧吾今白鬚
天公用意自難料　　　早晚粲然分以區
臨風三嘆自有得　　　物吾與也聊觀吾

---

51) 冠盖: 벼슬아치의 服裝이나 수레를 指稱. 高官이나 使節들을 말함.
52) 梟獍: 전설에 梟鳥(올빼미)는 어미를 잡아먹고, 獍獸는 아비를 잡아먹는다 하
　　여 '梟獍'은 불효나 은혜를 저버리는 사람을 비유하는 말이다.
53) 甘羅: 秦나라 사람. 甘茂의 손자로, 나이 12세에 秦始皇의 사신이 되어 趙나라
　　에 가서 담판하여 다섯 성을 베어 秦에게 바치도록 하였다. 돌아오자 上卿으로
　　봉해지다. "甘羅說趙王"

낮에 좌정하여
晝坐

맑은 바람에 빈 초당이 높고
얼음 봉우리 흰 머리에 비추다
염천의 위엄 핍박할 수 없고
대 돗자리 물 흐르듯 매끄럽다
때로 나는 듯한 비가 뿌리니
시원함이 가을인가 의심스럽다
병든 몸이 홀연 절로 적절하니
담박함이 더 요구할 것이 없다
비둘기 울음 깊은 나무에 있으니
다행하구나 거처의 유심함이여.

淸風虛堂高	氷峰照白頭
炎威逼不得	竹簟滑如流
有時洒飛雨	爽然疑淸秋
病軀忽自適	澹泊無所求
鳴鳩在深樹	幸哉居處幽

산 벌
山蜂

유월 혹독한 더위에 하늘은 바람도 없어

산 벌들만 헐떡거리며 빈 초당에 들다
임금 신하의 대의가 유독 너에게 온전한데
어찌하여 무리를 떠나 앞과 뒤가 없느냐
응당 쫓김은 당하지 않았을 텐데 쫓긴 듯하여
우는 소리 애처로이 함축한 뜻이 있는 듯하다
혹시 고고하고 청결함이 대중과 달라서
자연을 읊고 노래하되 함께 할 이 없던가
평생에 사물을 만나도 감흥이 일지 않으니
늙은 경지에는 (결자) 어긋남이 많구나
너를 대하여 세 번 탄식하고 무딘 붓 잡아
얼음 술에다 곧 석청꿀로 조화하려 한다.

六月正熱天無風　　　山蜂咽入虛堂中
君臣大義獨爾全　　　何故離群無後先
不應見逐似見逐　　　鳴聲如悲有涵蓄
或是狷介54) 異於衆　　嘯咏自然無與共
平生遇物不興懷　　　老境　　多睽乖
對之三嘆把禿筆　　　氷漿便欲調崖蜜

매미를 듣고
聞蟬

숲정자의 유월은 십분은 분명 맑은데
거기에 또 새로운 매미의 제일성을 듣다

---

54) 狷介: 고고하고 청결함.

앉아 가을 냉기 천하에 두루하기 기대하니
불같은 구름 다 걷히고 시계가 다시 밝아진다.

林亭六月十分淸　　　又聽新蟬第一聲
坐待秋凉天下遍　　　火雲收盡眼還明

낮의 읊음
晝詠

한 줄기 맑은 바람이 낮에 불어 서늘하여
성근 발을 걷어 다하고 빈 초당에 앉다
조정에 있는 친구들이 마음 속의 더위이니
정치가 얼음 섞은 백설의 술로 도치됐으면.

一陣淸風吹面凉　　　疎簾捲盡坐虛堂
朝中舊故心中熱　　　政倒調氷白雪漿

입추 뒤의 비
立秋後雨

불볕 날씨 뼈에 스미도록 찌더니
가을 비가 마음까지 상쾌히 하다
조물주는 장난 익살부리는 듯하나
계절 따라 애오라지 吟咏케 한다

학의 울음은 먼 언덕에 아련하고
매미 들렘은 높은 숲에 가렸구나
늙은 나에게 쉬고 목욕할 곳 봉하니
쇠잔한 나이에 성은의 은택이 깊구나.

炎天蒸到骨　　　秋雨快於心
造物似戲謔　　　順時聊咏吟
鶴鳴依遠垤　　　蟬噪翳高林
老我封湯沐[55]　　衰年聖澤深

빗방울이 점점 나의 귀를 놀래고
가을 新凉이 잠간 내 마음을 일깬다
홀연 오래된 병도 잊어 버리게 되니
다시 이 높은 시 읊음이 발동한다
아득히 해는 들 끝으로 잠기고
솔솔히 바람은 숲에 가득해 지다
한가한 속의 맑은 흥취의 멋을
요사이 와서 자각하기 깊어진다.

雨滴漸驚耳　　　秋凉俄醒心
忽然忘久病　　　復此動高吟
渺渺日沈野　　　蕭蕭風滿林
閑中淸興味　　　自覺比來深

---

55) 湯沐: 湯沐邑. 周時代에 제후가 천자에게 조회할 때에 자고 목욕재계할 수 있
　　도록 책봉한 邑地. 〈禮記, 王制〉에 "方伯爲朝天子 皆有湯沐之邑於天子之縣內"라
　　함이 있다.

해돋이
日出

해 돋자 구름도 엷어지기 시작하고
비 걷히자 바람 다시 불어온다
흐리고 개임에 변화도 허다하고
자신과 세상은 얼마나 평안 위험인가
꽃다운 풀에 수레 굴리려 하고
맑은 흐름에 시를 지을 만하다
유연히 의기를 얻은 곳에서
스스로 만족하며 나의 노쇠 위로하자.

日出雲初薄	雨收風更吹
陰晴多變化	身世幾安危
芳草將侵轍	淸流可賦詩
悠然得意處	自足慰吾衰

귀거래사를 읽고
讀歸去來辭

하늘 즐기면 하늘 운명 다시 왜 의심하나
이 늙은 이 유연히 바로 돌아갈 시기이네
한 점인들 어찌 외로움을 한한 적 있으며
내 이제 세 번 탄식에 두릉의 시를 읽네

하늘 땅 넓고 넓어 산과 강은 바뀌고
문 앞 거리 적적하여 해와 달 세월은 더디다
긴 휘파람에도 흰 머리인 나는 이미 끝나니
문을 닫고 부질없이 귀거래사나 읽고 있네.

樂天天命復奚疑　　此老悠然歸去時
一點何曾恨枯槁　　我今三嘆杜陵詩
乾坤蕩蕩山河改　　門巷寥寥日月遲
長嘯白頭吾已矣　　閉門空讀去來辭

칠월 초아흐레, 날 밝자 가랑비 있어
좀 시원하며 몸이 건전해지다
七月初九日 天明有微雨 稍凉身健

새벽 비 솔솔 내려 작은 다락에 오르니
시원히 바람이 불어 또 가을인가 놀라다
병든 몸 되살아나는 유쾌함 스스로 아나
누가 더위 귀신 인도하여 아직 머물게 하나
몽택에서 도롱이옷 걸치기 얼마나 아득하며
파산에서 촛불 돋구던 때 역시 아득하구나
늙은 나이 맑은 흥을 버리기도 어려워
종일토록 시 읊으며 온갖 일 멈추다.

曉雨蕭疎擁小樓　　颯然風至又驚秋
自知病骨蘇來快　　誰導炎官代尙留

夢澤56) 披簑何渺渺　　　巴山剪燭57) 亦悠悠
老年淸興難抛得　　　竟日吟詩萬事休

양촌의 시권에 쓰다
題陽村卷

양촌 마을 봄 비는 봄 안개로 어둡고
양촌 마을 가을 이슬은 가을 하늘 뿌리지만
푸른 오동에 꼭 신선 봉왕이 오는 것 아니니
또한 고독한 사람에게 사슴을 짝해 졸게도 해.

陽村春雨暗春烟　　　陽村秋露洒秋天
碧梧未必棲丹鳳　　　且許幽人伴鹿眠

보광 형에게 부치다
寄普光兄

산 빛이 파랗게 드리운 곳이요

---

56) 夢澤: 雲夢澤. 唐 李白의 〈大獵賦〉에 "楚國不過千里 夢澤居其太半(초나라가 천
　　리에 불과한데 몽택이 그 절반을 차지하다)"함이 있다.
57) 巴山剪燭: 다시 만나 파산의 시를 이야기하다. 李商隱의 〈夜雨寄北詩〉에 "君問
　　歸期未有期 巴山夜雨漲秋池 何當共翦西窓燭 却話巴山夜雨時(그대 돌아올 기약
　　물어도 기약은 없고 파산의 밤 비가 가을 못에 넘칠 때, 어쩌면 함께 서창의
　　촛불을 돋우며 문득 파산의 밤 비를 이야기하라)"함이 있다.

들 색깔은 반쯤 누럴 때에
나가나 머무나 여유 없지만
읊다 보면 곧 좋은 시일세.

山光橫碧處　　野色半黃時
出定無餘事　　吟來卽好詩

수박
西苽

수박이 눈 같아서 이빨이 차가워
열기가 나의 간장으로 들어올 수 없네
온갖 골짜기 맑은 얼음 은빛 바다 비추고
한 잔의 맑은 이슬이 황금 소반에 있구나
수맥 혈을 도모하려 읊으며 붓을 당기고
단풍 바위를 연상하며 앉아 관을 쓰지 않다
늙었기에 오히려 솔과 잣나무 먹기는 어려우나
푸른 하늘에 누가 나는 난새에게 비길 것인가.

西苽如雪齒牙寒　　熱氣無從入我肝
萬壑淸氷照銀海　　一杯湛露在金盤
欲圖水穴吟携筆　　謾想楓巖坐不冠
老矣猶難啖松栢　　靑冥誰擬控飛鸞

무제
無題

천 년에 다시 이는 중흥의 날이요
뭇 영재들이 함께 나아오는 때이다
드리는 말은 안개 피어오르듯 하고
송사의 처리는 냇물 흐르듯 하다
말로 되어가니 지혜 눈은 없고
남은 생은 다만 흰 머리 뿐이네
때로 성대의 덕을 노래하면서
무도의 춤도 쉴 수가 없구나.

千載重興日	群英並進秋
獻言如霧瀁	聽訟似川流
末路無青眼	餘生只白頭
有時歌盛德	舞蹈不能休

아침 노래
朝吟

새 소리 속에 조용히 앉아 있는
흰 머리에 쇠약한 병의 늙은 이
마음의 맹세는 나라 체제 부지함이고
무력의 일은 하느님의 공력에 감사하다

들은 넓어 아침엔 이슬 걷히고
숲이 깊어 낮에는 바람을 보내다
누가 알랴, 더운 기운이 옅지만
그래도 땀 구슬이 엉길까 두려워.

靜坐鳥聲中	白頭衰病翁
誓心扶國體	武事謝天工
野闊朝收霧	林深晝送風
雖知暑氣薄	尙怕汗珠融

대낮 노래
午詠

열기 심해 찌는 불길 같으나
초당이 높아 다행히 바람 있네
일천 수레 먼지는 절로 넘치고
모든 언덕에 해는 막 이글거려
들어낸 이마는 나의 나태에서이고
조용한 마음은 세상과 같지 않아
된 서리가 불 시루에 엉긴다면
머리 돌려 단구 신선을 생각해.

熱甚如蒸熨	堂高幸有風
千車塵自漲	九陌日方烘

露頂從吾懶　　　冥心非世同
嚴霜凝火甌　　　回首憶丘公[58]

저녁 산보
晚步

서쪽 언덕에 저녁 그늘 드리우니
외로운 이의 번거로운 가슴 시원해
해가 지기 시작하는 곳에
싸늘히 바람은 숲에 가득하구나
말을 잊자 유원한 상상 있고
흥을 따라 조용한 노래 움직인다
물고기 벼는 역시 가까웠다 하나
강산에는 아직 가을이 깊지 않다.

西崖生夕陰　　　幽人爽煩襟
甫爾日入地　　　蕭然風滿林
忘言有遐想　　　乘興動微吟
魚稻亦云近　　　江山秋未深

---

58) 丘公: 神仙이었다는 丹丘子를 말한 듯. 隋의 開皇 末年의 元丹丘.

느낌 있어
有感

내 자신 하나의 빈 배
시원한 바람 물가의 가을
바람 따라 끊긴 항구에 들어도
잠시동안이지 오래 머물지 않다
나를 비추는 하늘엔 달이 있고
나를 동반한 모랫가엔 갈매기 있다
내를 건너려는 것이 진실로 소원이나
감히 공자님의 뗏목을 배우겠는가.

我身一虛舟	颯然江海秋
隨風入斷港	暫爾非久留
照我天有月	伴我沙有鷗
濟川固所願	敢學宣尼桴[59]

닭 울음
雞鳴

담담한 달 성근 별 싸늘히 하늘 가득한데

---

59) 宣尼桴: 宣尼는 孔子. 宣은 공자의 시호가 文宣王이고, 尼는 자가 仲尼이다.
공자가 "도가 행하지 않으니 뗏목을 타고 바다로 가리라 그 때 나를 따를 자는
자로로구나"한 적이 있다. 〈論語, 公冶長〉에 "子曰 道不行 乘桴浮于海 從我者其
由與"라 하였다.

닭이 우니 조회로 나아가던 대열을 기억하다
근년엔 누워서 국가의 봉록을 먹고 있으니
다만 선전관의 부름이나 경연 강의 두렵다.

淡月踈星涼滿天　　雞鳴曾記赴朝聯
年來臥喫封君祿　　只恐宣呼與講筵

세수하고
盥櫛

세수에 빗질하니 몸은 가벼이 곧 상쾌하여
다시는 먼지 가림이 영대를 더럽힘 없다
빽빽히 우임금 영토의 산과 강이 돋아나고
홀연히 순임금 우서의 예악이 돌아오다
푸른 뫼에는 두루 아침 해 돋음 만나고
녹음의 숲에는 시원하게 산들 바람이 분다
누가 천하 사해를 여기에 이르게 했는가
자연조화 참여엔 재주 없음 깊이 부끄럽다.

盥櫛身輕便快哉　　更無纖翳汚靈臺
森然禹貢山河出　　忽爾虞書禮樂回
青嶂周遭初日上　　綠林蕭爽小風來
誰教四海能臻此　　參贊60)深慚未有才

---

60) 參贊: 조물주의 조화나 국가의 경륜에 참여하거나 협조함을 말함.

산 속에 포도가 익었다 하여, 나무군이 따 오다
山中葡萄熟 樵者摘以來

산 중의 가을 기운이 십분 청명해
바람은 살랑살랑 검은 수정을 흔든다
잎에 싸인 여의주가 내 집을 비추니
흰 구름 깊은 곳으로 내 정이 움직인다.

山中秋氣十分淸　　　風動纍纍黑水精
葉裹驪珠來照屋　　　白雲深處動吾情

牧隱詩藁 卷之二十五

햇밤을 맛보다
嘗新栗

버들 마을 깊은 곳에 비는 솔솔
가을 깊지 않은 때에 밤은 벌써 살졌구나
바람 맞은 가지 하나에서 갑자기 떨어지니
주워올 때야 이빨이 드물다 누가 걱정해.

柳村深處雨霏微　　秋未深時栗已肥
風打一枝俄下墜　　剝來何患齒牙稀

늙은 농부의 이야기
述老農語

바람은 멎고 비가 되어 형세 하늘을 싸니
농가에선 일어나 춤추는 머리 흰 늙은 이
벼 농사가 응당 큰 풍년일 것 기대 안해도
성군 은혜 바다 같아 즐거움 끝이 없구나.

風停雨作勢包空　　　起舞田家白髮翁
不待築禾應大熟　　　聖恩如海樂無窮

가을 늦더위
秋暑

가을 더위가 쇠약한 늙은이 괴롭히더니
소나기가 한 번 씻어 주다
즉시에 오장이 서늘해 지고
오뚝히 앉아 고요히 사색하다
영대 마음 한 치의 땅에
외계 사물은 옮지 못한다
어찌 추위 더위에 촉감되어
형세 군색하여 지탱하기 어려운가
머리 조아려 하느님께 감사하니
태연함이 바로 여기에 있었구나.

秋暑困衰翁　　　凍雨61) 一洗之
劃時62) 五內63) 凉　　　兀坐靜言思
靈臺方寸地　　　外物莫能移
奈何觸寒熱　　　勢窘難支持
稽首謝天君　　　泰然其在玆

---

61) 凍雨: 추운 비, 冷雨, 寒雨, 또는 소나기, 暴雨. '凍'과 '涷'을 모양이 같은 글
　　자로 보아, '凍雨'를 '涷雨'로 하여, 소나기나 폭우로도 쓰인다.
62) 劃時: 卽時. 立時.
63) 五內: 五臟.

가을 바람
秋風

가을 바람이 어찌된 일이기에
나에게만 치우쳐 찾아오는가
나는 지기의 유혹도 끊으려 하여
담담히 나의 마음을 보존하는데
홀연히 구름이 변화를 부리더니
서늘 바람이 저녁 그늘을 일으키다
나에게 창주의 은사 홍취 움직여
흰 구름 노래로 화답하게 하다
산 중에는 아름다운 이 있어
완연히 소나무 계수나무 숲에 있구나
난초 꽃이 돌 언덕에 늘어져 있고
나는 샘물은 줄 없는 거문고 같구나
아득하구나, 가까이 당길 수 없으니
진실하구나, 금옥과 같은 소리여.

秋風胡爲哉　　　　與我偏相尋
我欲絶知誘　　　　湛然存我心
忽爾雲物變　　　　凉風生夕陰
動我滄洲64)趣　　　和之白雲吟

---

64) 滄洲: 강물이나 바다의 변경. 隱士의 거처로 이용되는 말이다. 杜甫의 〈曲江對
　　酒〉 시에 "吏情更覺滄洲遠 老大悲傷未拂衣(관리의 정으로 창주가 멀어짐을 깨
　　달으니 늙어가매 벼슬 옷을 떨치지 못함이 서글프구나)" 함이 있다.

山中有美人　　　宛在松桂林
蕙花垂石崖　　　飛泉如素琴
邈哉不可攀　　　信哉金玉音

새벽 안개
曉霧

베개 위에 밤에도 꿈이 없어
벌레 소리에 하늘 땅이 서늘하다
일찍 일어나 문득 눈길 닿는 곳에
고향 산천이 어찌 이리 아득한가
때때로 안개가 일어
나에게 담장을 마주하게 하는 것인가
조물주는 나의 귀를 희롱하려는가
흰 해가 동쪽 산에 솟고 있어
하늘을 쳐다봄이 안개 흩지 않아도
만물은 다 광채를 입고 있는 것을
생각을 잊고 가고 머묾에 맡기면
어느 곳인들 요순임금 시대 아닌가.

枕上夜無夢　　　蛩聲天地凉
早起便縱目　　　鄕山何渺茫
時時霧也作　　　使我如面墙
造物戲我耳　　　白日生東岡

睹天不待披　　　　萬物皆蒙光
忘懷任出處　　　　何處非虞唐⁶⁵⁾

가을 흥취
秋興

크도다 하늘 땅의 인자함이여
우리를 먹여 우리 백성 살리다
그렇게 성령과 생명을 이끌어
그로 인해 인류 도리를 밝히시다
이에 이르러 다 들어내 주었거늘
반드시 다시 수다히 이를 것 없네
성인으로 높은 자리에 대신 세워
정치 교화가 찬연히 진술되었다
감개히 옛날 창작인을 생각하면
더욱 오늘날 사람에게 소망한다
하늘 땅 은혜를 보답하려 하면
지난 일 알아 의당 새로워 져야해.

大哉天地仁　　　　粒我生我民
所以引性命　　　　因之明彝倫
及茲盡呈露　　　　不必更諄諄⁶⁶⁾

---

65) 虞唐: 虞는 舜의 나라이고, 唐은 堯의 나라이다.
66) 諄諄: ① 곡진하게 타이르는 모양. ② 충성스럽고 근실한 모양.

聖人代立極　　政敎粲以陳
慨念古作者　　益望今之人
欲報天地恩　　知過當自新

점심 밥
午飡

밤 껍질 동글동글 콩 껍질은 길쭉해
소반 위에 삶아 올려도 허당만 비추네
법대로 하여 일찍 유가의 맛을 알았지만
채소들과 함께 해도 별다른 향기 없구나
늙어가매 입에 맞는 것 꾀함 상심스럽고
기름진 것이야 누가 배 채우기 꺼려하겠나
대낮 창에 다시 하늘 땅 은혜 느끼겠으니
배 두드리며 높이 읊으며 석양에 이르다.

栗殼團團豆甲長　　烹呈案上照虛堂
法來早識儒家味　　蔬箏與之無別香
潦倒67) 自傷謀適口　　膏腴誰忌得充腸
午窓更感乾坤惠　　鼓腹高吟到夕陽

---

67) 潦倒: 거동이 산만하거나, 反常的이거나, 老衰함을 나타내는 擬態語.

관군이 왜선을 잡았다 듣고
聞官軍得倭舡

적을 좌절시키려면 책략이 최고이고
군사를 실행하려면 군율이 성공을 요한다
다만 죽음만 알아 걱정한다면
해롭기가 평상시보다 배가돼
적악을 많이 하면 하늘이 정벌하고
잔학함 이겨야 나라가 이에 창성한다
밝고 밝히 나라 종사가 존재하니
우리 무강하여 정사 오직 날린다.

挫敵謀爲宬	行師律要臧[68]
祇憂知必死	爲害倍於常
穩惡天用勦	勝殘邦乃昌
明明宗社在	我武政惟揚

아이 놀이
兒戲

죽마를 올라타고 당 위로 오르려 하다가
다시 뜰 가로 내려가 또 오락가락하는구나

---

68) 臧: 成功. 〈周易, 師卦〉에 "師出以律 否臧凶(군사의 출정은 군율로 하는 것이
니 (그렇지 않으면) 성공도 실패도 모두 흉하다)" 함이 있다.

홀연히 동쪽 산으로 향해 달려가서는
배나 밤을 저들에게서 얻어 맛볼 수 있다
아름다운 자질을 물욕과 함께 타고 났으니
순수 지혜 양지 발하는 곳 곧 삼강 오상이지
어른과 아기가 처음부터 둘이 아닌데
병을 안은 근년에는 귀밑털이 서리와 같구나.

竹馬驕騰欲上堂	又還庭際更彷徨
忽然馳向東山去	梨栗從他乞得嘗
美質稟來幷物欲	良知[69]發處卽綱常
大人赤子初非二	抱病年來鬢似霜

뜬 구름

浮雲

뜬 구름이 남쪽에서 와서는
또 어느 곳으로 향해 돌아가나
비록 원래 무심하다 하나
무엇인가 머뭇거림이 있는 듯
누가 알랴, 맑게 텅 빈 곳에
돌고 돌아 스스로 기틀 있음을

---

69) 良知: 사람이 선천적으로 갖추고 있는 도덕적 의식. 〈孟子, 盡心〉에 "人之所不
學而能者 其良能也 所不慮而知者 其良知也(사람이 배우지 않고서도 할 수 있는
것을 양능이라 하고, 생각하지 않아도 아는 것을 양지라 한다)"함에서 유래
함.

바람이 그 사이에서 일어서
움직임이 어찌 그리 현묘 미세한가
때로는 크게 노하여 부르짖어
내치게 되면 의지할 곳도 없다
계절이로다, 비로 내려 주어서
거의 천하를 살찌게 해 주네요.

浮雲從南來	又向何處歸
雖然本無心	似乎有依違
誰知沈寥70)處	旋轉自有機
風生於其間	動也何玄微
有時太怒號	見斥失所依
時哉降以雨	庶令天下肥

유행하는 말
流言

유언비어는 원래 실상이 없어
때로는 사람을 그르칠 수도 있다
사리와 형편으로 잘 헤아려야
분명하게 거짓과 진짜를 구분해
짐승도 궁하면 반드시 덤비게 되고
사람도 굴욕되면 신원을 바란다

---

70) 沈寥: 맑게 텅 빈 모습. 밝게 개인 하늘.

애닯구나, 우리 어린 자식들이여
독을 받음이 더욱 신고롭구나.

流言本不實	或時能誤人
度以事與勢	瞭然分僞眞
獸窮必至攫	人屈必求伸
哀哉我赤子	被毒尤苦辛

재계를 드리고
致齋

조용하고 한가히 세상 도피처이고
단정하고 엄숙히 재를 드리는 때에
득실에 대한 일천 회포 잊어버리니
흥에 겨운 삶 사지 펴기에 적당하다
맑은 향불 불살라 다하려 하고
밝은 해는 비추어 남김이 없구나
누대 아래 산은 비취색으로 누우니
의연히 바로 이것이 좋은 시일세.

幽閑逃世處	端肅致齋時
得失忘千慮	興居適四支
淸香燒欲盡	白日照無遺
樓下山橫翠	依然是好詩

재계하는 마음
齋心

시동은 아닌데 시동처럼 앉아 있고
손님 없는데 손님 보는 듯 한다
마음을 거두어 외물 용납하지 않고
청결한 음식으로 정성을 다하다
슬프구나, 도를 배움이 옅지만
거짓을 쫓고도 진짜를 뚫는다
분연히 세속 염려 생기면
성인의 가르침도 한갓 수다스러울 뿐.

非尸坐如尸71)   無賓如見賓
收斂不容物   吉蠲72) 致精純
嗟哉學道淺   就僞仍斷眞
忿然塵慮生   聖謨徒諄諄

---

71) 坐如尸: '尸'는 고대에 제사할 때에 어린이를 神主로 앉혀 놓아, 신이 의지하게
   한 '尸童'을 말한다. 앉음에 있어 시동처럼 한다 함은 단정히 앉아 움직이지 않
   음을 말함. 〈禮記〉에 '坐如尸 立如齋'라 함이 있다.
72) 吉蠲: 淸潔함. 〈詩經, 小雅, 天保〉에 "吉蠲爲饎 是用孝亨(선하고 깨끗하게 음
   식을 하여 이에 제사에 드리다)" 함이 있다.

행삼군가
行三軍歌

자로가 묻되, 선생님께서 삼군을 이행하게 되면 누구와 함께 하시겠습니까 하니 공자께서 폭호와 빙하는 내가 함께 하지 않고, 반드시 일에 임하여 조심하고 계획을 좋아해 일을 성공시키는 자일 것이다 하셨다. 성인의 가르침이 해와 별처럼 빛나 삼군가 한 편을 지었으니 대개 느낀 바가 있어서이다.

子路問子行三軍則誰與 子曰 暴虎憑河 吾不與也 必也臨事而懼好謀而成者也 千載之下 聖訓之垂 粲如日星 作行三軍歌一篇 盖有所感也

하늘 땅의 폐색은 봄을 돌리려 함이요
용이나 뱀의 칩복은 자신을 보존함이니
시대 어둠 잘 길러 겹내지 아니하고
순순한 밝음으로 도움이 성인이라 한다
혈기로 용기 있어 하나로 백을 감당해도
의리로 조작되어야 천하의 신하가 된다
양을 쫓고 호랑이를 쳐 형세 필부 아니어도
군사의 성공은 다만 군기 율법에서 나온다
이공이나 변군은 용기와 지혜를 구비하여
높은 의리 하늘을 가벼이 여길만큼 오뚝하다
사물에 임하여 조심하고 좋은 계략 이루어 내니
다만 군사의 법규에만 정하고 밝은 것이 아니다
상산은 땅이 낮고 큰 고개가 준엄하여

마치 뭇 고기가 솥에 있으면서 살기를 노리는 듯
가로지른 흐름 내달아 그 형세는 반드시 격동되나
함정이 되어 견고한 성이 없음이 다만 한스럽구나
가을 바람 점점 싸늘하니 근육 뼈대 뻣뻣해오고
가을 밤 점점 길어 영혼 꿈은 맑구나
원컨대, 우리 주인 장군이여 공렬을 세워서
한 번의 거사로 요사스런 기운을 다 끊기게 하여
만백의 창생 백성들 모두가 평안히 살게 하여
다시 남은 해를 향해서 바람 달 희롱하게 하소.

天地之閉回其春	龍蛇之蟄存其身
遵養時晦不爲恧	純熙大介稱聖人
血氣有勇一當百	義理作至天下臣
驅羊格虎勢非匹	師臧73) 只在出以律
李公邊君勇智俱	高義薄天何崔嵬
臨事而懼好謀成	不獨軍法皆精明
商山地低大嶺峻	群魚在鼎方偸生
橫流奔瀆勢必激	陷穽只恨無堅城
秋風漸冷筋骨緊	秋夜漸長魂夢淸
願我主將樹功烈	一擧畢使祅氛絶
百萬蒼生皆按堵	更向殘年弄風月

---

73) 師臧: 앞의 주 68) 참조.

제 노래
自詠

스스로 다행히 태평성대 만나
긴 노래 읊조리며 초가 집에 눕다
평생동안 사는 이치엔 졸렬하고
병이 많아 시귀는 형편도 성글기만
변소의 뱃 속은 오경의 상자이고
장욱은 마음에서 초서를 잘했다
나의 생애에 다시 무엇을 바라랴
흰 머리털밖에 남은 것 없구나.

自幸逢昭代　　　　長歌臥草廬
百年生理拙　　　　多病勢交踈
邊腹是經笥74)　　　旭75)心能草書
吾生復何望　　　　髮白已無餘

---

74) 邊腹經笥: 邊韶의 배에는 五經의 상자라 하여, 학식이 많은 이를 이르는 말.
  後漢의 邊韶의 字가 孝先인데 문학으로 알려져 제자가 많았다. 하루는 낮잠을
  자고 있는데, 제자들이 조소하기를 변효선은 배가 불러 독서를 게을리하고 낮
  잠을 잔다 하니, 변소가 몰래 듣고는 곧 응대하되 "변가의 성과 효선의 자인
  자는 배가 부른 게 오경의 상자이다. 다만 졸려고 하는 것은 경서를 생각하여
  잘 때는 주공과 꿈을 통하고 조용할 때는 공자와 뜻을 같이한다. 스승을 조롱
  함은 어느 경전에서 나왔느냐(邊爲姓 孝爲字 腹便便 五經笥 但欲眠 思經事 寐
  與周公通夢 靜與孔子同意, 師而可嘲 出何典記)" 하니 조롱하던 자들이 크게 부
  끄러워했다.
75) 旭: 唐의 張旭, 자는 伯高. 초서를 잘 쓰고 술을 좋아하여 취하면 머리에다 먹
  을 묻혀서 쓰고는 깨고 나서는 스스로 神筆이라 했다. 文宗 때에 公孫舞의 칼
  춤과 李白의 시와 張旭의 초서를 三絶이라 했다.

느낌 있어
有感

도는 마음 속 바탕에 있지만
원래 머리 위 하늘에서 왔지
이미 바른 양성 입음 어겼고
도에 태만하고 현명한 선비 바라나
시흥은 선배들에게 대적하고
술의 광기는 참으로 소년일세
유유히 오래도록 길 헤맸으니
구름 안개 산천을 암흑하게 해.

道在心中地	原從頭上天
已違蒙養正	謾道士希賢
詩興敵先輩	酒狂眞少年
悠悠久迷路	雲霧暗山川

어느 사실
卽事

해 비추어 남쪽 창은 희고
시 이루니 다섯 글자가 맑다
진리의 정은 끊기고 잇기 많고
야인의 역사는 논란 비평 적다

구름 담담하니 하늘 모습 고요하고
가을 깊으니 산 빛도 밝구나
유연히 높은 흥취 피어나니
머리 돌려 봉래 영주 바라보다.

日照南窓白	詩成五字淸
道情多斷續	野史少譏評
雲淡天容寂	秋深山色明
悠然高興發	矯首望蓬瀛[76]

새벽에 일어나 창을 열고 옥상의 서리를 보다
晨興開窓 見屋上霜

창을 여니 옥상의 기와가 희어
홀연 서리 이미 내림에 놀라다
앉아 아이들 추울까 염려하니
내 옷이 오히려 터지고 찢겼구나
어린 종년 꿇어앉아 말하기를
서리 내린지가 이미 여러 밤이었지만
마음 속 회포 감히 말을 못했다 하네
얼음을 참기에 현격함이 있어서 아니고
주인 댁의 은혜를 입지도 못했으니

---

76) 蓬瀛: 蓬萊와 瀛洲. 신선 산의 이름, 신선이 살던 곳이라 전해짐. 仙境의 일반
　　적 지칭.

생명인들 누가 아껴 주었겠소
얼음을 깨고 새벽에 샘물을 길 때
내 다리가 때론 혹 벌건 알다리였소
사지의 몸통 겨우 드러나기 면하니
내 마음 참으로 서글프오이다
듣자니 더욱 상심 비상하지만
나도 사실 축적된 것이 없구나
축적하여 너를 따뜻이 못하면서
무슨 마음으로 너의 힘을 먹고 있는가.

開窓屋瓦白	忽驚霜已落
坐念兒孫寒	吾衣猶裂拆
小婢跪吐語	霜落已數夕
心懷不敢言	忍凍匪懸隔
不蒙宅主恩	性命誰見惜
敲氷晨汲泉	我脚或時赤
支體僅免露	我心誠惻惻
聞之益傷悲	我實無蓄積
蓄積不煖汝	何心食汝力

중양절이 이미 가까워
重九已近

누런 국화 약간 터졌으니 중양절 가까워

가을 빛 숲 정자에 마음 가득 서늘하다

높은 곳 오르려면 다시 어느 곳일지 모르나

용산에서 떨어지는 모자　호기 광기 생각노라

벌레 소리 이미 끊기니 달빛 흐르는 밤이요

기러기 그림자 처음 나니 하늘은 일찍이 서리 내린다

옛날은 가고 오늘은 오니 모름지기 술에 취하자

나도 흐르는 세월과 함께 하니 이것이 풍광이지.

黃花微綻近重陽　　秋色林亭滿意凉
未識登高更何處　　龍山落帽[77] 想豪狂
蛩聲已斷月流夜　　鴈影初飛天早霜
古往今來須酩酊　　共吾流轉是風光

날 개임 기뻐
喜晴

낮 되자 구름 날리고 유쾌히 개어

사방 산의 가을 기운이 완연히 맑구나

싸늘한 매미 짧은 경치 소리 어색하더니

서리 기러기 먼 하늘에 그림자 또 비꼈다

---

77) 龍山落帽: 〈晉書, 孟嘉傳〉에 맹가가 桓溫의 참군이 되었는데 온이 매우 사랑했
　　다. 9월 9일에 온이 龍山에서 잔치를 베풀었는데 그 때 바람이 불어 맹가의 모
　　자가 날렸으나, 맹가는 그것을 모르고 변소에 간 사이에 孫盛이 글을 지어 비
　　웃으며 맹가의 자리에 앉았다. 맹가가 돌아와 그것을 보고는 답으로 글을 지은
　　문장이 유명하여, 그 후로 '龍山落帽'가 중양절의 故事가 되었다.

푸른 꽃잎은 옛날 두보가 읊은 적 있고
흰 옷은 지금 도연명을 춤추고 싶구나
높은 곳 올라 우리 집의 일을 읊을 수 있기에
이미 새로운 시가 있어 시선 아래에 인다.

向午雲飛快放晴　　四山秋氣十分淸
寒蟬短景聲初澁　　霜鴈遙空影又橫
靑藥昔曾吟子美　　白衣今欲舞淵明
登高能賦吾家事　　已有新詩眼底生

열흘날의 국화
十日菊[78]

열흘 날의 국화가 깊은 골짜기를 비추고
주인은 흰 머리로 고독하게 서 있구나
손으로 꺾어다가 머리에 꽂아 보니
동쪽 울타리엔 유연히 산 빛만이 파랗다
주인은 젊은 나이에는 매화와 같아서
뭇 나무들이 감히 다투어 꽃을 피우지 못했는데
지금에는 참으로 시냇가의 소나무와 같아서
원숭이도 오르고 학이 머무는 만 겹의 산들일세
한 밤 지났대서 향 감하지 않음 분명히 알라
꽃을 희롱함에 어찌 쇠잔한 모습 푼다고 애석하랴

---

78) 十日菊: 九月 九日이 지난 국화. 시기를 놓친 비유로 쓰이기도 함.

다만 바람 서리 점점 뼈에 스미는 것 두렵구나
하늘 땅도 닫히고 갇혀 장차 겨울 되겠지.

十日黃花照窮谷　　主人白髮立於獨
採之手中揷其頭　　東籬悠然山色綠
主人早歲似梅花　　衆木不敢爭開葩
如今眞同澗底松　　猿攀鶴宿山萬重
明知一夜香不減　　弄芳何惜逞衰容
只恐風霜漸刻骨　　天地閉塞將成冬

늙은 나이
老年

늙은 나이라 참으로 자신의 집을 아껴
홀로 동쪽 언덕에 올라 휘파람 불다
바람 해 맑게 깨어 하늘 땅이 넓고
봉우리 맑고 빼어나나 숲이 성글구나
강 남쪽의 구름은 용의 머리 계단을 옹위하고
변경 북쪽의 서리는 기러기 편지를 따라오다
선에 힘쓰려 함께 계승할 수 있다 말하나
마음 두어 태평의 초년을 노래하다.

老年眞箇愛吾廬　　獨上東皐一嘯舒
風日淸酣天地闊　　峰巒淨秀樹林踈

江南雲擁螭頭陛[79]　　　塞北霜隨鴈足書
强善共言爲可繼　　　有心歌詠太平初

아침 해가 남창을 비추다
朝日照南窓

아침 해가 남쪽 창을 비추니
환하게 마디 마음을 밝힌다
요임금의 큰 공이 상하로 입혀
홀로 모아 크게 이루게 되다
나에게도 역시 하늘 운명인데
어찌하여 괴로이 허덕여야 하나
사물 욕심에 가려진 바가 되어
잠깐 어둡다 또다시 잠깐 밝는다
잠깐의 밝음을 어찌 믿을 만한가
되돌아보면 뜬 구름이 돋아난다.

朝日照南窓　　　烔然方寸淸
放勳[80]被上下　　　獨也集大成
在我亦天命　　　奈何苦營營
物欲所叢翳　　　乍暗還乍明
乍明豈足恃　　　顧眄浮雲生

---

79) 螭頭陛: 용의 머리를 조각한 宮殿의 계단.
80) 放勳: 堯임금의 이름. 放은 至이고 勳은 功이니, 요임금의 공이 커서 이르지
　　않는 데가 없다 해서 이르게 됨.

맑은 새벽 국화를 대하고
清曉對菊

밤 기운은 아직 맑음이 남고
새벽 빛은 이미 희미하구나
국화는 환히 서로 비추어
내 마음이 원래 기미를 잊어
담담히 사물과 나 함께 하니
성현의 단서를 바랄 만하구나
맑은 흥 오랜 유지 어렵기에
잠시 뒤 이미 그릇됨 서글퍼져
대하자 참 모습을 그려 보려해도
잘 그리는 이 지금 또 드물어
도연명이 간 지 이미 오라니
내 장차 누구와 함께 돌아가나.

夜氣尙餘淸	晨光已熹微
菊花粲相照	吾心本忘機
淡然物我共	聖賢端可希
淸興持久難	少選嗟已非
對之欲寫眞	善畫今又稀
淵明去已遠	吾將誰與歸

牧隱詩藁 卷之二十六

돌아갈 생각
懷歸

한 줄기 용산이 자리 구석에 비춰들고
뜰 안의 배나무에는 잎이 전혀 없구나
서녘 바람 날마다 불어오기 급하니
어느 곳의 외로운 배 늙은 어부 싣나
마읍 고을의 구름 물결 미친듯 걷히려 하고
여강의 백사장 물은 펼친 길처럼 깨끗하네
이 생애를 스스로 끊음 내 어찌 감히 하랴
임금 은혜 갚지도 못하고 이미 백발인 것을.

一朶龍山照座隅	庭中梨樹葉全無
西風日日吹來急	何處孤舟着老夫
馬邑雲濤狂欲卷	驪江沙水淨如鋪
此生自斷吾何敢	未報主恩今白鬚

잎을 쓸며
掃葉

작은 종년이 낙엽을 쓸어서
헤진 키에다가 담아가지고
머리에 이고 부엌에 들어가니
주인 마님 저녁 밥 지으라 재촉
저녁 밥이 급해서가 아니라
다만 아침 밥이 늦을까 두렵다
손님이 와서 나를 초청해 가니
가지 않으면 시기함을 당할까봐
새벽 밥에 초대를 기다리는 것은
즐거운 놀이는 때에 미쳐 해야기에.

小婢掃落葉	盛之以破箕
頂載入廚去	主婦催暮炊
暮炊不必急	祇怕朝炊遲
客來要我去	不去遭猜疑
蓐食81) 待招呼	行樂當及時

---

81) 蓐食: 새벽에 아직 일어나지도 않았는데 식사가 나오는 것. 아침 식사 시간이
　　빠른 것.

절구
絶句

해와 달은 돌고 돌아 서로 가리고 흐려
마치 사람이 맞서면 곧 갈려 달리듯한다
어찌 알랴, 아래에 하늘을 관찰하는 이 있어
신령의 기틀을 셈해내면 일시에 놀라는 것을.

日月循環迭蔽虧　　　如人相値卽分馳
那知下有觀天者　　　筭出神機駭一時

송풍헌의 시, 절간이 특별히 짓기를 바라짓다
松風軒詩　絶磵特來索賦

달도 흐린 물에 들면 달 그림자는 없고
바람이 거친 돌에 부딪혀도 소리는 없다
나무를 만난 이후라야 바람도 떨쳐 울리고
샘물을 만난 뒤라야 달도 분명 밝다
물에 있어 강은 가장 깨끗한 것이고
나무에 있어 소나무가 더욱 드높다
이에 알겠다, 만난 것이 보통과 달라야
활달한 선비라 하더라도 이름 취한다
나옹의 강 달은 옛날처럼 희고
절간의 소나무 바람은 이제 또 맑구나

달 밝고 바람 맑은 태평의 곡조를
교교 적막한 천지에서 누가 화답하랴
내 지금 붓을 잡아 솔 바람을 노래하니
붓 밑에서 흡사히 바람이 일어나는 듯
솔 바람이 달을 흔드니 강에 물결이 솟아
마주하는 경계 담담하여 세상 정 잊는다
태허 공중은 지극히 고요해 만고에 파란데
소리와 빛은 어디에서 와서 가득히 차는가
하물며 지금 그림자 속의 그림자를 묘사하니
바로 외계의 물체로 나의 정력을 흔들어 놓다
또한 솔 바람 강 달 둘 다 좋은 곳을 향하여
높이 누웠으니 콧숨은 우레인 양 울린다.

月入濁水月無影	風觸頑石風無聲
樹木然後風振蕩	水泉然後月分明
江於水也最潔淨	松於木也尤崢嶸
乃知相遇異於常	豁達之士取之名
懶翁江月似舊白	絶澗松風今又淸
月白風淸大平曲	寥寥天地誰能賡
我今把筆歌松風	筆底髣髴松風生
松風搖月江湧波	對境淡然忘世情
大空至靜萬古碧	聲色何從而滿盈
況今描出影中影	適使外物搖吾精
且向松風江月兩佳處	高臥鼻息如雷鳴

매미 소리 듣고
聞蟬

두어날 밤 맑은 서리 나무에 달려 새롭더니
가을 매미는 둔갑하여 자신을 숨길 줄 안다
해 바퀴가 한낮이 되어도 동산 숲이 적적한데
목메인 싸늘한 소리가 거칠어 고르지가 못하네.

數夜淸霜着樹新   玄蟬[82]遁甲解藏身
日輪正午園林寂   咽出寒聲澁不均

가을 구름
秋雲

가을 구름은 엷기가 갑사와 같아
흰 줄로 끌려 긴 허공에 가득하구나
석양의 낙조가 파도보다 담담하여
넘치는 누런 빛이 먼 봉우리에 뜨다
성상의 세월은 귀밑털 희기로 재촉하여
비스듬히 누워 있는 쇠잔한 늙은 이
긴 휘파람 때론 맑은 시의 읊음으로
한 해 다하도록 궁해도 걱정은 안 해
평생을 교만 사치는 단절하였으니

---

82) 玄蟬: 가을 매미, 추운·매미, 秋蟬, 寒蟬.

늠름한 선비 유학자의 풍모이지
갱재가를 다시 베풀기 원하니
세상을 요순시대와 같이 구제하자.

秋雲薄如紗	曳白彌長空
夕照淡於波	餘黃浮遠峰
星霜催鬂華	偃臥衰病翁
長嘯或淸哦	不憂終歲窮
平生絶驕奢	稟然儒者風
願陳賡載歌83)	濟世唐虞同

가을 비
秋雨

창을 여니 뜰 풀이 젖어 있고
우러러 보니 구름은 하늘에 가득
밤에 비가 왔음을 비로소 아니
다행하구나, 곤히 잠들 수 있었네
아픔을 당했다면 졸 수도 없어
하루 밤이 길기가 한 해 같구나
빈 섬돌에 빗방울 자욱만 있어도
마디 마음에 일백 근심이 끓는다

---

83) 賡載歌: 주고 받는 화답의 노래. 원래 舜의 신하가 임금의 뜻을 이어 받아 '賡載歌'를 지었다.

지금처럼 단잠을 잘 수 있음은
조물주가 응당 가련히 여겼구나
가련히 여기고 가련히 여기시요
몸과 이름이 둘 다 온전하도록.

開窓庭草濕	仰見雲滿天
始知夜有雨	幸哉能困眠
當痛不得睡	一夜長如年
空堦有點滴	寸心百憂煎
如今得酣寢	造物應見憐
憐我願憐我	身名俱兩全

자손에게 주는 시
示子孫一篇

형태 단정하면 그림자 어찌 굽으며
샘이 맑으면 흐르는 물은 곧 맑다
몸 닦으면 집 평화로이 할 수 있어
어느 사물이나 성실하지 않음 없다
거칠고 음란함 본 성품을 잃게 하고
망녕된 행동은 원기와 정력을 상한다
그러므로 스스로 잘림을 경계하라
뿌리 잘리면 나무는 번영하지 못한다
잠 자리가 항시 평안한 땅에는

하늘 명령이 환하게 밝구나
어찌하여 소홀히 할 것인가
내 몸에서 유래해 태어난 것인데
혹 가까이하여 귀여워함은
짐승들도 바로 그 성정인 것을
서글프다, 우리 자손들은
이 좌우명을 잘 살피어라.

形端影豈曲	源潔流斯淸
修身可齊家	無物由不誠
荒淫喪本性	妄動傷元精
所以戒自斲	斲根木不榮
寢席燕安地	天命赫然明
奈之何忽諸	吾身所由生
或褻而玩之	禽獸其性情
嗟嗟我子孫	視此座右銘

국화를 대하고
對菊

시경 안에는 초목의 이름까지도 많이 알 수 있으나
참으로 오색의 빛이 사람을 눈멀게 하는 것과 같네
가을 하늘이 멀리 지는 해 속으로 떨어져 가니
홀로 서리 꽃술을 사랑하여 늙은이의 삶 위로하다.

多識詩中草木名⁸⁴⁾　　眞同五色使人盲⁸⁵⁾
秋天搖落斜陽裡　　獨愛霜葩慰老生

25일에 성거산에 들어 다음날 재를 열어 돌아가신 어머
니의 추천을 올리다. 돌아오다 산대암에 이르니 한유항
이 음식을 장만하여 맞이하고, 문하생인 최통헌도 있어
늦어서야 집으로 돌아왔다. 비록 좋은 경치를 만났지만
감히 시 읊을 수가 없었고 곤히 잠들어 퇴연히 아침이
될 때까지 잤으니, 좋은 경치라는 것을 10중 7, 8은 잊었
다. 다 잃을까 염려되어 두어 수를 지으니 27일이었다

廿五日　入聖居山　明日設齋薦先妣　回至山臺巖　韓柳巷設
食以迓　門生崔通憲亦在　晚而還家　雖遇勝景　不敢吟哦　困
而就寢　頹然達旦　則所謂勝景　十忘七八矣　恐遂遺佚　追賦
數首　廿七日也

산에 들어　入山

말을 타고 동문을 나서니
사천 시내에 가을 기운이 갰구나

---

84)　多識詩中草木名: 〈論語, 陽貨〉에 공자가 시를 배워야 하는 이유를 博識에 두면
　　서 "多識於鳥獸草木之名(새 짐승 초목의 이름까지도 많이 알 수 있다)"이라 하
　　였다.
85)　五色使人盲: 老子가 인위를 배격하면서, "五色令人目盲(오색이 있어 사람들을
　　눈멀게 한다)" 하였다.

산대 바위를 달려 지나니
화장의 높은 봉우리가 비꼈네
돌 벽 나즉한 곳을 우러러 보니
스님 방은 저녁 해가 밝구나
험한 길 괴로이 회정을 오르니
하늘 가에 봉우리가 평평하구나
휘파람 불며 잠시 서 있으니
나의 마음 속 정이 시원해진다
현화교를 굽어 보니
나의 걸음을 멀리할 이유가 없네
반공의 하늘에 몇 봉우리 높아
푸른 빛이 구름 끝에 솟아 난다
고삐 늦추어 끊긴 산록 따라가니
오르고 내림이 즐겁고도 놀랍다
가파른 벽이 하늘 중앙에 기대고
두 쌍의 불탑에서 풍경이 울린다
만난 중은 단 한 사람이니
절간은 높은 봉우리에 숨었구나
바라볼 수 있으나 갈 수는 없어
황홀히 소승의 조화의 성에 노닐다
문수보살은 큰 지혜가 있어
홀연히 종 소리 경쇠 소리 들린다
나의 근력 수고로이 하지 않아도
텅 빈 전원이 청정하구나
머리 조아려 세존께 예배하니

세상 연고 얽매임 돈연히 잊다
절정의 정수리 오를 길이 없으니
나의 걸음이 오히려 기울어지다
지팡이 짚고 오래 동요하지 않고
뚫어지게 살피니 오히려 장님 같네
일천 바위 저절로 다투어 빼어나니
내 붓은 참으로 연약한 병졸일세
잡아도 끝내 힘이 없어
바라보아도 감히 다툴 수 없구나
하물며 마음 속 재계하는 날 당하니
머리 드리워 정작 이루기 소원한다
피곤해 누우니 곧 졸음이 익어져
울리는 종 소리에 오경임을 알겠네
유연히 깊은 반성이 돋아나지만
다만 이름 벗어나기 어려움 부끄럽다.

騎馬出東門	沙川秋氣晴
馳過山臺巖	華藏高嶺橫
仰見石壁底	僧房斜日明
崎嶇上檜頂	天際峯巒平
一嘯立須臾	豁我方寸情
降睨玄化橋	無由迂我行
半空數朵峻	蒼翠雲端生
緩轡緣斷麓	登降欣且驚
峭壁倚天半	雙塔風鈴鳴

逢僧只一箇　　　蘭若藏崢嶸
可望不可到　　　怳然游化城[86]
文殊有大智　　　忽聞鍾磬聲
不勞我筋骨　　　曠然庭院清
稽首禮世尊　　　頓忘世故攖
無由上絶頂　　　我步猶欹傾
植杖久不動　　　熟視還如盲
千巖自競秀　　　我筆眞弱兵
取之卒無力　　　望之不敢爭
矧値齋心日　　　垂頭政思成
困臥便熟睡　　　鐘鳴知五更
悠然發深省　　　只愧難逃名

산을 벗어나서　出山

밥 짓는 중은 거친 음식 부끄러워하나
부처께 예 올림에는 깊은 정성 다한다
동이의 풍속에 제사는 할아버지부터이니
선비의 의관은 이제 자신의 책임이다
쇠약 지진이라 홀로 서기가 어려우나
호화 걸출이라도 역시 뇌동으로 부화되네
경계하고 조심하기 서리 이슬 밟듯 하고

---

86) 化城: 일시에 조화로 이루어진 성. 불교에서 小乘 경계로 비유됨. 대중이 大乘
　　의 佛果를 얻게 하기 위하여 잠시 쉬었다 점차 진정한 불과를 얻게 하기 위해
　　이루어진 조화의 성. 〈法華經, 化城喻品〉

재계하여 현명하기 경쇠 종 소리 듣듯 하라
산이 깊으니 근심스러운 마음 더하고
경계 조용하니 분주히 왕래함이 끊어지다
베개 싸늘하니 창은 달을 머금었고
등이 밝으니 불전에도 바람이 없다
맑은 (결자)에 마음 다시 적적하고
아름다운 경계엔 자취도 텅빈 듯하네
진리의 맛이 비록 맛있다 하지만
세속 인연이 아직도 농후하게 매여 있다
봉우리에는 겹겹이 푸른 소나무이고
나무 가지에는 붉게 떠 있는 햇살일세
늦은 국화는 담 밑을 비추고 있고
차가운 샘물은 집 동쪽에서 울린다
바위자세는 화장을 마치지 못했으니
안개의 생각은 새로 목욕시키려 하다
머물려 해도 진실로 계교가 없으니
장차 돌아간들 또 궁색해 질 듯
안장에 걸터앉아 말에게 맡겨 두고
소매 늘여 용을 당겨 보려 한다
길을 가로막은 가지는 나그네 만류하고
산을 벗어난 구름은 늙은 이를 쫓네
바람 따라 항시 자재로우려 하고
땅에 닿은 것이 모두가 하늘일세
동리 어구는 맑은 흐름이 빠르고
언덕 머리엔 가는 풀이 우거졌구나

길 평평하더니 곧 바위 어지럽고
산이 다하더니 또 우뚝한 봉우리
깊은 골짜기 응당 표범이 숨겠고
높은 하늘엔 가는 기러기가 있구나
지름길 다다르니 가는 나그네 보고
평탄한 길 만나니 광기 어린이 내닫다
회천 고개를 걸어당겨 오르니
송경 서울이 손가락 끝에 있구나
교묘히 가로막음은 산이 있기 때문이나
술을 얻었으니 잠시 소나무 의지하다
회고해 본들 어찌 운수를 알랴
시 읊기에도 재주 없음 부끄럽구나.

飯僧慙菲食	禮佛竭深衷
夷俗祭從祖	儒冠今責躬
衰遲難特立	豪傑亦雷同
怵惕87)踐霜露	齋明聞磬鐘
山深增悄悄	境靜絶憧憧
枕冷窓含月	燈明殿不風
淸(缺)心更寂	佳境跡如空
道味雖然旨	塵緣尙爾濃
峰巒松疊翠	樹木日浮紅
晚菊照墻底	寒泉鳴屋東

---

87) 怵惕: 조심하고 경계함. 〈書經, 冏命〉에 "怵惕惟厲　中夜以興　思免厥愆(경계하
　　고 조심하여 오직 경려하여 그 허물을 면하기 생각하라)"함이 있다.

巖姿粧未了　　　霧意沐新同
欲住誠無計　　　將歸又似窮
據鞍聊信馬　　　垂袖欲攀龍
截路枝留客　　　出山雲逐翁
隨風常自在　　　附地儘穹窿
洞口淸流馲　　　原頭細草豐
途平仍亂石　　　山盡又危峯
深谷應藏豹　　　高旻有去鴻
臨歧見行旅　　　遇坦走狂童
檜嶺夤緣[88]上　　　松京指點中
巧遮從有嶂　　　得酒暫依松
回顧寧知數　　　吟哦愧不工

산대 바위
山臺巖

군왕이 당일에 생황의 노래 옹호할 때
한 시대의 번화로 전쟁 끝나리라 연상하다
누대는 끊긴 언덕에 솟아 파란 물에 임하고
정자는 옛터에 남아 차가운 잔디만 자란다
삼한 땅의 기개로 뭇 용이 모였고
만고의 영웅들은 한 마리 새로 지나갔네

---

88) 夤緣: 걸어당겨 오름, 붙달아 옮김. 攀援, 攀附.

태평이 다시 돌려질 것인지 알 수 없는데
신하 이제 늙었으니 어찌 하여야 하나.

君王當日擁笙歌	一代繁華想止戈
臺聳斷崖臨碧水	亭留舊址長寒莎
三韓氣槪群龍集	萬古英雄一鳥過
未識大平回得未	臣今老矣欲如何

들 정
野情

들 정은 오히려 늦지가 않아
붓을 뽑아 언덕 골짜기 묘사하다
병 뒤의 자신을 스스로 회고하니
참으로 울에 갇힌 학과 꼭 같구나
흰 구름은 먼 공중으로 날아
어느 곳에 지는 지 알 수 없지만
유연히 걷혔다가도 다시 일어나니
만고의 세월 끝내 어디에 의탁하나
애오라지 이 그윽한 정을 기탁하려는데
어디에서 내 발길을 평안히 할까.

野情猶未闌	抽毫描丘壑
自顧病餘身	眞同樊中鶴
白雲飛遠空	不知何處落

悠然卷復舒　　　萬古竟誰托
聊以寄幽情　　　何從安我脚

어찌하나
奈何

어찌하나 허리는 또 시끈시끈하여
한 밤에도 잠이 평안치 못해
오뚝히 앉아 창 밝기만 기다리니
마음을 다스리기가 참으로 어렵구나
닭이 울어 조금은 기뻐지더니
새가 우니 바야흐로 마음 놓인다
뭇 어린것들 일어나 또 시끄러우나
나는 아직도 의관 정제에 게으르구나
아픈 곳을 모두 잊은 뒤라야
시 읊음이 물결처럼 호연하구나
뭇 소리가 내 귀로 들려오지만
광릉산의 가락은 사라지지 않다
날이 밝아 다시 시선을 놀리니
족히 춥고 배고픔 잊을 만하구나.

奈何腰又酸　　　夜半眠不安
危坐待窓曙　　　操心良甚艱
雞鳴稍已喜　　　鳥啼方自寬

衆雛起又眠　　我尙憔衣冠
頓忘所痛處　　吟哦浩波瀾
衆音入吾耳　　不消廣陵散[89]
天明更遊目　　足以忘飢寒

해는 서쪽에
日西

해 서쪽이면　그림자는 동쪽으로
아른아른 쇠잔한 늙은이에게 비추다
멀리 보면 아주 먼 옛날에 들 수 있고
고요히 앉아 크게 같은 대동을 생각하다
하늘 멀어 높은 흥을 끌어 당기고
계절 추우면 고신의 충정을 안다
적적 고요하여 여유 있는 멋으로
가을 벌레인 양 읊고 또 읊다.

日西窓影東　　依依衰老翁
遲觀入邃古　　靜坐思大同
天遠引高興　　歲寒抱孤忠
寂寥有餘味　　吟咏如秋虫

---

89) 廣陵散: 거문고 곡조의 이름. 三國시대 魏의 嵇康이 이 곡을 잘 탔으나 비법으로 전하지 않다가, 뒤에 피해를 받아 처형하게 될 때에 "廣陵散은 이제는 끝났다" 하였다. 그 후로 일이 이어지지 않아 끊어짐의 비유로 쓰였다.

병난 뒤로
病餘

병 난 뒤로 광기가 줄지 않아
다만 마디만한 마음만 있어
근육 골격은 움직이면 시고
귀밑 머리는 어찌 이리 성근가
꽃을 보아도 안개로 가린 듯하고
달밤을 거닐면 마치 숲에 든듯
시력도 이미 이렇게 되었으니
문을 닫고 종일토록 읊는다.

病餘狂不減	只有方寸心
筋骸動酸澀	鬢髮何蕭森
看花似隔霧	踏月如入林
眼力已如許	閉門終日吟

비를 대하고
對雨

가랑비 사륵사륵 새벽 암자를 비추니
청산은 문 앞에 다가와 쪽빛을 펴놓은 듯
우산 받고 맑음 감상 모시기 해롭지 않으나
다만 발을 걷어 부드러운 담소 허비할까 두렵다

도롱이로 반은 가린 촌 노인은 가고
약간 젖은 가사옷의 들 중이 끼어든다
띠 처마에 벼루 가져가 추녀 물을 받으니
자석 벼루의 달 흔적이 푸른 못에 잠겼네.

小雨踈踈曉映菴　　　靑山當戶似披藍
不妨持傘陪淸賞　　　只恐鉤簾費軟談
襏襫90)半遮村曳去　　　袈裟乍濕野僧參
茅簷携硯將承溜　　　紫石月痕沈碧潭

초겨울
冬初

초겨울의 가랑비가 밤새도록 이어져
한낮 뒤까지 빈 처마엔 방울져 소리지다
몸과 세상 아련하게 늙음에 놀라고
노래말 대충대충 태평성대 노래하다
구름이 먼 뫼에 나즉하니 술잔 앞이 어둡고
바람은 성근 숲에 울려서 붓 끝이 맑구나
찌는 더위 날씨에 오싹하는 추위 바란 적 있지만
어떻게하여 이제 다시 남은 생을 바라야 하나.

冬初小雨夜連明　　　午後盧簷滴有聲
身世依依驚老大　　　歌詞草草誦昇平

---

90) 襏襫: 도롱이. 雨衣.

雲低岫遠樽前暗　　　風動踈林筆底淸
曾向炎天望凄凜　　　奈何今復念殘生

남쪽 창
南窓

남쪽 창에 햇살이 막 비치니

가을 파리 창호지 따라 난다

여름 날씨엔 넓은 자리도 미끄러지듯

재빠르게 날아도 소리가 있어

그 당시는 쫓아 버려도

되돌아와 놀라지도 않는 듯하더니

이제는 이렇듯 어색한 듯 수줍으니

너는 장차 어떻게 살아갈 것인가

이 늙은이는 괴롭게도 할 일이 없어

서글피도 정을 내기도 어렵구나.

南窓日方照　　　癡蠅91)緣紙行
炎天廣簟滑　　　剽輕飛有聲
當時驅之去　　　翩旋如不驚
今玆似羞澁　　　爾將何以生
老翁苦無事　　　惻然難爲情

---

91) 癡蠅: 가을 파리.

개인 하늘
天晴

하늘은 개어 파랗기 물과 같아
흰 머리 늙은이 높은 누대 의지하다
직언의 벼슬길은 세 번 내침도 가볍고
남은 여생은 온갖 근심 흩으리라
달은 넓은 들에서 솟아 오르고
구름은 먼 산과 함께 떠 있다
삭막 쓸쓸하여 좋은 곳 더듬으며
유유히 옛 놀이를 생각하고 있다.

天晴碧如水　　　白髮倚高樓
直道輕三黜[92]　　餘生散百憂
月從平野湧　　　雲與遠山浮
索寞偏多味　　　悠悠憶舊游

소나무 아래에서 음복하다
松下飮福

산소에 올라 사방을 바라니 일만 봉우리 푸르고

---

92) 三黜: 벼슬길에서 세 번의 내침. 柳下惠가 士師가 되어 세 번을 내쳐도 가지
　　않으니, 사람들이 그대는 그러고도 왜 가지 않느냐 하니, "곧은 도리로 임금을
　　섬기면 어디를 간들 세 번 내쳐지지 않느냐(直道而事人　焉往而不三黜)" 하였
　　다. 그래서 벼슬길의 어려움을 비유하기도 한다.

흰 물줄기 중간을 나누어 두 폭의 비단 병풍일세
누가 알겠나, 목은 늙은이 소나무 아래 앉아서
두어 잔 기울이고 나서 산신령에 감사해 함을.

登高四望萬峰靑　　　白水中分兩錦屛
誰識牧翁松下坐　　　數杯傾了謝山靈

늙어 구름 산을 향하니 시선도 함께 푸르러지나
다만 그림도 아닌데 문득 병풍과 같음 의아하다
흰 머리에 점점 풍류가 심함을 깨닫겠으니
사람의 영걸이란 원래가 땅의 영특함에 달렸다.

老向雲山眼共靑　　　只疑非畵却如屛
白頭漸覺風流甚　　　人傑由來荷地靈

시선 안에는 구름도 희고 또 산도 푸르러
산은 (결자)에 있어 짧은 병풍에 의지하다
반은 취하고 반은 깨어 정과 흥이 넘치니
하늘 끝과 땅 끝이 하느님 영특함 우러르다.

眼中雲白又山靑　　　日在 (缺) 倚短屛
半醉半醒情興逸　　　普天率土[93]仰皇靈

---

93) 普天率土: 四海의 안, 天下를 말함. 〈孟子, 萬章〉에 "普天之下 莫非王土 率土
　　之濱 莫非王臣(넓은 하늘 아래 왕의 영토 아님이 없고 땅의 끝까지 왕의 신하
　　아님이 없다)" 하였다.

설시승에게 주다
贈偰寺丞

아침 햇살이 창을 비추어 밝으니
하늘 기상은 물과 같이 맑구나
새는 뜰 나무 가지에서 우니
의연하게 벗을 찾는 소리이구나
종용한 언어로 아름다운 손을 대하니
유유 아득한 방촌 마음의 정일세
사문의 진리가 반은 손상되었으니
세상 길에는 형극의 길이 돋았다
하늘의 운수도 갈라지는 때이니
어찌 이 몸의 가볍고 무거움 따지랴
다만 각기 노력하기를 원하노니
흰 머리의 늙은이 태평을 노래하다.

朝暾照窓明	天氣如水淸
鳥啼庭樹枝	依然求友聲
靜言對佳客	悠悠方寸情
斯文半淪喪	世路荊棘生
天運屬分裂	何論身重輕
但願各努力	皓首歌太平

홍시의 노래
紅柿子歌

홍시는 멀리 상산의 동쪽에 있어서
비취색 바구니로 광명궁에 받들어 올려
고운 것 나눈 뒤 여러 공에게 진상하다가
다행히도 역시 쇠잔 노약한 이에게 미치다
밝은 창에 눈을 부벼도 오히려 몽롱하더니
잠시사이 난만한 광채가 공중에 뜬 것 보다
처음에는 불의 신이 깊은 마음 열었나 했더니
살갗의 결이 처음 엉기니 만물의 초생과 같다
또 붉은 규룡의 알이 중간에 있나 의아했더니
동글 동글한 표면에 가운데는 영롱한 구슬일세
씹으면 맛은 달아 점점 가시지 않으니
석청 꿀이 벌에게서 이루어짐이 가련하구나
여지나 감람 열매는 조미맛이 같지 않아
오래 두면 많이 변함이 간사한 영웅 같으나
감은 한결같은 맛이 어찌 그리 짙어서
그 순수 진여가 다시는 하늘 조화 걱정이 없다
늙은이 지금 괴로움 참으며 훈고주석하는데
혀 마르고 입술은 타고 머리는 쑥대 같다가
홀연히 얼음 눈이 열기의 불길을 씻어주어
몸이 경쾌하여 봉래산의 신선궁을 뵈려하다
차를 좋아하던 늙은 노동이
입곱 잔에서 처음 맑음 바람 얻는다함 우습구나.

紅柿遠在商山⁹⁴⁾東　　　翠籠擎獻光明宮
分封羨餘進諸公　　　幸哉亦及衰老翁
明窓揩目尙朦朧　　　乍見爛熳光浮空
初疑赤帝⁹⁵⁾所降衷　　　膚理始凝方屯蒙⁹⁶⁾
又疑頳蚪卵⁹⁷⁾在中　　　團圓外面中玲瓏
嚼之味甘愈不窮　　　可憐崖蜜成於蜂
荔枝橄欖調不同　　　恃遠多變如奸雄
柿也一味何其濃　　　純眞不復愁天工
翁今忍苦註魚虫⁹⁸⁾　　　舌乾吻燥頭如蓬
忽驚氷雪洗熱烘　　　身輕欲謁蓬萊宮
笑殺喫茶老盧仝　　　七椀⁹⁹⁾始得生淸風

---

94) 商山: 산의 이름. 협서성 상현 동쪽에 있는데, 秦末에 네 노인이 은거하여 유명해 짐. 이를 '商山四皓'라 한다. 東園公 甬里先生 綺里季 夏黃公인데, 漢高祖가 불러도 가지 않았다. 뒤에 고조가 태자를 폐하려 하자, 呂后가 張良의 계략을 이용하여 四皓를 맞이하여 太子輔를 삼아 태자의 羽翼을 만들어 태자를 바꾸려 한 생각을 제거했다.

95) 赤帝: 祝融氏, 곧 火神을 말함.

96) 屯蒙: 〈周易〉의 屯卦와 蒙卦이니, 만물이 처음 날 때 연약한 모습.

97) 頳蚪卵: 붉은 규룡의 알, 감을 이르는 말.

98) 註魚蟲: 문자의 訓詁 註釋을 이르는 말. 〈爾雅〉에 〈釋魚〉〈釋蟲〉편이 있어, 글자의 의미나 주석을 이르게 됨.

99) 盧仝七椀茶: 唐의 盧仝의 〈走筆謝孟諫議寄新茶〉의 시에 "一椀喉吻潤 兩腋破孤悶 …七椀喫不得也 唯覺兩腋習習淸風生(한 잔에 목구멍을 추기고 두 겨드랑이의 고민을 격파하고 …일곱 잔은 얻어 마시기도 어렵지만 오직 두 겨드랑이에 솔솔 맑은 바람 이는 것 깨닫는다)"이라 하여 후세에 '七椀茶'를 차의 효용을 극찬한 용례로 인용이 된다.

아침 노래
朝吟

아침 노래 어찌 그리 급한가
생각이 국풍 아송에 들었기에
외계 사물이 내게 부딪지 않아
맑고 밝음이 막 내 몸에 있다
담담하기도 하고 혹 평안도 해서
내려준 단충의 마음 보존할 만해
갑자기 찾아오는 이 있을까 두려워
유독 주공에게만 놀램만이 아니다
불러내니 감히 사절할 수 없어서
흰 머리로 연한 진홍빛을 밟으며
높이 읊어 붓에다 의탁하니
새벽 빛 개고 바람도 없구나.

朝吟何太急	思入風雅中
外物不我觸	淸明方在躬
淡然或怡然	可以保降衷
祇恐忽剝啄100)	不獨驚周公101)
招呼不敢絶	白頭踏軟紅
高吟托毛穎102)	曉色晴無風

---

100) 剝啄: 문을 두드리거나 바둑을 두는 소리의 擬聲語.
101) 驚周公: 周公이 손님 대접에 민첩하여, 아침 식사할 때에 세 번이나 손님을
　　맞이하려 먹던 밥을 뱉으며 맞이했고, 감던 머리를 세 번이나 쥐어 잡고 나가
　　맞았다 함. ‘三吐飯’ ‘三握髮’

조용한 거처
幽居

성근 가랑비 높은 숲에 뿌리니
그윽한 거처에 날씨 또 춥구나
햇살은 구름 그림자에 섞이어
홀로 앉은 내 얼굴이 평안하구나
골목길 버들은 하늘거림도 없고
울안의 국화엔 둥근 구슬이 남다
솔과 잣나무 푸르름 돌아보니
곡령의 봉우리 용산과 마주하다.

疎雨滴高林	幽居天又寒
日光雜雲影	獨坐怡我顏
巷柳罷裊裊	籬菊留團團
回看松栢翠	鵠嶺對龍巒

비 바람 소리 한 수, 돌아가려는 생각에
風雨聲一篇　思歸也

새벽의 비 바람에 닭도 어지러이 우니
바람 쌩쌩 닭 꼬댁 꼬댁 등잔은 깜박깜박
신기한 이는 꿈이 깨어 잠을 이루지 못하니

---

102) 毛穎: 韓愈가 붓을 擬人化하여 〈毛穎傳〉을 썼다.

공 때문인가 사때문인가 감정 잡기 어렵구나
신하 되어서는 하늘 삼는 바 잊을 수 없고
자식 되어서는 욕되는 일을 할 수가 없다
나의 삶을 점검하며 앉아 탄식하게 되니
끝내 옳은 것 하나 없이 오직 헛된 이름일세
젊은 나이 급류를 타서 지위 이미 날리어
늘그막에 한가로이 살아도 오히려 녹받는 영화
문장이란 돈 값어치 없음 스스로 알면서도
값을 너무 높이 찾으니 얼굴 몹시 붉어진다
다만 몸 물러날 표문 없음이 흠이기에
앉아 새벽녘의 비 바람 소리만 듣고 있다.

五更風雨雞亂鳴	蕭蕭膠膠103) 燈滅明
畸人104) 夢斷睡不着	公邪私邪難爲情
爲臣不可忘所天	爲子不可忝所生
點檢吾生坐歎息	竟無一可唯虛名
壯年急流已位顯	老境閑居猶祿榮
文章自知不直錢	索價太高顔甚頳
只欠乞身一表耳	坐聽五更風雨聲

---

103) 蕭蕭膠膠: 바람 소리 닭 우는 소리. 〈詩經, 鄭風, 風雨〉에 "風雨瀟瀟 鷄鳴膠
膠"라 함이 있다.
104) 畸人: 신기한 사람. 仙人.

산중의 노래
山中謠

내 듣건대, 바다에 도적이 있어
시시 때때로 강 마을을 침공한다네
처음에는 밤에 언덕으로 올라와
쥐새끼처럼 담 넘어 훔쳐가더니
중간에는 교만해져 물러가지도 않고
대낮에 평원의 들을 횡행하여
점점 관군과 감히 서로 맞서서
새벽에 북 치고 와서는 곧 황혼이 된다
나는 때로 다른 세상의 일로만 들리는 듯
일찍 자고 늦게 일어나 손자들과 놀았으나
해가 지나며 산릉 계곡이 홀연 뒤바뀌어
도적의 형세 창궐하여 장차 삼켜버릴 듯
맨발로 천 길의 언덕을 달려 올랐고
등나무 가시 돌 부리를 원숭이가 날듯
관군이 배를 불태워 노여움 격앙시키니
독을 불꽃처럼 뿜어 다 불사를 듯하구나
안방 안의 아녀자나 병졸의 무리가
머리 내어 살육으로 나아가니 무슨 말 하랴
나는 다행히 숲 속에 엎드리어
겨우 생명이나 보존할 뿐 남은 것이 없다
주림 참고 괴로움 참고 하루에다 또 하루
비로소 바닷가에 억울한 부르짖음 많음 알겠다

억울한 부르짖음 서른하고도 또 한 해이니
국가 기관에선 오래도록 서민 백성 걱정하다
어찌하여 오늘은 나에게도 미쳐왔으니
호소하려함이 곧바로 궁궐 문 앞은 아니다
돌이켜 생각하면 사실은 나의 운명이니
평안이 오래면 반드시 위태롭고 형통하면 막히는 것
하늘이 인간에게 두텁거나 엷음이 없는 것이니
비록 오래고 빠름이 있지만 고루하는 은택이다
태평을 내려주실 것이 혹자는 가까이에 있다 하니
내 지금 머리 조아려 하늘 땅에 부르짖는다.

我聞海有賊　　　　時時攻水村
其初夜登岸　　　　鼠竊踰墻坦
中焉驕不退　　　　白晝行平原
漸與官軍敢相敵　　淸晨鼓譟俄黃昏
我時如聞異世事　　寢早起遲弄兒孫
年來陵谷忽易處　　賊勢猖獗將并吞
赤足走上千仞崖　　藤棘石角飛猴猿
官軍燒船激其怒　　肆毒烈火如俱焚
閨中女兒與卒徒　　騈首就戮餘何言
我幸竄伏榛灌中　　僅保性命無留存
忍飢忍苦日復日　　始知濱海多呼冤
呼冤三十又一年　　廟堂久矣憂黎元
奈何今日亦及我　　告焉直欲非天閽
反而思之實我命　　久安必危亨必屯

天於人兮無厚薄　　　雖有久速均其恩
賜之大平或者近　　　我今稽顙呼乾坤

해동
海東

바다 동쪽 기자의 나라에
목은 늙은이 귀밑머리 희었다
병은 나이와 함께 더욱 커지고
수심은 세월을 따라 또 늘어난다
싸고 안는 일은 하늘 땅에 감사하고
나누어지는 것은 산과 강에 위로하다
창조의 조물주 참으로 알기 어렵구나
유연히 홀로 호연의 노래 부른다.

海東箕子國　　　牧老鬢皤皤
病與年俱大　　　愁隨日又多
包容謝天地　　　分裂弔山河
造物誠難料　　　悠然獨浩歌

흐린 날씨
天陰

흐린 날씨 들 밖엔 뭇 산이 잠기었고
온갖 생각 흐리고 흐려 졸음에 앉아 있다
해가 하늘 중앙을 지나자 구름 처음 걷혀
창 가득한 광채에 귀밑머리 얼룩지다.

天陰野外沒群山　　　萬慮昏昏坐睡間
日過天中雲始散　　　滿窓光彩鬢毛斑

갠 날씨
天晴

갠 날씨 만리에는 바다와 산이 수평인데
오히려 뜬 구름이 별안간 일까 걱정스럽다
우리의 도가 어느날에 끝날까
다행히도 방촌의 마음이 잠시 청명하여라.

天晴萬里海山平　　　尙恐浮雲瞥爾生
吾道晦盲何日已　　　幸哉方寸乍淸明

높이 읊다
高吟

아득한 하늘 땅 중간에
외로이 선 쇠잔한 늙은이
아득하구나 복희황제여
유유히 옛 풍모를 생각하다
흐르는 물은 큰 골로 내닫고
뜬 구름은 긴 허공에 가득하다
높은 노래에 생각도 끝 없어
흰 해가 하늘 동쪽에서 돋다.

渺然天地中	孑孑立衰翁
邈矣義皇上	悠悠思古風
流水赴大壑	浮雲滿長空
高吟意無極	白日生天東

차를 끓이다
點茶

싸늘한 우물에 두레박 드리우자
갠 창에서 곧 차를 끓인다
목에 닿자 오장의 열기 공격하고
뼈에 스미니 뭇 사악함 쓸어내다
차가운 석간수 달 아래 떨어지고

파란 구름은 바람 밖으로 기운다
이미 참 맛이 오래감을 알았으니
다시 눈 어둔 꽃을 씻어낸다.

冷井才垂綆　　　晴窓便點茶
觸喉攻五熱　　　徹骨掃群邪
寒磵月中落　　　碧雲風外斜
已知眞味永　　　更洗眼昏花

오래 앉아서
坐久

오래 앉을수록 마음은 더욱 산란하나
시 많이 읊을수록 말은 다시 생겨나
내 머리는 지금 다 희어졌지만
새벽 비에는 남은 맑음이 있다
구름은 골짜기의 안 절에 어둡고
하늘은 강 위의 성에 나즉하구나
도롱이 옷으로 언제 갈 것인가
묵묵 조용히 홀로 정을 삼키다.

坐久心逾亂　　　吟多語更生
吾頭今盡白　　　曉雨有餘淸
雲暗谷中寺　　　天低江上城
簑衣何日去　　　默默獨含情

牧隱詩藁 卷之二十七

참새 소리
雀聲

참새 소리 기쁨을 알려 작은 창이 밝으니
홀로 앉은 쇠잔한 노인 흥의 정황 맑구나
시월의 첫 추위는 크게 이른 것은 아니지만
반 산의 가랑비가 완전히 개이진 않다
넉넉히 묵은 찌끼 가슴에서 다하게 하고
홀연히 새로운 시가 시선 아래서 돋아나다
누대 아래 산봉우리 그림 같은 곳에서
다시 사라지는 피리 소리의 두서너 곡조.

雀聲報喜小窓明　　獨坐衰翁興況淸
十月初寒非大早　　半山微雨未全晴
剩敎査滓胸中盡　　忽有新詩眼底生
樓下峰巒如畵處　　更消長笙兩三聲

아득하구나
邈哉

아득하구나, 옛 세상의 사람들이여
남겨 놓은 울림을 들을 곳 없네
홀연히 마음이 크게 열리더니
은근히 즐거운 정이 교접하나
걸어당겨도 만류할 수가 없지만
나로 하여금 맑은 향기로 다가오네
내 몸은 먼지 찌꺼기로부터
벗어나 자주빛 기운 넘을 길 없네
허리 굽히자니 땀은 등에 배고
세상 보기를 뜬 구름 같이 하다
순임금 가신 지 이미 오래니
창오의 공중엔 저녁 해 빛난다.

邈哉上世人	遺響無從聞
忽然心孔開	交懽接殷勤
挽之不可留	使我歆淸芬
我身自塵滓	末由超紫氛
磬折105)汗洽背	視世如浮雲
重華106)去已遠	蒼梧107)空夕曛

---

105) 磬折: 몸을 낮춰 굴욕을 당함. 허리를 굽혀 겸손함.
106) 重華: 舜임금의 美稱. 華는 文德이니, 그 광채와 문덕이 거듭 堯임금에게 합
　　 쳐져 성스런 현명을 갖추었다는 뜻임.
107) 蒼梧: 일명 九疑. 湖南省 寧遠縣 동남에 있는 舜이 巡行하다 죽었다 하는 곳.

스님 거처에 읊다
因詠僧居

산듯 시원하게 세정 생각 잊고서
쓸쓸히 몇 해를 지내셨나
아침 밥 뒤엔 한가로이 졸고
저녁 종 소리 가에 적적히 섰다
물을 토하는 용은 바리대에 숨고
꽃을 문 새는 하늘에서 내려오다
높이 찾아뵙는 것 어찌 뜻이 없으랴만
모든 세상 인연 끊지 못해 한스럽다.

洒落忘情想　　　蕭條度歲年
閑眠朝飯後　　　寂立暝鍾邊
吐水龍藏鉢　　　含花鳥降天
高尋豈無意　　　恨未息諸緣

물이 있어
有水

물이 있어 바위 머리에서 떨어져
천 길을 더 날아 흐른다
아래에는 백 이랑의 못이 있어
산도 가를 듯이 우뢰로 울린다

언덕 따라 풀도 돋지 않고
중앙에 용이 숨는 곳이 있는데
어찌하여 눕더니 일어나지 않나
사는 백성들 곡식 쌓은 창고 없으니
창고가 실해야 예절을 아는 것이니
이 백성들의 평안함을 보시요.

有水落岩頭	飛流千丈强
下有百頃潭	雷鳴如列岡
緣崖草不生	中爲龍所藏
如何臥不起	居者無積倉
倉實知禮節	願覩斯民康

베개 머리 빗소리 들려
枕上聞雨

늙어도 고향 가지 못함 항상 스스로 상심인데
동짓달의 음산한 비 역시 상도가 아니다
밤 침상의 등불 그림자도 시 읊음에 식고
새벽 베개 처마 소리도 꿈 속에 아득하구나
원기가 낮을 때 순리를 터득할 수 있지만
쇠잔한 나이 어떤 계책이 가장 좋을까
붓을 뽑아 이 처량한 생각 써보려 하니
깊고 낮음을 모름지기 바다 물로 헤아리리.

老不歸田每自傷　　仲冬陰雨亦非常
夜床燈影吟中冷　　曉枕簷聲夢裡長
元氣底時能得順　　殘年何策最爲良
抽毫欲寫凄凉意　　深淺須將海水量

11월 2일, 싸락눈이 공중에 날려 땅에는 내리지도 않더
니, 조금 있다 그치고 바람이 크게 일다. 방에 들어 조
용히 앉아 한 수를 짓다
十一月初二日　微雪飄空不下地　俄而止　風大起　入室靜坐
吟成一首

싸락눈이 공중에 날려 내려 오려 하니
미친 바람이 땅을 휩쓸어 홀연 시기한다
목은 늙은이 심히 한가하고 남창이 조용하니
풍년이 올해로 몇 차례나 돌아올까 생각해 보다
고요 적적한 문 안 뜰은 명승지를 이루었고
망망 아득한 하늘 땅은 가벼운 먼지도 없애다
은과 소금 백옥 솜도 모두 다 진부한 언어이니
내 일찍이 사물을 서술하는 재주 없음 부끄럽다.

微雪飄空欲下來　　狂風卷地忽相猜
牧翁閑甚南窓靜　　坐念豊年今幾迴
寂寂門庭成勝地　　茫茫天地絶輕埃
銀鹽玉絮皆陳腐　　愧我曾無賦物才

샛바람
東風

샛바람 땅을 휩쓸어 그 형세 망망하니
초목은 때를 만나 피어나려 하는구나
하늘 집 홀연 맑아 한 점의 얼룩도 없고
해 바퀴는 정오가 되어서 방황하는 듯
송나라 도읍엔 붓을 잡아 육익이 지나갔다 썼고
한고조는 어떻게 사방을 지킬까란 노래한 적 있다
흰 머리 쇠잔한 늙은이 깊이 문을 닫고
때로는 한가한 생각을 붓 끝에다 기탁하네.

東風捲地勢茫茫　　　草木逢辰欲發揚
天宇忽淸無點綴　　　日輪當午似彷徨
宋都持筆過六鷁[108]　　漢祖曾歌守四方[109]
白髮衰翁深閉戶　　　有時閑念寄毫鋩

---

108) 六鷁: 〈春秋, 僖公 十六年〉에 "六鷁退飛 過宋都"라 하였고, 杜預의 주에 "鷁은
　　물새인데 높이 날아 바람을 만나면 물러간다. 송나라 사람들이 재앙으로 여겨
　　제후들에게 알린 것이다 그래서 역사에 썼다." 하였다. 그 후로 '재앙이나 형
　　편이 역전되는 것'으로 인용된다.
109) 守四方: 漢의 高祖가 천하를 통일하고 〈大風歌〉를 불렀는데, 거기에 "安得壯
　　士兮守四方(어떻게 장사들을 얻어 사방을 지킬까)"이라 한 구가 있다.

이웃 노인

隣翁

이웃 농가에 노인이 있어
아들을 보내 이르는 말이
경작하는 땅이 비록 척박하기는 하나
하나를 주로 하니 일이 번거롭지 않아
금년엔 세수를 맡은 관리가
부사를 시켜 우리 집에 와서는
창고 집에서 전쟁을 하려고 하여
나에게 내닫는 군사 공급하라 하니
내닫는 일이 끝내 무슨 이익 있으며
세금 낸 나머지를 왜 논의해야 하나
우리 농사는 스스로 힘으로 먹어
처자식들이 함께 배부르고 따뜻하니
굳이 나를 흔드는 자만 없다면
곧 이것이 바로 복희시대 백성인데
어찌하여 이 지경이 되었는가
하늘도 혹 서민 백성을 애석히 여기겠구려
대답하되, 그대는 그만 멈추시오
바닷가에는 황폐한 밭도 많은데
너는 다행히 서울 근교에 살아
마음 편히 아침 저녁을 넘긴다
너를 위해 외적을 방어하느라
장수 재상도 스스로 지존함은 굽힌다

조세를 내어 국가의 재정 공급은
네가 당연한 국가 은혜 보답인데
어찌하여 원망하는 말을 내느냐
너의 죄는 따질 수도 없겠구나
너는 너의 아비에게 알려서
다시는 이러구 저러구 말라.

田舍有隣翁	遣子來致言
所耕地雖薄	主一事不繁
今年屬收司	副使臨吾門
倉家欲爭之	令我供拔奔
奔馳竟何益	納稅餘何論
吾農自食力	妻兒同飽溫
苟無擾我者	卽是民義軒110)
奈何至此極	天或哀黎元
答言汝且止	濱海多荒田
汝幸居赤縣111)	安心度朝昏
爲汝禦倭賊	將相自屈尊
出租供王賦	汝當酬國恩
胡爲出怨言	汝罪不可原
汝其告汝父	勿用更云云

---

110) 義軒: 고대의 제왕 伏義와 軒轅을 말함. 伏義는 그 聖德이 日月과 같다 하여
　　太昊라 하고, 軒轅은 黃帝라고도 함.
111) 赤縣: 唐宋時代에 서울 근교의 고을을 赤縣이라 했다. "赤縣神州"의 약칭으로
　　나라 중앙의 중심 지방을 말하기도 함.

기침
咳嗽

기침이 연일 밤 계속되니
홍겹게 살기 날로 어렵구나
목구멍만을 흔들어대는 것이 아니라
점차 심장 간장도 토하려 한다
문 안 동구 밖에 싸락눈 날리고
강과 산엔 바람기 싸늘하구나
스스로 가련함은, 홍은 없어졌고
역시 또 의관 정제도 게으르다.

咳嗽連宵作　　　興居逐日難
非徒擾喉吻　　　漸欲吐心肝
門巷霏微雪　　　江山料峭¹¹²⁾寒
自憐高興廢　　　亦復懶衣冠

진눈개비
微雪

진눈개비 솔솔 빗방울도 성글어
외로운 이 세모에 궁색한 집에 눕다
멀리 한길에는 총총히 가는 이 가련하고

---

112) 料峭: 약간의 추위를 형용하거나, 바람기가 싸늘함을 이르는 말.

홀로 공중에서 이리저리 쓰이는 글 한스럽다
병난 뒤의 세월은 어찌 그리 적막한가
늙어서의 학문은 점점 더 거칠어진다
시선 따라 다시 여강의 노래를 상상하니
도롱이 삿갓 외로운 배 낚시를 좋아하다.

微雪飄飄雨點踈	幽人歲暮臥窮廬
遙憐路上忽忽去	獨恨空中咄咄書
病後光陰何寂寞	老來學問轉荒蕪
眼穿更想驪江曲	簑笠孤舟好釣魚

며칠 기침이 나다가 고통이 조금 멈춰 한 수를 읊다
數日咳嗽發 苦痛稍止 吟成一首

담은 거슬러 폐에 붇고
목구멍 벌리면 어깨도 솟는다
타호병도 차서 넘치려 하고
잠자리는 젖어 흐를듯하다
팥죽이나 겨우 씹을 수 있고
인삼탕은 구하기도 쉽지 않다
평생을 다행히 운명 알 나이 되었거늘
즐겨 다시 죽고 삶에 염려하랴
병이 난 것 몸 약하기 때문이니
내 이제 어찌할 수가 없구나

평생에 섭생 양생을 어겼고
며칠을 시 읊기도 그만두었구나
이문 욕심은 바다를 매우듯
세월의 빛 그늘은 터진 강줄기
누가 알랴 마음 쓰고 있는 곳이
곧바로 복희 여와씨로 가는 것을.

痰逆粘華盖113)	喉張聳玉樓114)
唾壺盈欲溢	寢席濕如流
豆粥徒能啜	蔘湯不易求
平生幸知命	肯復念浮休115)
病發緣身弱	吾今無奈何
百年違攝養	數日廢吟哦
利欲如塡海	光陰似決河
誰知用心處	直欲到義媧116)

---

113) 華蓋: 道家에서 肺를 말함. 〈黃庭內景經〉에 "華蓋肺也"라 했다.
114) 玉樓: 道家에서 어깨(肩)를 말함.
115) 浮休: 生死를 말함. 〈莊子, 刻意〉에 "其生若浮 其死若休(태어남은 뜬 것 같고 죽음은 쉬는 것 같다)" 함이 있다.
116) 義媧: 상고의 제왕 伏羲氏와 女媧氏. 여와는 복희의 누님이라 하며, 五色의 돌을 다듬어 하늘을 보완했다는 전설이 있다.

동지 팥죽
冬至豆粥

동지는 음기가 이에 끝나기에
그러므로 하나의 양기가 생긴다
성인은 기쁘심이 심하여
괘를 살펴 복괘로 이름하다
이 날이 바로 하늘의 봄이라
만물이 이로부터 싹튼다
사람 마음은 욕심에 가려도
착한 단서가 때로 드러나니
군자에게는 잘 길러지는데
다름 아니라 성실 세움이 우선이다
부지런히 예 아닌 것을 버리면
비로소 본연의 밝은 덕이 보인다
팥죽이 오장의 내부를 씻어서
혈기를 조화하여 평안하게 하니
이익됨이 참으로 옅지 않아
성인의 정서를 볼 만하구나
세상 진리 점점 내려가서
이치의 공력이 언제나 이루어지나.

冬至陰乃極　　　　故有一陽生
聖人喜之甚　　　　考卦以復[117]名

---

117) 復: 괘의 이름, 震下坤上의 괘. "復亨 出入无疾 明來无咎(복은 형통함이니,

是日天之春　　萬物所由萌
人心敝於欲　　善端時露呈
養之在君子　　匪他先立誠
勤勤去非禮118)　始見本然明
豆粥澡五內　　血氣調以平
爲益信不淺　　可見聖人情
世道漸以降　　理功何日成

세모에
歲暮

한 해 저물어도 마음은 더 건장하나
하늘 흐리니 뼈는 더욱 시려오네
단전의 수련이 오래 거칠어져
대낮에도 의관 정제 게을리하다
시와 술은 이승 저승의 즐거움이고
구름 산은 사면으로 관대하구나
조용히 읊어 진솔한 자연 포용하니
깊은 골을 지초 난초가 가린다.

출입에 해가 없고 양기가 와서 허물이 없다)” 하였다.
118) 非禮: 孔子의 제자 顔淵이 仁을 물었을 때 공자는 “克己復禮” 하면 仁이 된다
　　하였고, 안연이 다시 실행의 조목을 물으니, 공자는 “非禮勿視 非禮勿聽 非禮
　　勿言 非禮勿動” 하라고 하였다. 이를 공자의 “四勿訓”이라 한다.

歲暮心彌壯	天陰骨更酸
丹田[119] 久蕪穢	白晝懶衣冠
詩酒三生樂	雲山四面寬
微吟抱眞素	深谷翳芝蘭

어느 사실
卽事

아득하구나 옛날의 군자들이여
어찌하여서 늦게 나를 태어냈나
뼈가 시니 바야흐로 절로 든 병이요
얼굴 초췌하여 사람들 놀라게 하다
처마 밖에는 바람 소리 급하고
창 사이에는 햇빛이 밝구나
문장에 표하는 비점을 다 찍고
조용히 앉아 있으니 자취 더욱 맑다.

邈矣古君子	胡然晚我生
骨酸方自疾	顏悴使人驚
簷外風聲急	牕間日色明
表文圈點畢	深坐迹尤淸

---

119) 丹田: 道家에서 인체에 세 丹田이 있는데, 두 눈썹(兩眉) 사이는 上丹田이고.
　　심장 밑이 中丹田이고. 배꼽 밑이 下丹田이라 한다.

바람 소리
風聲

바람 소리 내 마음을 흔들어
펄럭이기 마치 매달린 깃발일세
나도 원래 움직이는 동물이기에
계절 따라 다분히 변천하는구나
다행한 것은 유랑 방탕 안하여
담담히 나의 천진을 보존한다
이문 욕심은 넓기 바다 같아
찧고 치는 그 형세 끝이 없다
나는 홀로 자취를 가리고 있어도
작은 물결 돌샘에 솟음 부끄럽다
얼음 깨어 아침저녁으로 길어다가
삶거나 끓이어 공양함에 만족하다
양기는 땅 밑에서 유동하고 있으니
오래지 않아 넘실넘실 흐르리라.

風聲搖我心	翻翻如旌懸
由我本動物	隨時多變遷
所幸不流蕩	湛然存我天
利欲浩如海	舂撞勢無邊
愧我獨屏跡	微瀾生石泉
敲氷日夕汲	足以供烹煎
陽氣地下動	不久流涓涓

동짓달
仲冬

동짓달도 끝나가니 한해도 장차 저물려 하나
쌓인 눈도 많지 않고 날씨 또한 춥지 않다
들으니 강남 땅에 매화가 움트려 한다니
조그마한 배로 언제나 용산 구비를 지날까.

仲冬將盡歲將闌　　　積雪未深天未寒
聞道江南梅欲動　　　小舟何日過龍灣

눈을 읊는 한 수
詠雪一首

싸락눈이 뜰에 가득하고 하늘은 이미 밝아
늙은이 천천히 일어 깊은 정이 움튼다
갖옷 벗으면 살갗으로 스미는 추위 두렵고
글귀 얻으면 뼈에 스미는 청정함에 놀란다
강과 산을 뒤덮어 다했으니 홀로 갈 수 없어
낚시줄 도롱이 삿갓으로 평생을 저버리다
쓸쓸한 마음은 다만 매화 피기를 기다려
달 밝고 서로 찾다가 새벽이 다 되었구나.

微雪滿庭天已明　　　老翁徐起動幽情
披裘肯怕侵肌冷　　　得句俄驚徹骨淸

罷盡江山難獨往　　　釣絲蓑笠負平生
苦心只待梅花發　　　踏月相尋到五更

산 집
山齋

산 집에 한 해가 저물었다 하니
산 사람 마음은 다시 고요하구나
차가운 시내물 바위 언덕에서 듣고
눈 아래에 구슬 풀이 파랗구나
늙은 학은 낙랑장송에 깃들고
북녘 바람은 거세게 불어온다
문을 닫고 천지의 근원을 지키고
방을 비우면 저절로 광명이 돋다
나는 그런 거처를 따라 살려 하니
오만한 이 백대의 나그네여
다만 두려운 것은, 내 처음 뜻 저버리고
돌아와 평안한 집에 거함이다
허나 어찌 알랴 하루 사이라도
천하가 그 은택을 입을 것인지.

山齋歲云暮　　　山人心更寂
寒磵滴石崖　　　雪底瑤草碧
老鶴巢長松　　　朔風吹淅瀝

閉戶守玄牝[120]　　　虛室自生白[121]
我欲從其居　　　傲此百代客
只恐負吾初　　　歸來居安宅
那知一日間　　　天下被其澤

조용히 앉아
靜坐

하늘 땅 사이 조용히 앉아
남은 생을 시 읊는 중에 있다
산 빛은 처음 눈 기운을 띠고
구름 그림자 스스로 바람 따르다
종놈들은 제 친한 벗을 알고
아이 손자놈은 할애비 에워싸다
흥이 오면 붓 벼루를 부르나
점점 말이 공교롭기 어려움 알겠다.

靜坐乾坤裏　　　殘生嘯詠中
山光初帶雪　　　雲影自隨風
僮僕知親友　　　兒孫擁祖翁
興來呼筆硯　　　漸覺語難工

---

120) 玄牝: 도가에서 萬物을 생성시키는 본원으로 이름, 곧 도의 본체. 〈老子〉에
　　　"玄牝之門 是謂天地之根(현빈의 문이 바로 천지의 뿌리)"라 함이 있다.
121) 生白: 光明이 돋아나다. 〈莊子, 人間世〉에 "瞻彼闋者 虛室生白 吉祥止止(저 열
　　　린 문을 보는 자는 빈 방에 광명이 돋아 길상이 항시 멈추리라)"함이 있다.

고향 산을 생각하는 한 수
憶家山一首

만리의 고향 산이 꿈 속으로 드니
바람 먼지 눈에 가득 머리털 쑥대 같네
강 하늘의 안개 달의 자연에 봉화불 없으나
도롱이 삿갓으로 어느 때나 어옹과 벗할까.

萬里家山入夢中　　　風塵滿目鬢如蓬
江天烟月無烽火　　　蓑笠何時伴釣翁

조용히 앉아　한 수
靜坐　一首

조용한 가운데 건곤의 본체 참으로 이해하니
길이 쌓인 눈 더미에 스스로 봄은 숨어 있다
발꿈치로 숨쉼이 황탄 괴상일 것은 아니고
순리로 살고 죽음에 평안함을 사람이라 한다
일상 습관도 평범하게 도덕과 어울리는 것이니
담담히 방촌 마음에서 세상의 경륜이 인다
낮 창에 해 비치니 화로의 향불도 가늘어
예와 이제 아득해도 흥미만은 새롭구나.

靜裏乾坤體得眞　　　永堆雪積自藏春
不須踵息122) 來荒怪　　　生順死安名曰人

習矣尋常和道德　　　湛然方寸起經綸
午窓日照爐香細　　　今古悠悠興味新

꿈에서 깨다
夢迴

꿈에서 깬 닭의 울음에 밤은 어이 되었나
시각 알리는 누각 줄어짐도 많음에 놀랐다
봄빛이 사람을 괴롭히니 응당 멀지 않겠고
하늘 마음 이르는 곳엔 저절로 기울어짐 없다
또한 동창을 향하여 거북의 침묵을 배우고
상원 동산으로 올라 꾀꼬리 노래 듣는다
한 줄기 좋은 것으로 중화가 존재하니
네 계절 두루 유행하는 안락한 보금자리이네.

夢迴雞唱夜如何　　　漏刻初驚減已多
春色惱人應不遠　　　天心到處自無頗
且向東牕學龜嚥　　　行當上苑聽鶯歌
一團好箇中和123)在　　四序周流安樂窩

---

122) 踵息: 호흡을 조절하는 道家의 養生術. 〈莊子, 大宗師〉에 "眞人之息以踵 衆人
　　 之息以喉(진인은 발꿈치로 숨쉬고 대중들은 목구멍으로 숨쉰다)"함이 있다.
123) 中和: 天地의 기본 진리. 〈中庸〉에 "中也者 天下之大本也 和也者 天下之達道
　　 也 致中和天地位焉 萬物育焉(중은 천지의 큰 근본이고 화는 천지의 통달한 진
　　 리이니 중화를 이루면 천지가 제자리에 서고 만물이 길러진다)"하였다.

봉명조양
鳳鳴朝陽[124]

봉황은 어디에서 와서

끼욱끼욱 아침 볕에 우나

길상의 선비 천자에게 사랑받아

때 만나 주나라 치도가 번창하다

아득히 천년 아래에서

나는 아직도 그 광채 바란다

어찌 지위와 양육을 이르지 않으랴

한 집안 되어 요순 시대와 같으나

부끄러운 것은 운수 기우는 때 만나

은택이 사방에 미치지 못함이다

오! 옛날부터 그러한 것이니

다시 더 탄식 애상할 필요가 없다.

鳳凰從何來　　　嗸嗸鳴朝陽

吉士媚天子　　　維時周道昌

寥寥千載下　　　我尙望其光

豈不致位育[125]　　一家如虞唐[126]

---

124)　鳳鳴朝陽: 〈詩經, 大雅, 卷阿〉에 "鳳凰鳴矣 于彼高岡 梧桐生矣 于彼朝陽(봉황
　　　이 울도다 저 높은 언덕이여, 오동이 자라도다 저 아침의 햇살이여)"함이 있
　　　다. 그 후로 "鳳鳴朝陽"을 賢才가 때를 만나 기용됨을 이르는 말이 되었다.
125)　位育: 〈中庸〉에 "致中和 天地位焉 萬物育焉(中과 和를 이루면 천지가 자리잡
　　　고 만물이 길러진다)"함이 있다.
126)　虞唐: 舜虞 堯唐 의 堯舜시대를 말함. 원전에는 "唐虞"로 되어 있으니, 韻에
　　　맞지 않아 "虞唐"으로 고쳤다.

所愧値運蹇　　　　澤不施四方
嗚呼自古然　　　　不用增嘆傷

새벽 눈 세 수
曉雪 三首

새벽에 눈이 날려 뜰 앞에 내리니
넓고 넓은 구름은 들 밖 하늘에 나즉하다
진포 나루 외로운 배엔 삿갓 쓴 이 앉았으니
또 돌아갈 생각 돋구어 새 글귀에 담다
바람은 들 길에 경미하여 성근 대 울리고
해는 띠 처마에 겨서 싸늘한 연기 비추다
누가 알랴 파릉교 다리 위의 나그네가
채찍 드리운 나귀 등에서 생각 아득함을.

曉來飛雪落庭前　　　　浩浩雲低野外天
鎭浦孤舟蓑笠在　　　　又挑歸思入新聯
風微野徑鳴疎竹　　　　日落茅簷照冷煙
誰識灞陵橋[127]上客　　　　竪鞭驢背思悠然

눈 맞고 가는 길에 호연의 노래 부르며
병신년 정월에 요하를 건너가다

---

127) 灞陵橋: 覇橋. 다리 이름. 長安 동쪽에 있어 漢人들이 손님의 이별에 이 다리
　　까지 와서 버들을 꺾어 이별한다.

길 평탄하여 수레 몰기 괴롭지 않고
언덕 미끄러워 자주 바퀴 꺾임에 놀라다
큰 지세는 망망하여 기러기 변방을 포용하고
울리는 소리는 점점이 장가 땅으로 들다
아득히 당시의 흥을 불러 일으키니
앉아 읊는 남쪽 창엔 귀밑머리가 희구나.

冒雪途中發浩歌	丙申正月渡遼河
路平不覺驅車苦	崖滑方驚折軸多
大勢茫茫包鴈塞	餘聲點點入牂柯[128]
杳然拈起當時興	坐詠南窓兩鬢皤

면주의 쌀 배가 이르다
沔州米船至

배 머리 좌우에 방아꿩이가 세 개 있어
방아꿩이 밟아 얼음 깨니 물은 쪽빛일세
내포에서 길을 떠나 진터를 오르 듯하고
서강에서 상륙하니 곧 수레의 정거장이다
그대들과 같은 생업이 종신토록 괴롭지만
그 힘 먹는 우리 지금 얼굴 가득한 부끄러움
늙은 종에게 사례하려 마음 쓸 수 있음은
죽 사발에 그림자 서로 담겨진 걱정 않는다.

---

128) 牂柯: 배의 벼리줄을 매는 말뚝. 강의 이름. 지명이기도 함.

船頭左右碓舂槌三　踏碓氷開水似藍
內浦發程如上陣　西江下岸卽停驂
營生若等終身苦　食力吾今滿面慚
爲謝老奴能用意　不愁粥鉢影相涵

물 끓는 소리 듣고
聞煎水聲

물과 불이 서로 공격함 그 형세 심히 어려우나
다행히도 쇠와 돌이 그 사이에 끼어있구나
그러므로 기운 합하면 끝내 이룸을 알아서
종류가 다르면 어울릴 수 없다 말하지 말라
맛은 여기서 나와서 내 배를 채워주지만
소리는 어디로 나와서 내 얼굴을 펴게 하나
제후 대가의 널린 솥이 비록 한 길이라 해도
몸과 마음이 반드시 한가함을 얻지는 못한다.

水火相攻勢甚艱　幸哉金石處共間
故知氣合竟成用　莫道類殊非是斑
味自此生充我腹　聲從何出破吾顏
侯家列鼎雖方丈　未必身心摠得閑

홀로 앉아서
獨坐

눈 녹은 처마 물이 섬돌 앞에 떨어지니
흰 머리의 늙은이가 낮잠에서 깨다
파산을 향하여 밤 비 소리를 듣 듯
서쪽 창에 촛불을 돋으니 이미 망연하다.

雪消簷溜滴階前　　　白髮衰翁罷午眠
似向巴山聞夜雨　　　西牕剪燭已茫然

무제
無題

파란 하늘 가이 없고 바다도 물결 없는데
기러기는 어떻게 그물을 피할 줄을 아나
뜰 가에서 먹이를 얻어 길들여진 참새는
탄환이 날아오면 어떻게 하려 할 것인가.

碧天無際海無波　　　鴻鵠何知避罻羅
得食庭除馴鳥雀　　　彈丸飛至欲如何

눈
詠雪

선달 날씨 음산 처참하니 어찌하려나
등륙의 신이 위엄 날려 크게 꾸짖음인가
원리 기운은 자연히 막히고 닫힘이 되니
남은 생애를 어긋난다 탄식할 일도 아니다
집도 엉성하고 등 어두우니 시의 창자도 괴롭고
휘장 따뜻하고 화로 붉으니 술의 뺨은 취했다
시험삼아 묻건대 몇 사람이나 운명을 믿겠나
흐르는 세월이란 만고에 마치 내닫는 강 같은데.

臘天陰慘欲如何　　　　　滕六[129]揚威主大訶
元氣自然成閉塞　　　　　殘生不用嘆蹉跎
屋疎燈暗詩腸苦　　　　　帳暖爐紅酒臉酡
試問幾人能信命　　　　　流光萬古似奔河

남쪽 창
南窓

식사 후의 낮잠에 남쪽 창의 해는 기울어
다시 붓을 잡아 새로운 시를 쓰다
점점 기개의 멋이 평화 담박으로 돌아오니

---

129) 滕六: 전설에서 눈의 신의 이름.

이미 여러 기관의 괴이 기괴함을 싫어하다
일만 겹의 산은 하늘 다한 곳에 가로눕고
두어 가지 매화는 눈이 다한 때에 태동한다
폭건으로 곧바로 봄을 찾아가려 하니
우연히 유래를 터득하니 괴로운 사색보다 낫다.

攤飯130) 南窓日影移　　　更携毛穎131) 寫新詩
漸敎氣味廻平淡　　　已厭機關逞怪奇
萬疊山橫天盡處　　　數枝梅動雪殘時
幅巾直欲尋春去　　　偶得由來勝苦思

사실의 기원 두 수
紀事 二首

달을 밟고 산에 올라 팔선녀를 예배하고
돌아오는 새벽 빛은 아직도 창연하구나
기원함은 비단 지아비 영화일 뿐 아니라
자식 손자들에게 오복이 온전하기 바란다.

踏月登山禮八仙　　　歸來曉色尙蒼然
有祈不獨榮夫耳　　　要使兒孫五福全

---

130) 攤飯: 밤 먹은 뒤의 낮잠. 〈詩人玉屑〉에 "東坡謂晨飮爲澆書 李黃門謂午睡爲攤
　　飯(동파가 이르되, 새벽음식을 요서라하고 이황문은 낮잠을 나반이라 하였
　　다)"이라 하였다.
131) 毛穎: 韓愈가 붓을 擬人化하여 "毛穎"이라 하여 〈毛穎傳〉을 썼다.

병 뒤의 몸은 파리하여 봄 추위 두려우나
밤에 송산에 오르니 그 어려움 자각한다
제비 춤 꾀꼬리 노래에 봄날은 좋아
복사꽃 오얏꽃 만발한 장안을 굽어보다.

病餘身瘦怯春寒　　夜上松山自覺難
燕舞鶯歌春日好　　俯看桃李滿長安

牧隱詩藁 卷之二十八

여강
驪江

문 밖엔 동풍이 날마다 불어오니
여강도 이미 눈 녹을 때가 가까웠네
거슬러 흘러 곧바로 오르기 어렵지 않으나
나를 위해 이야기할 이 누군지 알까
달을 감상하는 군 누대에 취하기 심했고
매화 찾는 들 절에서 돌아오기 더디구나
올해에도 또 헛소리가 될까 걱정스러워
마음의 소리 그려내어 시에다 의뢰한다.

門外東風日日吹　　驪江已近雪消時
泝流直上非難事　　善爲我辭知是誰
賞月郡樓仍醉甚　　尋梅野寺得歸遲
今年又恐成虛語　　描出心聲賴有詩

바람 소리 듣고 느낌 있어　한 수
聞風聲 有所感　一首

바람 소리 귀로 들어 스스로 쓸쓸하여
마음 깃발 하루 종일 흔들림 견디기 어려워
이미 단풍잎을 쓸어 옥엽만을 모으니
붉음 푸름을 재촉하는 번화한 꽃의 아침이네
십년의 애상 원망에 (결자)피리 가련하고
천 년에 아련한 순임금 통소를 듣는다
들려옴 막으려 깊이 문을 잠그나
아침 볕의 봉황 울음은 끝내 부르기 어렵구나.

風聲入耳自蕭蕭	不耐心旌[132]盡日搖
已掃玄黃收玉葉	欲催紅綠鬧花朝
十年哀怨怜 (缺) 笛	千載依俙想舜簫
甚欲塞聽深閉戶	朝陽鳴鳳[133]竟難招

어제 일본 사신이 왔다 듣고
聞昨日日本使者入城

일본은 아득히 바다 밖의 하늘인데

---

132) 心旌: 깃발이 흔들리듯 마음이 안정되지 못한 상태. 宋 王安石의 〈次韻宋中散〉
　　에 "風流今見佳公子 老投心旌一片降(풍류는 지금 아름다운 공자를 보나 늙어
　　감에 마음 깃발 한 쪽이 내린다)"함이 있다.
133) 朝陽鳴鳳: 현자가 때를 만남을 비유함. 앞의 주 124) 鳳鳴朝陽 참조.

섬 오랑캐 도적의 도발이 이미 여러 해
신의의 강화가 성사될 지 알 수 없지만
어려움 다하고 태평 옴은 우연이 아니다
바람 신이 앞에서 몰아 절로 환난 없겠지
구름 신의 후손이라고 오히려 서로 전하니
비록 그러나 이리의 야심이 있으면서도
의의 사모와 인의 귀화는 참으로 가련하다.

日本遙遙海外天　　島夷竊發已多年
不知講信終成否　　艱極泰來非偶然
風伯前驅自無患　　雲皇末裔尙相傳
雖然狼子野心在　　慕義歸仁誠可憐

보법 노스님이 몸을 사뤘다 듣고　세 수
聞報法老僧燒身　三首

시 이야기하던 당년에는 한 웃음 새로웠으니
저의 좌선한 몸을 불태움이 또 우습구나
분명히 소살하여 살아난 화상을
제자들은 어떤 사람인지 알지 못한다.

詩話當年一笑新　　笑他焚却坐禪身
分明燒殺活和尙　　弟子不知何等人

지 수 화 풍의 이합이 옛 것 새 것에 기인하니
어느 물건이 바로 내 몸인지를 바로 보아야 한다
불살라 공양한다는 것이 응당 어리석기 심하니
밝히 밝히 이해하면 원래 부처 사람 따로 없다.

四大134) 合離因故新　　正觀何物是吾身
燒成供養應癡甚　　了了元無佛與人

병을 앓아 몇 번이나 청춘을 지냈던가
인삼 복령이 뼈 적시고 쑥은 몸을 덥힌다
분명히 알라, 큰 환난이 다른 것이 아니라
잔인한 사람으로 빠지는 것이 다만 두렵다.

病裏靑春幾度新　　蔘茯浹髓艾熏身
明知大患非他物　　只恐陷爲殘忍人

문장 이야기
錄筆語

사람들은 내 필력을 장강과 같다 하여
뛰어난 의기를 끌어내릴 방법이 없다 한다
돌 언덕에 남긴 자취는 그 형세 우뚝하고
산 마루에 부딪는 바다 물 소리 당당하구나

---

134) 四大: 불교에서 물질을 구성하는 네 가지 원소로, 地 水 火 風을 말함.

하늘 마음은 깊고 미묘해 모두 장황하여
힘으로 이르지 못할 곳은 오직 창창하기만
서경의 교훈 가르침이 시경의 풍아이듯
환히 그러한 문장이 있는 듯하구나
위로는 팔괘를 그려서 문자를 만들었고
아래로 만세에 이르도록 강상의 윤리 밝히다
성인 군주 현인 신하 역사 서적에 넘쳐나니
아름다운 말 선한 행적 어찌 이리 양양한가
주나라가 폐하자 간사한 논설이 일어나더니
이단인 불가 도가의 경전이 산처럼 싸이고
황금의 도장으로 황색 백색이 하늘을 찔러
바다 안이나 바다 밖이 모두가 베껴 쓰고 있다
국가는 관직을 설정하여 관리를 중히 하여
문에 춤추고 법에 희롱하는 이 재능이라 칭한다
나라는 이름으로 무리지음 내가 부끄러워하고
나를 빌려 생업삼는 것도 내 미워하는 것이다
어지러이 지금껏 이르는 것 눈물 흘릴 일이니
유교의 학문이 오래되다 보니 가을 파리 같구나
주돈이 두 정씨는 위로 수사학파를 소급하여
바른 학통을 써 내어 (결자) 남김이 없었으니
이것을 기록한다면 스스로 경사스러 다행이라 하다
공자는 자신을 잊으라 하거늘 내 어찌 근심하랴
진이나 한도 흐리어 스스로 사라지고 흩어져도
흰 날이 밝고 밝아 구주의 천하를 비추는구나
삼한의 이 나라에 다만 하나의 지기가 있으니

원컨대, 서로 따라 시종 함께 보존하자
바람 읊고 달 희롱함도 우연이 아니니
노나라의 칭송과 함께 유전되기를 바람이다.

人呼我筆如長江　　　　意氣穎脫無由降
留蹤石崖勢岌岌　　　　摩頂海水聲舂撞
天心淵微盡張皇　　　　力所未到唯蒼蒼
典謨訓誥135)曁風雅　　　　煥乎似有其文章
上從畫卦作書契136)　　　　下至萬世明綱常
聖主賢臣溢簡策　　　　嘉言善政何洋洋
周之弊也邪說興　　　　異端藏教堆丘陵
泥金黃白光射天　　　　海內海外皆相謄
國家設官重吏事　　　　舞文弄法稱才能
名我作陣吾所耻　　　　借我以耕吾所憎
紛紛至今可流涕　　　　儒學久矣如秋蠅
周程137)上遡洙泗流138)　　　寫出正學無(缺)留
筆於是自慶日幸　　　　仲尼絶我139)予何憂

---

135) 典謨訓誥 : 〈書經〉 중의 〈堯典〉 〈大禹謨〉 〈湯誥〉 〈伊訓〉 等篇의 총칭.
136) 書契 : 文字를 말함. 〈書經〉의 序에 "古者伏羲氏之王天下也　始畫八卦　造書契
　　以代結繩之政　由是文籍生焉(옛날 복희씨가 천하에 왕노릇을 할 때에 처음으로
　　팔괘를 만들고 서계를 만들어 결승의 정치를 대신하니 이로부터 문자의 전적
　　이 생겼다)" 하였다.
137) 周程 : 宋代 성리학의 유파인 周敦頤와 두 程氏 程顥 程頤.
138) 洙泗 : 洙水와 泗水. 春秋시대 魯國의 영지 안에 있는 강. 曲阜에서 북으로 洙
　　水 남으로 泗水가 흘러 孔子가 이 지방에서 講學하였다.
139) 絶我 : 〈論語 子罕〉 "子絶四　毋意　毋必　毋固　毋我(공자는 네 가지를 끊었으니,
　　내 뜻대로 함이 없고, 꼭 그렇다함이 없고, 고집함이 없고, 나만이라 함이 없
　　다)" 하였으니, 絶我는 이 毋我를 말함.

秦漢群陰自消散　　白日明明照九州
三韓只有一知已　　願得相從保終始
吟風弄月非偶然　　欲與魯頌同流傳

어느 사실
即事

소나무 열매 별처럼 잣나무 가지에 모였으니
털벙거지 모자에 비춤이 가장 어울리겠구나
귀밑털도 나풀나풀 전날과 같지 않고
세상 풍속은 아련히 옛날과 같구나
거울 대하고 제 모습 보며 병든 나 어여쁘고
옷을 당겨 먹여달라며 멈추는 귀여운 아이
삼한 우리나라 제도가 아직 땅에 닿지 않아
거듭 조선에 건너온 은나라 태사 기억하네.

松實如星聚栢枝　　暎於氈帽最相宜
鬢毛颯颯非前日　　風俗依依似舊時
對鏡自觀憐病我　　牽衣欲啖止嬌兒
三韓制度未墜地　　重憶朝鮮殷太師[140]

---

140) 殷太師: 殷나라의 태사였던 箕子가 조선으로 와서 문물제도를 정비했다는 箕
子東來說을 말함.

마을 인함이 미덕이 되다
里仁爲美[141]

내 거처는 어느 곳을 택할 것인가
인이 있어야 바로 미덕이 되는데
향기로 변하려면 난초 방에 있고
냄새로 화하려거든 생선가게 있다
그렇다면 거처가 이렇듯 중하니
삼가고 조심함은 군자에게 있다
유유한 목은 늙은이의 마음을
세상에 표현할 수가 없어서
읊고 노래함으로 무리를 삼아
맑은 바람과 밝은 달 뿐이니
소리와 빛이 비록 서로 얽혀도
담담히 이욕과는 멀리한다
이것이 마을에 인함 있음이니
서로 거느려 내 뜻에 붙여 살자.

我處何所擇	有仁斯爲美
化馨在蘭室	化臭在鮑肆
則知居乃重	愼之在君子
悠悠牧翁心	無以表於世
嘯咏與爲徒	淸風明月耳

---

141) 里仁爲美: 〈論語, 里仁〉에 "里仁爲美 擇不處仁 焉得知(마을 인함이 미덕이 되
    니 머물 곳을 선택하되 인한 곳에 처하지 않다면 어찌 지혜롭다 하랴)" 함이
    있다.

聲色雖相累　　　淡然遠於利
是爲里有仁　　　相將寄吾意

이른 봄
早春

위생 보호는 조섭과 영양을 타야하고
공명은 거기에 머무르면 부끄럽다
먼지로 묻힌 서치의 책상이고
하늘은 왕찬의 중선루가 멀구나
매화 언덕엔 꽃이 뒤섞여 맺혔고
얼음 언덕에도 물이 뒤엉켜 흐른다
봄 놀이가 장차 난만해 지려 하여
멈추려 해도 끝내 그럴 방법이 없다.

榮衛乘調養　　　功名愧濡留
塵埋徐孺榻[142]　　天遠仲宣樓[143]
梅岸花交結　　　氷崖水迸流
春游將爛熳　　　欲止竟無由

---

142) 徐孺榻: 徐孺는 後漢의 徐穉, 字가 孺子이다. 南州의 高士로 칭송되어, 陳蕃
　　은 그를 특별히 대접하였다. 그를 영접하는 책상이 따로 있어 그가 오면 대접
　　하고, 그가 가면 그 책상은 매달았다(懸榻) 한다. 王勃의 〈滕王閣序〉에 "徐孺
　　下陳蕃之榻"이라 함이 그것이다.
143) 仲宣樓: 지금 호북성에 있는 當陽縣의 누대인데, 漢의 王粲이 이 누대에 올라
　　〈登樓賦〉를 지었다. 그 뒤로 시인이 높은 곳에 올라 시를 짓는 典故로 삼게
　　되었다.

이른 봄의 어느 사실
早春卽事

음지 골짝에도 얼음 녹으려 하고
양지 언덕엔 풀이 돋으려 한다
산 빛은 이미 밀려 들어오고
물 기운도 배를 띄우려 한다
기쁜 소식을 붉은 참새에게 듣고
차가운 맹세는 백구에게 부끄럽구나
봄 바람은 스스로 유동하니
우리들도 역시 넉넉하구나.

陰壑氷將泮	陽崖草欲抽
山光已排闥	水氣欲浮舟
喜報聞丹雀[144]	寒盟愧白鷗
春風自流動	我輩亦優然

일찍 일어나
早起

일찍 일어나 해장 술에 술 맛은 짙고
동녘 바람 비를 불려 성 안이 가득하구나

---

144) 丹雀: 신화에서 상서로운 붉은 참새로 상징됨. 神農氏 때에 丹雀이 벼 이삭
   아홉을 가져와 신농씨가 그것을 주워서 밭에다 심었더니 그것을 먹은 자는 늙
   어도 죽지 않았다 함. 〈拾遺記, 炎帝神農〉

창을 여니 홀연히 봄 찾을 흥이 돋아
시선 아래 질펀히 녹색에 비치는 진홍빛.

早起扶頭145) 酒味濃　　東風吹雨滿城中
開窓忽起尋春興　　眼底森然綠暎紅

남은 생애 한 수
殘生 一首

남은 생애는 오직 배와 입뿐
먹이 찾다 항시 조롱을 당해
서해 바다 청어는 흔한데
동쪽 바다에는 붉은 게 드물다
욕심이야 차라리 쉽게 채우지만
지체야 길이 살찌게 할 수 있나
한 끼에 일만 금을 쓰는 자는
수고롭고 수고로운들 어찌 (결자) 족하랴.

殘生唯口腹　　謀食每遭譏
西海靑魚賤　　東溟紫蟹稀
慾心寧易滿　　支體可長肥
一食萬錢者　　勞勞何足 (缺)

---

145) 扶頭: 술 마시기, 또는 술 깬 뒤에 해장으로 마시는 술. 唐 姚合의 〈答友人招
　　遊〉 시에 "賭棋招敵手 沽酒自扶頭(내기 바둑에 적수를 부르고 술을 사서 혼자
　　마신다)"함이 있다.

화원의 임도령이 매화를 가지고 와서는 박영공이 보낸
것이라 한다. 뛸 듯이 기뻐 반나절을 함께 앉아 서서히
한 수를 짓다
花園林都領 以梅花來曰 朴令公所送也 踊躍喜甚 對坐半
日 徐吟一篇

척산군이 한산군을 사랑함은
고고하진 않아도 사람들과는 달리해
광암사에서 인적이 끊어짐 다만 그립고
힘써 나아가 타루비의 비문을 중수하려나
마음 속으로 바로 매화 사랑하는 이로 알아
분 속의 한 가지를 때로는 나누어 보내다
목은 늙은이 비록 병에 얽매인 몸이지만
시선 높여도 사해 안이 비어 사람 없더니
홀연히 이 미인을 얻어보게 되었구나
의지 같고 기개 합해 정신이 녹아들다
조용히 읊어 종일토록 마주 대하고 앉으니
처마 머리 흰히 밝으니 얼음 바퀴 달리다
밤 깊자 형태와 그림자 싸늘히 뒤섞이니
성인으로서 청렴한 자에게 견줄 만하구나
사람에게 자연히 야비 인색함 사라지게 하니
아첨도 없고 교만도 없음을 체험하게 된다
하늘이 외로이 꽃답게 하여 뭇 나무를 압도하여
유행 통속을 뛰어 넘어 초청하기도 어렵게 한다
낙양의 재상 집과 요씨의 누런 모란의 꽃이라도

충과 효를 상징함에 있어서야 어떻게 되겠나
광평태수 주처의 철석도 역시 시를 지을 수 있어
문원의 자리를 비추어 꽃으로 펼쳐 있으니
세상의 기롱이나 평가는 다할 때가 없구나
묵묵히 다시 얼음 눈의 꽃이나 바라보자.

陟山君愛韓山君	不爲介特146) 離於群
祗憐光巖147) 絶人跡	力疾墮淚148) 修碑文
心知是箇愛梅者	盆中一枝時見分
牧翁雖則病纏身	眼高四海空無人
忽然得見此粲者149)	志同氣合融精神
微吟竟日對之坐	簷牙皎皎懸氷輪
夜深形影冷相雜	聖之淸者150) 堪同倫
令人自然鄙吝消	驗得無諂仍無驕151)

---

146) 介特: 단신의 몸. 또는 孤獨. 고고하여 유속에 흐르지 않음. "介特謂孤高特立
   也(개특이란 고고하여 특별한 존재)"
147) 光巖: 光巖寺. 경기도 개풍군에 있었던 雲巖寺의 딴 이름. 공민왕의 비 魯國
   大長公主의 陵인 正陵의 願刹이기도 하다.
148) 墮淚: 墮淚碑. 晉의 羊祜가 荊州都督으로 襄陽에 주둔했다가 죽으니, 그 部屬
   들이 峴山에다 양호가 노닌 곳에 비석을 세우고 해마다 제사하였다. 보는 이
   들이 눈물을 흘리니, "墮淚"란 죽은 자의 덕이 높아 백성이 눈물 흘림을 이르
   는 말이 되었다.
149) 粲者: 美人. 또는 아름다운 사물. 〈詩經, 唐風, 綢繆〉에 "今夕何夕 見此粲者
   (오늘 저녁이 무슨 밤인고 이러한 미인을 보네)"함이 있다. 宋 蘇軾의 〈謝郡
   人田賀二生獻花〉시에 "慇懃此粲者 攀折爲誰哉(은근한 이 꽃이여 누구를 위하
   여 꺾었던 것인가)"함이 있다.
150) 聖之淸者: 孟子가 伯夷와 叔齊를 성인 중에서도 청렴한 자로 규정한 적이 있
   다. 〈孟子, 萬章下〉에 "伯夷聖之淸者也 伊尹聖之任者也 柳下惠聖之和者也 孔
   子聖之時者也"라 하였다.
151) 無諂無驕: 〈論語, 學而〉에 "子貢曰 貧而無諂 富而無驕何如 子曰 可也 未若貧

天敎孤芳厭[152]衆木　　迥脫流俗難招邀
洛陽相君姚黃[153]花　　在於忠孝爲如何
廣平[154]鐵石亦能賦　　照耀文苑敷英華
人間譏評無盡時　　默默且看氷雪葩

갠 날씨
天晴

온화한 기상은 하늘하늘 장안에 가득하여
뭇 그늘 스스로 흩어져 새로 개임 들어내다
동국의 나라 강산은 배나 더 곱게 되었으니
중천의 해와 달 밝음을 유쾌히 보겠구나
하나의 기쁨은 이미 까막까치의 통보이고
거듭 일어남은 다시 봉황의 울음으로 기대하다
병 뒤의 광경이 지금 이와 같으나
다만 태평을 찬송할 재주 없음이 한스럽다.

而樂 富而好禮者也(자공이 여쭙되, 가난하나 아첨하지 않고 부자이되 교만하
지 않으면 어떠하겠습니까 하니 공자 말씀하시되, 좋으나 가난에 즐거워하고
부자로서 예를 좋아하는 것만 못하다)"함이 있다.

152) 厭: 혹시 "壓"자의 誤植이 아닐까 하는 조심성이 앞선다. 그래서 "壓倒"로 번
역하였다.

153) 姚黃: 姚氏의 집에서 나온 누런 牡丹꽃. 모란의 신기한 품종으로 姚氏의 민가
에서 나온 황색 꽃과 魏氏 재상인 仁溥의 집에서 나온 붉은 색을 신품으로 인
정한다 "姚黃魏紫"

154) 廣平: 晉의 周處를 말함, 廣平太守를 지내며 선정을 해서 이름. 남산의 호랑
이와 長橋의 蛟龍을 동리에서 걱정하니 둘을 다 활로 쏘아 잡았다. 齊萬年의
반란에 力戰하다 죽다 "〈風土記〉"가 있다.

和氣融融滿洛城　　群陰自散放新晴
倍增東國江山麗　　快覩中天日月明
一喜已敎鴉鵲報　　重興更待鳳凰鳴
病餘光景今如此　　只恨無才頌大平

회포의 서술
述懷

뜬 구름 하늘 사방으로 다 몰아가니
해 바퀴 처음 솟아 천천히 굴러 가다
이미 가는 먼지도 용납할 곳 없음 아니
다시 계절 따라 작은 시 쓸 것 기쁘구나
음양 조화를 다스림은 재상에게 있으니
태평의 노래와 시가로 궁전 옹호하다
남창에 홀로 앉아 향내 연기 곧바로 올리니
누가 나를 지금 심히 노쇠했다 말할 것인가.

卷盡浮雲天四陲　　日輪初上輾行遲
已知無處容纖翳　　更喜隨時得小詩
燮理陰陽在黃閣155)　　大平歌頌擁丹墀156)
南窓獨坐香煙直　　誰道吾今甚矣衰

---

155) 黃閣: 재상을 지칭함. 漢나라 이후로 재상의 관서를 주홍색인 궁궐의 색깔과
　　구별하기 위하여 황색으로 도색함에서 유래함.
156) 丹墀: 궁전의 붉은 색 계단 또는 뜰.

여러 아들에게 보인다
示諸子

어미 아비는 항시 자식 사랑하는 정 있어
재앙 없이 공경 대부로 오르기 원한다
겸괘는 겸손으로 길러 산괘를 겸했으니
이를 그려내 모름지기 좌우명으로 삼아라.

父母常懷愛子情   願無災害到公卿
謙謙自牧[157]兼山卦   畫出須爲座右銘

고풍 두 수
古風 二首

봉황새 서로 쫓아 날고
높은 언덕엔 아침 햇살 비치다
한 번 울면 다시 한 번 화답하나
교교 적적하여 아는 이 드물다
오동나무 꽃은 이미 떨어졌고
맑은 이슬도 역시 말랐으나
권아의 시편에는 남은 노래 있어
천년 뒤에도 오히려 의의하구나

---

157) 謙謙自牧: 〈周易〉의 "謙卦" 坤上 艮下로, 艮山인 산이 坤의 땅 아래 있어 겸손
    한 상이다. 첫 효의 상이 謙謙이니 군자는 스스로 낮추어 자신을 기른다(自
    牧)는 것이다.

뜻이 있어도 계승할 수 없으니
내 장차 누구와 함께 가겠나.

鳳凰相追飛　　　　高岡被朝暉158)
一鳴復一和　　　　寥寥知者稀
梧桐花已落　　　　湛露亦云晞
卷阿159)有遺音　　　千載猶依依
有志不得繼　　　　吾將誰與歸

주공은 소공을 머물게 하여
충의가 지금껏 보존되는데
어린 임금 왕위에 있지 않음 같다함
괴롭구나 이 말을 토해 냄이여
봉황새 울음 내 듣지 못하겠다 하며
이끌어 인도함이 참으로 지론이었네
이에 주공 소공의 마음을 알고 보니
봉황 같은 네 신령도 근원은 같구나
그러므로 우리 공자님께서
길이 탄식하심이 자존만은 아니다.

周公留召公160)　　　忠義至今存

---

158) 高岡彼朝輝: 〈詩經, 大雅, 卷阿〉에 "鳳凰鳴矣 于彼高岡 梧桐生矣 于彼朝陽(봉
　　황이 울도다 저 높은 언덕이여, 오동이 자라도다 저 아침의 햇살이여)"함이
　　있다. 앞의 주 124) "鳳鳴朝陽"을 참조.
159) 卷阿: 〈詩經〉의 篇名, 앞의 주의 鳳鳴의 시편임.
160) 召公: 周의 武王이 紂를 정벌한 뒤, 召公을 北燕에 봉했고, 成王 때 周公과
　　함께 三公이 되어 주공은 중앙정부에서 선정을 하고, 소공은 협서이서를 다스

小子同未位161)　　苦哉吐此言
鳴鳥162)我不聞　　引誘誠至論
乃知周召心　　四靈163)同其源
所以我夫子　　浩嘆164)悲自尊

소나무를 대하고 느낌이 있어
對松樹有感

봄에 산과 숲에 드니 눈은 이미 말랐으나
늙은 소나무는 옛처럼 푸르름이 싸늘하다
당시에 바위 서리에 새겨 놓은 곳을
유독 사람들이 눈길 주지 않음 한스럽구나.

려 백성들이 평안했다. 순행하다 甘棠樹 아래에서 민의를 살피고 정책을 세워 시행하니, 백성들이 그 성덕을 기려 "甘棠"의 시를 지었다.

161) 小子同未位: 〈尙書, 君奭〉에 周公이 召公에게 부탁하는 말의 한 구절. 소자는 어린 成王으로 우리가 돕지 않으면 천자위에 오르지 않음과 같다 함이다. "今在予小子旦 若遊大川 予往 暨汝奭其濟 小子同未在位 誕無我責 收罔勗不及 耉造德不降 我則鳴鳥不聞 矧曰其有能格(지금 나 소자 단(주공의 이름)에게 있어서는 마치 큰 내를 헤엄치는 것 같이 두렵다. 나는 가고 너 석(소공의 이름)으로 구제하게 하리라. 어린 임금(성왕)이 위에 있지 않음 같으니, 우리 책임이 아니라. 거두어 불급함을 돕지 않아 옛 노인들의 지은 덕이 내려오지 않는다면, 우리는 봉황의 울음을 듣지 못할 것이니 더구나 왕업을 이룰 수 있겠느냐)" 하였다.

162) 鳴鳥: 우는 봉황새. 앞의 주 161) 참조. 앞의 주 124) 鳳鳴朝陽 참조.

163) 四靈: 麟 鳳 龜 龍의 네 신령의 짐승.

164) 浩歎: 긴 탄식, 여기서는 孔子가 周나라의 멸망을 탄식함을 말함.

春入山林雪已乾　　　　老松依舊翠生寒
當時巖壑雕鎪處　　　　獨恨無人着眼看

동정 염흥방이 초청해 마시다
廉東亭165)招飮

오랜 병에 바야흐로 구복의 계획을 알겠으니
누룩 수레에도 오히려 침흘림 허비한다
친구가 초청하여 마시니 참으로 다행스러워
맑음 밤에 돌아오기 잊고 머무를 수 있네
북방의 거문고 끼친 가락 아직 귀에 울리고
남양의 급한 악기 소리에 모두 머리 숙인다
세상살이 모이고 흩음이 모두가 하늘 운수이니
지금부터 촛불 잡고 노님을 다시 약속한다.

久病方知口腹謀　　　　麴車猶費口涎流
故人招飮眞多幸　　　　淸夜忘歸得久留
北操166)遺音尙盈耳　　　　南陽急管盡低頭
人間聚散皆天數　　　　更約從今秉燭游

---

165) 廉東亭: 廉興邦(?-1388)의 호가 동정.
166) 北操: 북방의 거문고 가락. 操는 琴曲.

병 중이라 어가를 모시고 사냥 구경을 할 수 없어 짧은
시를 지어 말 한 필을 달려 이 부수상에게 올렸다. 다
행히 염정당과 말을 나란히 하고 한 번 보게 되었으니,
은혜를 나누어 받은 나머지인 듯하니 역시 사양하지 않
겠습니다

病中末由扈駕觀獵 吟成短律 馳一騎奉呈李二相馬前 幸與
廉政堂並轡一覽 如蒙分惠所餘 亦所不辭也

남쪽 교외에서 불놓은 사냥이 규범으로 되어서
무예 강구 위엄 발양으로 태평한 기틀 보존한다
용맹이 군중에서 으뜸이라 적을 좌절시킴 뛰어나고
공을 이룬 말 위에서 군사 행군 익힌다
때때로 순행하여 임금님 얼굴 기뻐함 받들고
하루 세 번의 접견에 어찌 국체 위태함 걱정하랴
흰 머리에 병들어 어가 모시기 어려우니
채소 소반 마주하고 나의 쇠잔함을 탄식하다.

南郊火獵案成規	講虎揚威保泰基
勇冠軍中工挫敵	功成馬上習行師
時巡長奉天顔喜	晝接167) 何憂國體危
白髮病餘難扈駕	菜盤相對嘆吾衰

---

167) 晝接: "晝日三接"의 약칭. 하루에 세 번을 접견할 정도의 임금의 총애를 받다.

무제
無題

부슬부슬 봄 비가 밤 사이 내리니
또 자연 풍광이 답청시절 가까웠다
난정에서의 계사 놀음 미친 홍이 동하나
누가 있어 초청하기를 괴로이 다정하게 하랴.

濛濛春雨夜來零　　　又是風光近踏靑
禊飮168)蘭亭狂興動　　　有誰招喚苦丁寧

답청 노래　한 수(나와 유항이 다 아이들을 거느리고)
踏靑歌　一首(僕與柳巷皆領兒子)

동문에 백사장 물은 맑고
동문의 산 빛도 밝구나
대암 바위 북쪽엔 잘린 언덕 평평하여
멀리 풀빛이 새로이 떠 있음 가련하다
올해에도 삼월 달 또 삼진날이니
어찌 관찰하며 내 정을 풀지 않으리
내 마음 잠겨 계절 비의 변화된 적 있어
꽃을 피워 점점 자라기 마치 봄 돋듯하다

---

168) 禊飮: 물에 임해 禊祠지내고 술을 마시며 즐김. 王羲之의 蘭亭에서의 修禊事
　　가 유명함.

마음이 물욕으로 손상이 되었으니
비록 귀와 눈이 있어도 귀먹고 장님이라
그러므로 스스로 학대하고 스스로 버려져
근본 뿌리를 뽑아내고 싹을 불태운 듯
생각하면 아침 저녁으로 오장이 끓어
나이 오십이 지나도 성심을 밝히기에 어둡다
풀이 돋아남은 대체로 어느 계절인가
하늘의 인자함이 바야흐로 유행하지
나의 쇠잔함이여 머리털은 희어서
인아친척을 이끌고 뭇 꽃에 모였다
소반 음식 동이 술이 좌우로 벌려져
이야기 웃음의 의기 어찌 이리 높은가
풀은 약간 돋아나 새로이 소복하니
감히 짓밟거나 발꿈치 경솔히 들 수 없다
한 무리의 온화한 기운 발동하는 곳에
어찌 늘고 불어남이 원리로서 형통치 않으랴
장안이나 회계 땅이나 모두가 적막하니
시편이나 글씨 자취 부질없이 이름만 남다.

東門沙水淸	東門山色明
臺巖之北斷山平	遙憐草色浮新晴
今年三月又三日	盍往觀乎舒我情
我嘗潛心時雨化	發榮滋長如春生
中爲物欲所斲喪	雖有耳目聾而盲
所以自暴與自棄	如撥根本焦芽萌

念之朝夕五內熱　　　年過知命迷明誠
草之生兮夫何時　　　天之仁兮方流行
我之衰兮鬖髮白　　　携姻婭169)兮集群英
盤湌樽酒列左右　　　談笑意氣何崢嶸
草微抽兮新茁　　　不敢蹴踏擧趾輕
一團和氣發動處　　　胡不游衍170)元而亨
長安會稽兩寂寞　　　詩篇筆陣空留名

작은 소나무
矮松

솔이 높은 언덕에 있어 눈에 눌려 나즉하니
뿌리 거친 돌에 서리어 구름 사다리에 의지하다
가련하구나, 역시 아녀자를 따를 줄은 알아서
쓰이고 버려지며 행하고 숨는 것이 익살궂은 듯하다.

松在高岡雪壓低　　　根盤頑石倚雲梯
可憐亦解隨兒女　　　用舍行藏似滑稽

---

169) 姻婭: 姻亞. 사위의 아버지와 동서. 轉하여 인척간을 말함.
170) 游衍: 恣意的 놀이의 넘침. 또는 불어나고 늘어남.

새벽에 일어
晨興

온갖 새 소리 속에 새벽 꿈을 깨니
봄 그늘 막막하여 아직 다 개지 않았네
공명은 족하기에 마음 두지 않은지 오래고
고시나 율시는 의연히 솜씨대로 이룬다
꾀꼬리는 자신을 용납하여 멈출 줄 알고
흰 갈매기는 또 헛된 맹세한다 나를 꾸짖다
평생의 의지 소원을 누가 알 수 있으랴
아침 햇볕 향하여 봉황 울음 듣고자 하네.

百鳥聲中曉夢驚	春陰漠漠未全晴
功名足矣無心久	古律依然信手成
黃鳥容他共知止[171]	白鷗嗔我又寒盟
平生志願誰能識	欲向朝陽聞鳳鳴

왜적이 영해에 침범했다 소리 듣고 강릉도원수에게 보냄
聞倭賊犯寧海 趨江陵道元帥啓行

신선의 나라 고래 물결이 노하여 하늘을 뒤흔드니

---

171) 知止: 그칠 줄을 알다. 〈詩經, 小雅, 綿蠻〉에 "綿蠻黃鳥 止于丘隅(자그마한
꾀꼬리여 언덕에 그칠 줄을 알다)"함을 孔子가 인용하면서 사람으로서 새만
같지 못하느냐 한 적이 있다.

예로부터 수군의 배를 띄울 곳이 없었거늘
어찌 도적의 무리가 가벼이 침범하게 용납하랴만
다만 백성들이 스스로 온전하지 못할까 두렵구나
경주 진주의 연못 누대에는 바람 달이 잠겼는데
등주 화주에는 봉화가 산천을 비추고 있다니
국가 사당의 근심은 어느 때나 끝날 것인가
동문으로 보내 놓고 또 경연의 자리 열어야 하나.

藥國172)鯨濤怒蹴天　　古稱無處泛樓舡173)
豈容賊輩敢輕犯　　祗恐民生難自全
慶晋池臺鎖風月　　登和174)烽火照山川
廟堂憂念何時已　　遣率東門又敞筵

날씨 개다
天晴

날씨 개어 유람을 하려 하니
낮을 스치는 광풍이 있구나
문을 닫고 오히려 깊이 앉아
시를 읊음이 가까운 일 같다
몸 한가하니 세월 잊어버리고

---

172) 藥國: 도가 경전에서 말하는 신선의 나라를 "藥珠宮" 또는 "藥宮"이라 하니,
　　여기서도 신선의 나라라는 의미로 사용한 듯.
173) 樓船: 누대가 있는 큰 배. 고대에 作戰으로 이용한 배. 水軍을 지칭.
174) 登和: 登은 登州로 함경도 安邊. 和는 和州로 함경도 永興府이다.

마음이 넓어 허공을 감싸도다
괴상하구나, 봄을 찾는 흥이
때때로 병든 늙은이 괴롭힌다.

天晴欲游眄   拂面有狂風
閉戶還深坐   吟詩似近攻
身閑忘歲月   心廣裛虛空
愧底尋春興   時時惱病翁

흰 머리
白髮

흰 머리에 봄 바람이 흩어지니
나는 새가 병든 늙은이 따른다
사물과 나 함께 조화를 올라타니
호연히 공활한 천지의 중간일세
꾀꼴 꾀꼴 벗을 부르는 소리에
너 다시 영감으로 서로 통한다
들 늙은이 와서 하는 말이
우리 집에 술맛이 짙었으니
손잡고 꽃다운 풀에 기대어
마주한 술잔 얼굴에 홍조 띠고
황혼에 각기 헤어져 가면
밝은 달은 앞 봉우리에 있네.

白髮散春風　　　飛禽隨病翁
物我共乘化　　　浩然天地中
嚶嚶求友聲　　　爾復相感通
野老來致言　　　吾家酒味濃
相携籍芳草　　　對酌顔浮紅
黃昏各辭去　　　明月當前峰

늦게 가는 말 위에서
晚歸馬上

병풍 치고 시 짓기 파하니 좋은 산천이라
오히려 시정은 있어 시선 앞에 가득하다
나의 삶에 뛰어난 흥이 없음 스스로 우습다
누가 말했던가, 신이 도와 새로운 시 얻는다고
소반 음식엔 다만 도연명의 술이 모자라고
마시는 차는 참으로 육우의 샘물과 똑같다
다음 날 조계 시내에서 만약 한 번 쉰다면
온 몸이 흘러 구르는 것도 역시 천연이겠지.

屛風賦罷好山川　　　尙有詩情滿眼前
自笑吾生無逸興　　　誰言神助得新聯
盤飧只欠淵明酒　　　茗飮眞同陸羽泉[175]
他日曹溪如一宿　　　幻身流轉亦天然

175) 陸羽泉: 唐의 陸羽가 차를 즐겨 〈茶經〉 3권을 지었다. 虎丘山의 샘물이 맑고
　　　단 것을 알아 사람을 시켜 파게 하여, 후인이 "陸羽泉"이라 했다.

조용한 거처
幽居

조용한 거처에 해는 대낮 되나
맑은 흥은 억제하기 어렵구나
가랑비 방울겨도 젖지 않고
동풍은 불어 또 싸늘하구나
시선 밝으니 꽃 의지 움직이고
머리 짧아지니 세정은 늦었구나
조물주가 사람을 희롱할 뿐이라
흥하고 망함에 스스로 너그러우려.

幽居日將午	淸興欲裁難
微雨滴不濕	東風吹更寒
眼明花意動	髮短世情闌
造物戱人耳	乘除聊自寬

척산군이 화원으로 데려가, 난초를 읊다
陟山君携至花園 賦蘭

난초는 내가 사랑하는 것이라
홀연히 두 눈이 밝아지다
옅은 푸른 빛은 절로 흩어진 잎이고
엷은 황색은 처음 피는 꽃이다
조용히 앉아 향기 오기 기다리니

마음 바탕의 마디 땅이 맑아지다
자못 내 코가 막혔나 의심하다가
오래되어 바야흐로 절로 놀라다
생각컨대, 지력이 척박하여
너의 생명을 온전하지 못했고
형상이야 진짜에 아주 가까워도
헛된 이름을 면할 길은 없구나
사물 보다가 오히려 나를 보니
유유히 어느 것이 중하고 경한가
슬프다 저 옛날의 선비들은
소문이 실정보다 지나침을 부끄러워했네
대하자 호연의 노래 터져나니
내 마음은 어느 때나 화평할까.

蘭也吾所愛	忽然雙眼明
淺碧自散葉	淡黃初發榮
靜坐待香來	心地方寸淸
頗訝吾鼻塞	久之方自驚
念言地力薄	不得全爾生
形似已逼眞	無從免虛名
觀物還自觀	悠悠誰重輕
嗟彼古來士	聲聞恥過情176)
對之發浩歎	我心何時平

---

176) 聲聞恥過情: 소문이 사실보다 지나친 것을 부끄러워 한다. 〈孟子, 離婁下〉에
　　"聲聞過情 君子恥之(소문이 실정보다 지나친 것을 군자는 부끄러워 한다)"라
　　함이 있다.

비를 읊다 세 수
詠雨 三首

꽃 소식은 오히려 이를까 염려되나
하늘 마음은 문득 더딤이 한스럽다
비의 신은 계절을 화순히 하고
묵은 늙은이는 시 읊기 좋아하다
넓고 널리 정의 경지 미혹되고
성글 성글 귀밑머리 비친다
하루 갈이 남쪽 밭의 흥으로
돌아갈 날이 어느 때인가.

花意猶嫌早	天心却恨遲
雨師和順序	老牧喜吟詩
浩浩迷情境	踈踈暎鬢絲
一犁南畝興	歸去是何時

비 기운이 점점 어둑어둑하더니
낮 닭이 우리 정원에서 운다
봄 바람은 사물을 가리지 않는데
늙은 경지라도 문을 닫을 수야
사방 들에는 불탄 흔적 사라지고
일천 숲에는 꽃 의지 번성하다
새로 개어 교외로 나아가
아름다운 곳에서 꽃 술잔 기울인다.

雨氣漸昏昏　　午鷄啼我園
春風不擇物　　老境可關門
四野燒痕沒　　千林花意繁
新晴郊外去　　佳處倒芳樽

돌 밭에선 반도 거두지 못했지만
풍년들기는 금년에도 바란다
비 한 줄기 이미 만물 적시니
세상 사람들 하늘에 감사하다
구름 모습이 넓은 들로 내리고
풀빛은 아득히 가벼운 연기인양
점점 봄 풍광 좋음을 보니
꽃은 피어 비단 자리 화창하구나.

石田收未半　　豊稔望今年
一雨已潤物　　萬家方謝天
雲容低曠野　　草色杳輕烟
漸見春光好　　花開敞錦筵

어느 사실　두 수
卽事　二首

풍채 광경 흘러흘러 함께 아른거리니
늙은이 병들어 한가하여 아직 돌아가지 않다

밤 비의 강과 산엔 생각 점점 괴롭고
늦 봄이라 서리 눈은 보기 드물다
시 읊으면 어느 것이나 비와 흥 아니랴
술 대하면 때로 옳고 그름도 잊는구나
목은 늙은이 매우 쓸데 없다 말하지 말라
예전에는 궁궐에서 협찬으로 옷 드리운 적 있다.

風光流轉共依依　　老病閑居尙未歸
夜雨江山思轉苦　　暮春霜雪見來稀
吟詩何物不比興　　對酒有時忘是非
莫道牧翁無用甚　　也曾廊廟贊垂衣

금년의 봄 일이 전 해와는 달라도
변함없이 서리 털만 저절로 삐죽하다
어쩔 수 없이 바야흐로 천명을 기다리나
까닭을 알지 못해 다만 하늘을 부르짖어
조그만 수레 높은 집이 참으로 한적하니
급한 가락 긴 술병에 어찌 취해 쓰러지랴
꿈 속에 노래 춤추던 곳 기억해 내니
향기와 먼지 세세히 바람 따라 구른다.

今年春事異前年　　依舊霜毛自颯然
無可奈何方竢命　　不知所以但呼天
小車高閣眞閑適　　急管長瓶豈醉顚
記得夢中歌舞處　　香塵細細逐風傳

가랑비　세 수
微雨　三首

한 밤에 놀란 우레 집을 부수고
이른 아침 가랑비는 실과 같구나
꽃 의지 바야흐로 난만하려 하고
백두의 노인은 오뚝이 시를 읊다.

半夜驚雷破屋　　　崇朝細雨如絲
花意方將爛熳　　　白頭危坐吟詩

아득히 풀도 없는 봄 못
아른아른 수면은 빈 집
바람 먼지 만길에 홀로 서서
어느 때 벼슬 버리고 고향 가나.

漠漠毛空春澤　　　依依水面虛堂
獨立風塵萬丈　　　何時投紱還鄉

백발은 흰 빛 따라 다하고
푸른 산은 나 위해 청색 띄워
아득아득한 수심은 일만 겹
다시 왕찬의 높은 다락 오른다.

白髮從他白盡　　　靑山爲我靑浮
渺渺愁心萬疊　　　又登王粲177)高樓

꽃을 보다
看花

봄 감상하여도 시 읊을 만한 곳이 없고
서리 눈이 금년에는 나를 속이는 듯하다
조물주의 긍정 부정엔 응당 뜻이 있겠지만
녹음이나 꽃다운 풀이 꽃 계절보다 낫다.

賞春無處可吟詩	霜雪今年似我欺
造物乘除應有意	綠陰芳草勝花時

녹음이나 꽃다운 풀이 꽃 계절보다 나으나
한 줄기 맑고 한가함 누구에게 붙쳐 줄까
병든 늙은이 앉아 환약을 생각하는 곳에
뜰 가득한 가랑비에 누런 꾀꼬리가 운다.

綠陰芳草勝花時	一段淸閑付與誰
坐想病翁丸藥處	滿庭微雨囀黃鸝

뜰 가득한 가랑비에 누런 꾀꼬리가 울어
적적 쓸쓸한 집안 뜰에 날은 더디더디
진리의 정 유동하는 곳을 시험하려 하니
봄이 가려는 시와 여름 오려는 시일세.

---

177) 王粲: 漢의 王粲이 仲宣樓에 올라 〈登樓賦〉를 지었다. 그 뒤로 시인이 높은
　　　곳에 올라 시를 짓는 典故로 삼게 되었다.

滿庭微雨囀黃鸝　　寂寂門庭日正遲
欲驗道情流動處　　春間詩與夏間詩

牧隱詩藁 卷之二十九

남쪽 창
南窓

남쪽 창에서 용산 뫼 대하여
홀로 앉아 생각만 아득하구나
문물제도는 계절 따라 변하고
고금의 시간은 물처럼 흐른다
나는 구름은 하늘 밖으로 가고
쇠잔한 꽃잎은 잎 사이에 남다
다행하게도 한가함에 미쳐서는
멍에 얹어 자주 나가 노닌다.

南窓對龍岫　　獨坐思悠悠
文物與時變　　古今如水流
飛雲天外去　　殘藥葉間留
幸矣及閑暇　　駕焉頻出游

굉스님을 유곡으로 보내며
送宏幽谷

진리 바다는 천지에 떠 있고
먼지 속세는 고금에 이었다
죽고 삶 누가 판별할 수 있나
늙음과 병 절로 서로 침범하는데
사물에 얽매여 두 눈은 희미해지고
진여의 기미는 한 마음을 오묘히 해
청컨대, 대사는 뒤로 물러서지 말라
공덕이 울창하여 숲을 이루리니.

藏海浮天地	塵寰亘古今
死生誰得辦	老病自相侵
物累迷雙眼	眞機妙一心
請師無退轉	功德鬱成林

흐린 날씨
天陰

분수 밖에 부름 입을 땐 기쁨 얼굴 넘치고
날씨 흐리면 내 뼈마디는 바로 시끈거린다
황각의 맑은 바람의 힘을 기대어
뜬 구름 쓸어내고 뛰어 안장에 오르려 한다.

分外承招喜溢顔　　　天陰我骨政辛酸
欲憑黃閣[178]淸風力　　掃去浮雲躍上鞍

갠 날씨
天晴

황각의 맑은 바람이 바다 동쪽에 가득하니
뭇 음기 다 사라지고 해는 반짝반짝
늙은 장부 홀로 꺾이고 무너짐 한탄하니
창을 비끼 들고 강에 임한 한 세대의 영웅.

黃閣淸風滿海東　　　群陰消盡日曈曈
老夫獨恨摧頹甚　　　橫槊[179]臨江一世雄

원재 정공권이 와서 이르기를 오늘 동년회를 열어서
청하니 정오에 곧 오라 하기에 기뻐서 쓰다
圓齋[180]政堂來云 今日設同年會請 日午卽來 喜而志之

가난한 이 돈 없고 부자는 돈을 지켜

---

178) 黃閣: 재상을 지칭함. 漢나라 이후로 재상의 관서를 주홍색인 궁궐의 색깔과
　　 구별하기 위하여 황색으로 도색함에서 유래함.
179) 橫槊: 긴 창을 비끼 들다. 豪邁한 기상을 형용하는 말. 蘇軾의 〈前赤壁賦〉에
　　 "釃酒臨江 橫槊賦詩 固一世之雄也(술을 걸러 강에 임하여 창을 비끼 들고 시
　　 를 짓는 것도 한 때의 영웅이었다)" 함이 있다.
180) 圓齋: 鄭公權(?-1382)의 호, 初名은 樞.

가난도 부자도 아닌 사람은 오직 정공권
정당을 서로 치하하려고 오래 도모했는데
누추한 시골을 친히 초청하니 기뻐 미치려
여름 경치 꽃이 남아 있어 밝다가 어둡고
갠 구름이 해를 희롱하며 끊겼다 이어져
늙은이의 음식욕심 누가 한산자만 하겠는가
웃으며 의관을 정제하려니 한낮이 가까웠네.

貧者無錢富守錢　　不貧不富獨公權
政堂相賀謀來久　　陋巷親招喜欲顚
夏景留花明又暗　　晴雲弄日斷還連
老饞誰似韓山子　　笑整衣冠近午天

새벽에 일어나
晨興

새벽 창의 가벼운 안개가 갑사보다도 얇아
푸르름 짙은 숲 사이에 지는 꽃도 보인다
오늘 저녁 관등놀이 또 어느 곳에서 할꼬
작은 봉우리 그림같아 일천 집을 압도하네
문득 비의 신이 산이나 개천 메울까 염려되고
바람 신이 먼지 모래 쓸어올까 가장 두렵다
원컨대, 날씨 개어 섬세한 아지랑이 없어라
앉아서도 별자리가 정제되고 기운 것 보게.

曉窓輕霧薄於紗　　　綠暗林間見落花
今夕觀燈又何處　　　小峯如畫厭千家
却恐雨師埋嶽瀆　　　最嫌風伯捲塵沙
願天澄霽無纖靄　　　坐見星躔整復斜

잠시 사이 구름이 걷혀 기뻐서 또 짓다
須臾雲卷 喜甚又賦

잠시 사이 하늘 빛이 비단 처럼 파래져
시선 놀리기에 오히려 눈병이 혐의스럽다
곳곳에서 모두가 부처 낳은 날이라 외치니
등과 등이 서로 이어지는 서울의 집들일세
한 없는 누대에선 가양의 박주를 기울이니
그 중에는 세상(결자)이 모래에(결자) 비등하다
대보름의 풍성한 행사에 참으로 견줄 만하니
응제시를 짓는 어떤 이가 붓을 기울여 쓰겠다.

須臾天色碧如紗　　　游眺還嫌眼有花
處處皆呼佛生日　　　燈燈相續鳳城[181]家
無限樓臺傾杜酒[182]　　於中世(缺)等(缺)沙
上元盛事眞堪比　　　應制何人點筆斜

---

181) 鳳城: 京都의 美稱. 秦穆公의 딸이 통소를 부니까, 봉황이 그 성으로 내려왔
　　다. 그래서 그 성을 丹鳳城이라 불렀다 한다. 그후로 京城을 鳳城이라 했다.
182) 杜酒: 집에서 빚은 박주. "杜"는 杜撰 杜田의 용례와 같이 "假"의 뜻이다

어느 사실
紀事

내 병으로 아침마다 가장 늦게 일어나니
창에 가득한 서리 싸늘해 홀연히 놀라다
늙어가며 바로 굳은 얼음의 주역 괘를 완상하고
어려서는 시경의 정월의 시를 읽은 적도 있었다
눈에 눌린 살구꽃이 어제와 같았는데
노루가 못물에 헤엄치는 것이 또 지금일세
하늘 마음은 인후 자애로워 밝히 보이니
임금 성스럽고 신하 현명으로 미연에 보호하다.

我病朝朝起最遲　　　滿腮霜冷忽驚疑
老來政玩堅氷[183]易　　少也曾吟正月[184]詩
雪壓杏花如昨日　　　獐浮[185]池水又今時
天心仁愛今明見　　　主聖臣賢保未危

---

183) 堅氷: 〈周易, 坤〉에 "初六履霜堅氷至(초육의 효는 서리를 밟으면 굳은 얼음이
　　올 것이다)" 하였다. 어려움이 거듭됨을 비유함에 인용된다.
184) 正月: 〈詩經, 小雅, 正月〉의 시편의 이름. 朱子의 註에 "謂之正月者 以純陽用
　　事 謂正陽之月也(정월이라 말한 굿은 순수한 양기가 일을 하여 정도의 양기의
　　달이라는 뜻이다)" 하였다. 이 시에서도 어린 시절의 순양적 기질로 인용된
　　것이다. 그러나 〈詩經〉의 시의는 "正月繁霜 我心憂傷(4월달에 서리 내려 내
　　마음이 상하다)"로 시작하여, 周의 幽王의 失政을 풍자한 것이다. (周의 정월
　　은 夏나라의 4월이다)
185) 獐浮: 노루 헤엄치다. 짐승 중에서 헤엄치기 잘하는 것으로 알려져 있다.

광풍
狂風

광풍은 종일토록 길 먼지를 날리는데
고요히 앉은 남창에는 의미도 길구나
어린 종년 낮은 소리로 알려오기를
뒤 정원의 배나무가 이미 쓰러졌다네.

狂風盡日路塵揚　　　靜坐南窓意味長
小婢低聲來報道　　　後園梨樹已吹僵

광풍이 바다를 키질하고 하늘을 차니
일만 섬의 큰 배라도 역시 가련하구나
스스로 다행하다, 우물 안 같은 목은 늙은이
담담히 서로 비추어 짐짓 평안하구나.

狂風簸海蹴長天　　　萬斛龍驤186)亦可憐
自幸牧翁如在井　　　湛然相照故恬然

광풍이 급히 불어 물 논을 말리니
새 벼 싹을 돋아 퍼지지 못할까 두렵다
유독 우리 집에 큰 약이 없을 뿐만 아니니
원컨대, 하늘이여 은택을 베풀어 널리 적시라.

---

186)　龍驤: 큰 배를 지칭함. 晉의 龍驤將軍 王濬이 吳나라를 정벌하기 위하여 큰
　　배를 제조한 적이 있었다. 宋 蘇軾의 〈大風留金山兩日〉시에 "龍驤萬斛不敢過
　　漁舟一葉從掀舞(일만 섬의 큰 배라도 감히 지날 수 없고 고기배는 하나의 잎
　　이라 절로 흔들어 춤춘다)" 함이 있다.

狂風吹急水田枯　　　新稻抽芽恐未敷
不獨我家無大藥　　　願天施澤普沾濡

비 바람의 한 수
望雨一首

구름 모습은 짙게 옅게 산들바람에 쫓기어
줄기 줄기 서로 이어져 한 눈에 들어온다
채마밭의 채소는 겨우 한 이랑에 비치고
평평한 밭의 보리는 허공에 뜨려한다
윤리의 실천은 손발 부르트는 힘에서 볼 수 있고
재물의 이용은 조용한 안정의 공에서 마칠 수 있다
한 줄기 비가 계절을 알아 인색하지 않다면
다시 마음 속을 헤치고 하늘에 감사하겠다.

雲容濃淡逐微風　　　陣陣相連一望中
小圃菜蔬才暎畝　　　平田麰麥欲浮空
彝倫可見胼胝187⁾力　　　財用能終靜定功
一雨知時如不慳　　　更披心腹謝蒼穹

---

187) 胼胝: 노고에 의하여 손과 발에 물집이 생기는 것. '胼手胝足'

비가 기뻐서 한 수
喜雨 一首

가는 구름은 북을 향해 홀연히 내닫듯하고
흰 머리의 쇠잔한 노인 작은 마루에 앉아 있다
은은한 우레 소리가 다시 멀리 들리더니
어둑어둑한 빗 기운이 어둠을 가져오다
풍년 흉년을 억제한다면 나라될 수 있지만
늙은 병이 서로 침입하여 홀로 문을 닫다
한 굽이 여강에 돌아갈 흥이 일어나니
도롱이옷 갈대 삿갓도 역시 임금의 은혜.

行雲向北忽如奔	白髮衰翁在小軒
隱隱雷聲聞更遠	濛濛雨勢坐來昏
豊凶通制能爲國	老病相侵獨掩門
一曲驪江歸興動	蓑衣蒻笠亦君恩

집이 가난해
家貧

집 가난하고 성격 궁벽해 경영도 끊겨
일을 만나면 오히려 앉은뱅이가 걸으려는 듯
자못 이 삶이 모두 운명이 있음 믿으면서
감히 세상에는 이미 정을 잊었다 말하랴
이끼 흔적에 비 얻으면 뜰 안이 고요하고

나무 그림자 바람 머금어 잠자리가 맑다
종일 홀로 읊다가 다시 스스로 웃으니
누가 나태함에도 역시 이름 남는 것 알겠나.

家貧性僻絶經營　　遇事還同蹩欲行
頗信此生皆有命　　敢言於世已忘情
苔痕得雨門庭靜　　樹影涵風枕簟淸
盡日獨吟還自笑　　誰知疎懶亦留名

어린 미녀
小娃

어린 계집이 내 머리 빗질하니
머리 짧아 쉽게 공력 베푼다
굽은 동리에 서늘히 비오는 것 같고
빈 초당에는 고요히 바람도 없구나
차림새가 점점 깨끗이 갖춰지니
혈맥은 곧 유통되어 흐른다
다만 마음에 욕심이 많음은
세속 따르다 얼굴이 발그레하다.

小娃梳我髮　　髮短易施功
曲巷凉如雨　　虛堂靜不風
容儀稍修潔　　血脈旋流通
只恨心多慾　　趍塵面發紅

스스로 웃는 한 수
自笑一首

일이 서로 어긋남이 많아 매양 길이 탄식
후회해도 쫓기 어렵고 이미 그렇게 된 걸
이름과 실상을 구하려다 오히려 어두워지고
늙어서도 버리지 못하니 문득 어리석은 듯
쇠한 얼굴 싫다하여 오히려 어여쁨 생각하고
병든 뼈 비록 시큰거리나 그리 아프지는 않다
다만 가난 하나가 있어 나를 지킬 수 있어서
검은 머리가 지금은 흰 수염을 보게 되었구나.

事多相反每長吁	悔亦難追已矣夫
名實自求還欲晦	老而不去却如愚
衰顔可厭猶思媚	病骨雖酸未甚癯
只有一貧能守我	黑頭今見白鬚髭

비 오려다 안 오니, '하재탄' 노래 짓다
欲雨不雨 作何哉嘆

임금들은 탕왕의 천제를 사모하고
재상들은 부열의 장마를 생각한다
원컨대, 하늘이여 풍년을 내리시어
위 아래가 한 마음이 되게 하소서

마음의 느끼는 바가 통할 수만 있다면
구름 기운이 날마다 짙은 그늘을 이루리
비의 신도 역시 다시 그 솜씨를 시험하여
때로 점점히 떨어뜨려 서로 내려 침범하소
내 처음엔 문득 바다 밑을 걷어 응결시켜
큰 허공을 향해 쏟아 붓기 장마처럼 하여
우리의 불탄 싹과 떨어지는 잎을 적시어
수용이 고요의 황금보다 나을 줄 알았더니
홀연히 서로 헤어져 서로 합치지 않으며
또 버리고 가지도 않아 서로 찾을 듯하다
오늘 하늘을 쳐다보니 점점 소망이 어긋나
파란 하늘 만리로 침침하기만 하구나
어쩔려나 어쩔려나 다시 또 어쩔려나
때를 잃을 수 없음이 바로 지금이다
망종날 손 꼽아 보니 며칠이 남았으니
목은 늙은 이 가슴 타는 줄 누가 아나
하늘의 두 마음 씀 헤아릴 수 없으니
내 소견이 스스로 짧아 공연한 슬픈 노래.

君王慕湯牲[188]　　　　宰相思說霖[189]
願天降豊年　　　　上下同一心

---

188) 湯牲: 탕임금이 가뭄에 天祭를 지낸 일을 말함. 牲은 犧牲으로 천제를 지내려
　　고 짐승을 잡음
189) 說霖: 說은 殷의 傅說(열)인데, 高宗이 꿈에 성인을 얻어 찾다가 傅巖 중에서
　　숲에서 뚝을 쌓고 있는 부열을 찾았더니 과연 성인이었다. 여기서는 그가 장
　　마에 대비했던 일로 인용한 듯함.

心之所感如有通　　雲氣日日成濃陰
雨師亦復試其手　　時將點滴來相侵
我初便凝卷海底　　瀉向大虛森如林
沃我焦萌與敗葉　　受用遠過皐陶[190] 金
忽然相離不相合　　又不棄去如相尋
今日瞻天稍缺望　　一碧萬里天沈沈
何哉何哉復何哉　　時不可失須及今
屈指芒種餘數日　　誰知牧老焦胸襟
天二用意不可測　　我見自短空悲吟

가랑비의 노래
微雨吟

뭇 중은 부처 불러 자비를 애걸하고
재상들은 향을 피워 땀이 옷에 젖다
구름 일고 비 오니 따라 춤추며
하늘 돌고 땅 굴러 함께 내닫는다
가늘게 적시는 뜰 풀엔 아침 이슬 같고
멀리 비치는 궁궐 숲은 저녁 안개인 듯
문득 잠깐동안에 쫙 쏟아지니
시선 안의 벼와 기장이 곧 싱싱해지다.

---

190) 皐陶(요) : 전설에 순임금 때 법관을 지낸 사람. 〈論語, 顔淵〉에 "舜有天下 先
　　於衆 擧皐陶 不仁者遠矣(순임금이 천하를 소유하고서 대중에게 우선하여 고요
　　를 기용하니 불인한 이들이 저절로 멀어졌다)" 함이 있다.

群僧呼佛乞慈悲　　省宰行香汗透衣
雲起雨來隨踊躍　　天旋地轉共奔馳
細霑庭草如朝露　　遠映宮林似夕霏
更得須臾霈然下　　眼中禾黍便離離

흰 구름
白雲

흰 구름이 내 앞에 마주하여
조각 조각이여 높고 낮구나
하늘 얼굴은 절로 맑고 푸르고
날마다 동으로 갔다 또 서쪽
장식해 줄 생각이 있느냐 하니
한스럽게도 사다리가 없다 한다
이따금 기이한 봉우리 이루니
신선 학이 사는가 의심스럽고
산들바람 힘이 몹시 약해도
따라가기 마치 곡예사와 같다
변화는 잠깐 사이에 있으면서도
유연히 마음 두지 않는다
진흙이 되었다 이미 집이 되고
옆에는 꽃이고 곧 시내가 있다
어찌 거처를 가린적 있나
지금 나의 생각과 똑같구나.

白雲當我前	片片兮高低
天容自澄碧	日行東復西
點綴191)有其意	問之恨無梯
往往成奇峯	仙鶴疑可栖
微風力甚弱	隨之如滑稽192)
變化在俄頃	悠然無心兮
生泥旣有舍	傍花仍有溪
何曾擇所處	我今思與齊

단오날 돌싸움
端午石戰193)

해마다 단오날에는 뭇 완악한 무리 모여
돌 날려 서로 두 진영 사이에서 공격한다
말 시장 냇가에 아침부터 이미 모였다가

---

191) 點綴: 장식을 더하여 원래 있던 사물보다 아름답게 하는 것. 〈世說新語, 言語〉
    에 司馬太傅가 한밤에 재계하고 앉아 하늘의 달이 한 점의 가림도 없으니, 참
    으로 아름답다고 감탄하였다. 그 때 謝景重이 옆에 앉았다가 '생각건대, 작은
    구름으로 장식된 것만 못하다(意謂乃不如微雲點綴)', 하였다.
192) 滑稽(활계): 曲藝의 일종.
193) 石戰: 돌팔매질을 하여 서로 승부를 가리는 편싸움. 정월 보름이나 오월 단오
    에 행하였다. 〈高麗史, 辛禑傳〉에 "五月 禑欲觀石戰…國俗 於端午 無賴之徒
    群聚通衢 分左右隊 手瓦礫相擊 或雜以短梃 以決勝負 謂之石戰(오월에 신우가
    돌싸움을 관전하다. …나라 풍속에 단오날에 무뢰배들이 네거리에 떼지어 모여
    좌우로 대열을 지어 기와나 자갈로 서로 치고 혹은 짧은 몽둥이로 뒤섞여 승
    부를 결단하니, 이를 석전이라 한다)"함이 있다.

재 올리는 절 북쪽에서 저녁에야 돌아오다
홀연히 쫓기게 되면 경쾌하기 탄약 같고
오뚝이 충돌하게 되면 육중하기 산과 같다
다만 조정에는 용맹한 전사 구하기 위함이나
잔악히 상한 면목들은 역시 오랑캐 얼굴이라.

年年端午聚群頑　　飛石相攻兩陣間
馬市川邊朝已集　　僧齋寺北暮方還
忽然被逐輕如藥　　屹爾當衝重似山
只爲朝廷求勇士　　殘傷面目亦胡顔

붓을 잡고 깊이 사색하다 붓을 떨어뜨려 옷을 더럽히다
把筆沈思 筆落微汚衣

시흥은 아득히 끝이 없어
고요한 사색에 마음 오히려 혼미해
손 안에 붓 칼날 강직하더니
홀연 떨어져 옷에 흔적 남겨
옷 더러움이야 빨 수 있지만
쇠한 마음 논리 세우기 어려워
네 계절은 비늘처럼 순서 있어
만물이 하늘 땅에 꽉 차 있다
그 중에 호연한 기상은
나와 하나의 원리인데

어찌하여 오히려 스스로 작아져
마치 진흙과 물이 뒤섞인 듯 해
맑히면 곧 되맑음 볼 것이니
가자 참의 근원을 찾으러.

詩興茫無涯	靜思心反昏
手中筆鋒直	忽落衣有痕
衣汚尙可濯	心衰難立言
四序似鱗次	萬物盈乾坤
其中浩然氣	與我同一元
奈何反自小	有如泥水渾
澄之便見淸	往矣尋眞源

어느 사실
卽事

해 낮에 맑은 바람이 북쪽 숲에 가득하더니
남쪽 창에 하늘이 트이며 옅은 그늘 걷히다
다만 유가의 술수가 끝내 효험 없어 부끄러워
우연히 농사의 공이나 생각하다 괴로이 읊다
이따금 이 흰 머리털 버리기 스스로 어렵고
구구하게 누가 이 단심의 서약을 믿겠는가
한가히 앉아 녹을 먹여 처자는 살찌니
임금 은혜에 감격하기 깊기가 바다 같구나.

日午淸風滿北林	南窓天豁卷輕陰
只慚儒術終無效	偶念農功祇苦吟
種種自難抛白髮	區區誰信矢丹心
閑居食祿肥妻子	感激君恩似海深

흰 구름
白雲

흰 구름 남쪽으로 가 그림자만 펄펄
하늘 가 가야산은 다시 아득하구나
나도 따라가려 하나 날 수가 없으니
금대에서 어느날에 유선을 만날까.

白雲南去影翩翩	天除伽倻更渺然
我欲從之飛不得	琴臺何日訪儒仙194)

혼자 노래 세 수
獨吟 三首

녹음이 짙으니 바람이 자리에 일고
진홍빛 꽃 고우니 이슬 뜰에 지다

---

194) 儒仙: 유가의 신선. 여기서는 가야산에 들어 말년을 보냈다 한 崔致遠을 말한
다.

붓 끝에 조화를 머금은
병든 나그네 산재에 앉아 있다.

綠密風生座　　　紅鮮露滴堦
筆端含造化　　　病客坐山齋

이미 띠로 집을 지었으니
흙 계단 만들기 무엇이 해로우랴
몸 쇠약해 움직이면 병 되고
마음이 안정되면 곧 재계하는 듯.

旣以茅爲屋　　　何妨土作堦
身衰動成病　　　心定輒如齋

산 빛은 푸르름이 문에 닿고
이끼 흔적은 녹색으로 계단 오르다
새로운 시가 도무지 난만하여
논평의 비점은 우재에게 부탁하다.

山色靑當戶　　　苔痕綠上堦
新詩渾漫(缺)　　　評點付迂齋

신선 놀이
仙遊

신선 놀이는 이미 아득하고
세속 인연은 막 얽히고 이어져
서로 마주할 수 있는 것은 아니나
물 놀이로 하기는 하늘을 어긴다
욕심 버리려니 무겁기 돌과 같고
마음 지키려니 연기처럼 날려
옛부터 의지가 있는 이라 하여도
신선 되기는 우연이 아니구나
내 몸은 병으로 (결자) 되어
매미처럼 벗기란 어느 해일까.

仙遊已超忽[195]　　俗緣方牽連
無由得相値　　　水行違於天
去欲重如石　　　存心散如烟
古來有志者　　　丹成非偶然
我身病所 (缺)　　蟬蛻[196]知何年

---

195) 超忽: 아득하고 먼 모습.
196) 蟬蛻: 매미가 유충에서 성충이 되려고 허물을 벗어버림. 그러한 현상의 비유
　　로 널리 쓰임. 여기서는 신선이 되는 고고한 자세로 인용됨.

오월
五月

오월 달이 점점 더우니 모시 옷 재단하고
꾀꼬리 노래도 매끄러워 꽃은 이미 드물다
침침한 정원 뜰 안은 대낮에도 조용하고
성근 발 시원한 대자리에 비단 휘장 걷어내다
미인이 잠에서 깨어나 점심 음식 찾으니
순채 줄기 실같은 회거리가 날 듯이 가볍다
얼음 술 파란 대접엔 싸늘한 옥수의 손이고
비단 부채 서늘한 바람은 눈같은 살갗에 스미다
인간세사의 찌는 더위 쫓아도 되지 않으니
저 서쪽으로 나는 햇볕에 매이지 못함 한스럽다
병 안에도 땅이 있어 신선 거처로 연결되어
구슬 궁전 보배 대궐이 아련한 안개에 싸였다
신선들 가려하여 나를 초청하지 말아라
나는 어른 아이와 막 시 읊고 돌아오는 길이다
마음은 흐르는 물과 같아서 살아 출렁이고
추위 더위의 변화에도 현묘한 기회 탄다
그 정도를 순순히 받아들여 즐길 만하나
서글프다 나 늙었으니 이제 이미 글렀구나.

五月漸熱裁紵衣　　　鶯歌轉滑花已稀
沈沈庭院白日靜　　　疎簾淸簟褰羅帷
美人睡起索午膳　　　蓴絲膾縷輕如飛

氷漿碧椀冷玉手　　紈扇凉風侵雪肌
人間炎蒸逼不得　　恨不上繫西飛暉
壺中有地連洞天197)　　珠宮貝闕含烟霏
爲謝仙人莫招我　　我與童冠方詠歸
心如流水活潑潑　　寒暑變易乘玄機
順受其正可自樂　　嗟我老矣今已非

누에치는 여인의 노래
蠶婦詞

누에 잠박에 오르니
누에치는 여인의 즐거움
한가로워진 뽕나무 숲엔 이슬 기운도 엷어져
나는 깊은 광주리를 가지고 밤낮으로 달렸다
열흘 한달을 감히 힘써서 내 몸을 수고로이 하였더니
제사 복장 조회 의상도 당연히 새로이 치장되었다
한 집안의 겨울 방한도 두루 공평하게 되었고
나의 세수 비단 보내어 임금님 받들 것이니
군왕의 보불옷 천년으로 궁궐에 임하시어
아름다운 칭송 풍성하여 뭇 신하에게 젖어라.

---

197) 壺中天: 전설에 東漢의 費長房이 시장의 관리가 되었는데, 시장 안에 한 노인
　　이 약을 파는데 가게 가에 병을 달아매 놓고는 장이 파하면 그 병 안으로 들
　　어간다. 비장방이 보통 사람이 아닌 것으로 알고 다음날 가서 함께 병 안으로
　　들어가니, 화려한 옥당에다 좋은 음식이 차려져 있어 잘 먹고 나왔다. 〈後漢
　　書, 方術傳, 費長房〉

蠶上箔　　　　　　　桑婦樂
閑閑桑林露氣薄　　　我執懿筐[198]馳日夕
敢憚旬月勞我身　　　祭服朝衫當致新
一家禦冬苟平均　　　願輸我稅奉主人
黼黻[199]千春臨紫宸　　　匪頌茂渥霑群臣

꽃을 대한 느낌
對花有感

꽃 나무는 정원 안에서 차례 차례의 봄
석류도 붉게 터져 창에 비쳐 새롭다
뜬 인생은 스스로 풍경과 굴러가니
누가 이제 사람과 옛 사람을 묻는고.

花木園中次第春　　　石榴紅綻照窓新
浮生自與風光轉　　　誰問今人與古人

---

198) 懿筐: 깊은 광주리. 〈詩經, 豳風, 七月〉에 "女執懿筐 遵彼微行 爰求柔桑(여인
　　 이 깊은 광주리를 가지고 저 담 밑의 길을 따라 이에 어린 뽕을 구하도다)"
　　 함이 있다.
199) 黼黻: 고대 제후들의 예복. '亞'자의 수를 놓아 '己'자가 서로 등진(相背) 모양
　　 으로 군신이 서로 돕는 뜻을 가진 것이 '黻'이고, 도끼를 수놓아 사물의 결단
　　 력을 상징한 것이 '黼'이다.

대낮
白晝

백주 대낮에 누가 높이 누웠으며
맑은 새벽에는 나는 홀로 읊는데
살아온 나이는 쉰 살이 넘었는데
욕심내는 것은 마음 따라 어둡다
구름 걷히면 하늘은 물과 같고
새는 울어 바람은 숲속에 있다
내 생애 스스로 적당하기에
천 년에 지음의 앎 있을까.

白晝誰高臥	清晨我獨吟
行年過知命	所欲昧從心
雲卷天如水	鳥啼風在林
吾生頗自適	千載有知音

낮 더위
午熱

낮 더위가 중순 뒤부터이니
마음 혼미하고 병도 많다
불 구름은 처마 머리에 낮아
땀은 흘러 옷의 뒷자락 젖다

의자 기대도 몸은 더욱 피곤하고
시 읊으면 생각 조금 풀린다
맑은 바람 홀연히 이르러
단번에 상쾌해진 하늘 땅.

午熱仲旬後　　心昏多病餘
火雲低屋角　　潘汗滴衣裾
倚几身彌困　　吟詩意稍舒
淸風忽然至　　一快滿堪輿200)

낮 잠
午睡

한 낮에 서늘한 바람 불어
빈 방안은 적적하기 물 같다
오뚝이 앉아 깊은 생각 잠기니
멍청하니 그 까닭도 잊었구나
심장 신장이 잠시 서로 사귀고
코 구멍에선 우레 소리 일다
정신이 문득 날아 오르니
호탕하기 천리요 만리이네
어린이들이 모여 서로 떠들썩하니
소리 거세어 홀연 귀에 부딛다

---

200) 堪輿: 天地. ‘堪’은 하늘 길[天道]이고, ‘輿’는 땅의 길[地道]이다.

깨고 나서 서로 따져보려 하니
오유선생이나 무시공이다
다시 한탄 서글퍼할 필요 없다
세상 만사는 참으로 우연이니.

日午涼風來	虛堂寂如水
危坐方沈思	冥然忘所以
心腎俄相交	鼻孔雷聲起
精神便飛揚	浩蕩千萬里
童稚聚相喧	聲急忽觸耳
覺來欲相質	烏有與亡是[201]
不須更嘆嗟	萬事眞偶爾

대사의 집에서 새로 익은 술을 맛보다
嘗大舍家新煮酒

술맛은 순수해도 오래 저장할 수 없지만
끓여 두면 찌는 더위도 상할 수 없구나
우리 집은 빚자마자 곧 다 마셨는데
오늘에야 바야흐로 좋은 계교 알았다
여기에도 맑지 않으면 색깔 물어 무엇하랴

---

201) 烏有亡是: 漢의 司馬相如가 〈子虛賦〉에서 子虛, 烏有先生, 亡是公의 세 가상
　　적 擬人을 설정하여 문답했다. 烏有는 어디 있느냐는 불존재를 말하고 亡是도
　　옳은 것이 없다 하여 존재하지 않음을 말한다.

술 잔 내려 올리기만 해도 이미 향기 나는 걸
석잔을 유쾌히 기울이자 정신이 화창해지니
겨울 댓순 얼음 물고기도 문득 나을 것 없다.

酒味雖醇難久藏　　煮來炎熱莫能傷
吾家旋釀便飲盡　　今日方知爲計良
及此未澄何問色　　在於將進已聞香
三杯快倒精神暢　　冬笋氷魚却不祥

학교 세 수
學校 三首

학교는 나라의 혈맥이고
임금과 스승은 천지의 심장이다
나고 자람의 공력이 절로 오묘하니
가르치고 기르는 은택 얼마나 깊은가
날마다 성현의 모습을 사모하고
때로 금석으로 울리는 소리 듣다
지금 병을 안고 있음 스스로 가련하다
기대어 앉아 홀로 깊이 읊고 있다.
(원전에는 다음 구를 이 말미에 어어놓았으나 이는 편집의 오류인 듯하여, 여
기에서 분절한다)

學敎邦家脉　　君師天地心
生成功自妙　　敎養澤何深

日對羹墙202)面　　　時聞金石音203)
自憐方抱病　　　几坐獨沈吟

현금 기강이 새로워 지는 운명을
선왕들은 아직 생각하지 못했을 것
문화의 풍도가 막 떨치려 하고
성왕의 은택도 깊다고 말하겠다
흰 태양은 사사로이 비침이 없고
누런 꾀꼬리 좋은 노래 보낸다
내 생명이 아직 굳세고 강하니
수업 공부하면서 함께 노래도 하자.

今代維新命　　　先王未了心
文風方欲振　　　聖澤亦云深
白日無私照　　　黃鸝送好音
吾生尙强健　　　絃誦204)共謳吟

---

202) 羹墙: 聖賢을 사모하는 마음. 堯임금이 죽으니, 舜임금이 3년동안을 사모하
　　여, 앉으면 담에서 요임금의 모습을 보고 식사를 하면 국그릇에서 요임금의
　　모습을 본다 〈後漢書, 李固傳〉하여, "羹墙"을 선배나 혹은 성현을 사모하는 마
　　음을 이르는 말로 쓰인다.
203) 金石音: 쇠나 옥처럼 쟁그랑 울리는 소리. 우아한 문장이 사람을 감동시키는
　　비유로 쓰임.
204) 絃誦: 고대에 시경을 배웠던 일. 악기에 어울려 노래하는 것이 弦歌이고, 음
　　악 없이 시를 낭송하는 것이 誦이다. 이를 합하여 "絃誦"이라 하고. 후대의 授
　　業과 공부를 말하게 되었다.

내 재주도 학문도 없음 부끄러우나
임금님 만나 국학당에 들다
공이 이루어져 군왕을 노래하고
꿈을 깨니 홀연 임금을 애도하다
층계 이끼는 비 따르기에 익숙하고
뜰 소나무는 바람 얻어 기뻐하다
흰 머리가 병을 안고 가니
모래 돌처럼 다시 갈려나가네.

愧我無才學　　　逢君叨泮宮205)
功成將舞獸206)　　夢斷忽攀龍207)
階蘚工隨雨　　　庭松喜得風
白頭扶病去　　　沙石更磨礱208)

---

205) 泮宮: 國學堂.
206) 舞獸: 군왕의 성덕을 노래함. 〈書經, 舜傳〉에 "予 擊石拊石 百獸率舞(내가 돌
　　을 치고 돌을 두드리니 온갖 짐승이 다 춤추다)" 함이 있으니, 온갖 짐승도
　　음악에 따라 춤춘다 하여, 군왕의 성덕을 노래함에 인용된다.
207) 攀龍: 전설에 황제가 형산에서 가마솥을 주조하여 솥이 이루어지자 용이 내려
　　와 맞이하였다. 황제가 그 용을 타고 승천하니, 군신들도 따라 오른 자가 70
　　여인이고, 나머지 신하는 용의 몸에 오르지 못하고 용의 수염을 잡았더니, 중
　　도에 용의 수염과 황제의 활과 함께 떨어졌다. 백성들은 활과 수염을 잡고 통
　　곡했다. 〈史記, 封禪書〉 그 후 황제를 따르거나 황제의 서거를 애도함에 인용
　　된다. "攀髯"이라고도 함.
208) 磨礱: 돌이나 바위가 갈려나감. 여기서는 알지 못하는 사이 갈려짐을 말함.

날씨 흐림이 기뻐
天陰喜賦

두 눈이 흐릿해서 새벽 하늘을 바라니
짙은 구름 떨어질 듯 산천을 억누른다
호사스런 부자에겐 기름기 줄여주고
굶주린 이에겐 모름지기 생명을 연장하네
다행히 조금 건강해진 이 날을 당해서
풍년이라 특서해야 할 해는 언제일까
병이 들어도 임금님 봉한 녹으로 배부르니
흐리거나 갠 날 만날 때마다 시 한 편 쓰다.

兩眼朦朧望曉天　　　濃雲欲墜厭山川
豪奢任是脂膏減　　　餓殍須敎性命延
幸値小康當此日　　　特書大有209)是何年
病餘飽喫封君祿　　　每遇陰晴賦一篇

별 나자 또 쓰다
日出又賦

비 이야기를 다시 쓰자니 내 마음이 조린다
말긋말긋 하늘 위 돋는 해에 다시 놀란다
사방으로 여염집 돌아보니 마침 사고 많고

---

209) 大有: 豐年.

국가 사직 다시 일으키려니 뭇 현인 힘 빌려야
정전으로 구획하지 않은 9백의 넓은 땅을
국가의 소용으로 통용됨이 30년이었구나
땅이 이로우려면 분명 사람의 힘에 있으니
강의 논평에 나는 새 글편을 짓고자 한다.

再吟其雨我心煎　　　呆呆還驚日上天
四顧閭閻適多故　　　重興社稷賴群賢
井田不畫九百畝　　　國用須通三十年
地利明明在人力　　　講論吾欲着新篇

동정 염흥방이 그의 문생인 김정언의 초청에 왔으나,
내가 몸이 피곤하여 나가보지 못하여 섭섭하여 한 수를
짓다
東亭210)走其門生壯元金正言來招　僕以身困不可出　悵然吟
成一首

젊은 장원이 늙은 장원을 초청하고
장원랑은 또 특별히 한 서신으로 전해 오다
이것은 바로 풍성한 일로 세상을 놀래나
다만 병든 몸 문을 나서기 어려움 한이다
모였다 흩어짐 헤어짐은 문득 마름풀과 물 같으나
한가하고 바쁨은 다만 술잔에서 합하게 된다

---

210) 東亭: 고려말 권신 廉興邦(?-1388)의 호. 자는 仲昌.

사지 팔 다리가 적절히 조절될 날 언제일까
비 바람 쓸쓸하여 홀로 난간에 의지하다.

少壯元招老壯元　　　壯元郎又特傳言
斯爲盛事足驚世　　　只恨病體難出門
聚散却同萍與水　　　閑忙只合酒盈樽
四支調適知何日　　　風雨蕭蕭獨倚軒

제 조롱, 또 자책을 지어 해명하다
自戲 又作自責以自解云

소년시절 피리 불고 또 머리 흔들어대
옆 사람들이 웃어대도 좋았었다
늙은 경지에는 이미 용모가 곧아져
한 소리에도 때로 위남루에 기대다.

少年吹笛又搖頭　　　遮莫傍人笑不休
老境已敎容也直　　　一聲時倚渭南樓

태평한 풍월 시편 문단에 가득하니
짓고 읊음이 이 마음 기름 아님 없다
홀연 이 조롱 시편 참으로 가소로우나
다만 다음 날 알아주는 지음 있기 바라다.

大平風月滿詞林　　吟詠無非養此心
忽此戲題眞可笑　　只緣他日有知音

나의 광기
我狂

나의 광기 지금 어떠한가
엎어지고 자빠짐도 여기서
제사 지내거나 손님 대접의
몸가짐 다잡음도 잠시 뿐
멈추면 매놓은 말 같고
행하면 흐르는 물 같구나
말은 시기를 가리지 않아
말하면 꼭 남의 뜻 거슬려
온화한 얼굴로 동작을 삼가면
또 마침 군자에게 웃음 사다
정에 놀아 욕심 자의로 쫓으나
또 처음의 의지 아닐까 두렵다
나의 광기 이미 심했구나
친구에게 버림 당함 당연하다
허리 굽으려 하느님께 고하노니
대저 왜 이 지경에 이르렀나요.

我狂今如何　　顚沛必於是
承祭與見賓　　歛容亦暫耳
止則如繫馬　　行則如逝水
言不擇其時　　語必忤他意
和顏愼動容　　又適笑君子
放情恣趨欲　　又恐非初志
我狂旣甚矣　　朋友宜見棄
磬折[211]告天君　　夫何至於此

---

211) 磬折: 경쇠의 꺾인 모습처럼 공경하고 조심한다는 뜻. 身宜僂折 如磬之背 故
云磬折也.

牧隱詩藁 卷之三十

청풍시 두 수
清風詩 二首

맑은 바람 불어오는 때 있지만
갈 때는 누가 능히 쫓을 수 있나
무심히 홀연 서로 접촉하고는
사랑하기는 나에게만 사사로운 듯
오래 소원하면 내 마음 괴로워
시와 노래로 쓰니
노래와 시는 맑은 바람 같아
자연히 간사한 생각 없다
누가 거문고 비파에 얹어서
나의 청풍시에 화답할까.

清風來有時　　　去也誰能追
無心忽相觸　　　愛之如我私
久闊勞我心　　　寫之以歌詩
歌詩如清風　　　自然無邪思
何人被琴瑟　　　賡我清風詩

맑음 바람은 어느 곳에 있을까
지금 나는 생각을 함께 한다
대장 길보를 칭송함이 오랜데
대아는 어찌 상실 애석했나
엄광의 낚시터가 높기는 하지만
한나라의 기틀도 끝내 옮겼다
방씨 두씨가 재상자리 빛냈지만
계승하는 자가 누구인지 알겠나
슬프구나, 뒤에 오는 이들이여
나의 청풍의 시를 읽어보라.

清風在何處　　　我今思共之
吉甫[212]頌已久　　大雅何其喪[213]
子陵[214]釣臺高　　漢鼎終亦移

---

212) 吉甫: 周의 宣王 때의 賢臣 尹吉甫를 말함. 군대를 거느리고 북벌에 나서 獫
　　狁을 정벌함. 〈詩經, 小雅, 六月〉에 "薄伐獫狁 至于大原 文武吉甫 萬邦爲憲
　　(험윤을 정벌하여 대원에 이르렀으니 문무를 낮춘 길보여 만방에서 본받도
　　다)"이라 함이 있다.
213) 大雅何其喪: 〈詩經, 大雅, 蕩〉에서 周의 왕실이 무너진 것을 슬퍼 했으니, 그
　　래서 한 말인 듯. "天生蒸民 其命匪諶 靡不有初 鮮克有終(하늘이 뭇 백성을
　　내는데 그 천명을 믿을 수 없다면, 아름다운 시초가 없지 않았거늘 마침을 잘
　　함이 거의 없구나)" 하였다.
214) 子陵: 後漢의 嚴光의 字. 어려서 光武帝와 함께 공부했다. 광무가 즉위하니
　　성명을 바꾸고 숨어 나타나지 않았다. 전국을 수색하여 양가죽을 입고 낚시하
　　는 사람을 찾아, 광무제가 직접 찾아갔지만, 누워서 일어나지도 않았다. 광무
　　제가 광의 배를 어루만지며 "야 자릉아 서로 돕지 않는 것이 의리냐" 하여 궁
　　중으로 데리고 와 친구의 의로 도리를 묻고는 하였다. 광무제와 함께 자면 엄
　　광은 광무제의 배 위에 다리를 얹어놓고는 하였다. 諫議大夫로 제수하니 받지
　　않고 富春山으로 들어가 80여 세에 죽었다. 후인들이 그가 낚시하던 곳을 '嚴

房杜[215] 敞黃閣[216]　　　繼者知爲誰
悲哉後來者　　　　　讀我淸風詩

우연히 얻은 한 수를 맹운선생에게 올리다
偶得一絶 錄呈孟雲[217]先生

이끼 흔적 풀 색깔이 함께 파릇파릇하니
바람 동산 숲에 가득하고 비는 뜰에 가득
후미진 골목이라 요사이 수레 말이 드물지만
눈이 밝아 오늘은 동정선생을 보게 되네.

苔痕草色共靑靑　　　　風滿園林雨滿庭
深巷邇來車騎少　　　　眼明今日見東亭[218]

한공이 화답해 왔는데, 끝 구에 이르기를 "몇 년전 이 시절을 기억해 보면 곳곳에서 정정한 연꽃을 감상했네" 함이 있어 감흥을 일으켜 또 3수를 읊어 올리다

陵瀨'라 하였다.
215) 房杜: 唐나라의 유명한 두 재상 房玄齡과 杜如晦. 당시 국가의 모든 규모가 이 두 재상에 의해 결정되고 대사를 결단하여 그 뒤로 훌륭한 재상을 말할 때는 언제나 '房杜'로 竝稱한다.
216) 黃閣: 재상을 지칭함. 漢나라 이후로 재상의 관서를 주홍색인 궁궐의 색깔과 구별하기 위하여 황색으로 도색함에서 유래함.
217) 孟雲: 韓脩(1333-1384)의 字, 호는 柳巷.
218) 東亭: 고려말 권신 廉興邦(?-1388)의 호. 자는 仲昌. 앞의 주 210) 참조.

韓公見和一首　末句云　却憶年前此時節　蓮花處處賞亭亭
讀之興動　又吟三首錄呈

군자인 연꽃은 나에게 두 눈을 푸르게 하니
담담한 사귐에 길이 없고 너는 뜰이 없구나
꽃 중에서 군자 같은 것 오직 연꽃 뿐이니
문득 버들 아래 정자에서 서로 찾고 싶어라.

君子[219] 於吾兩眼青　　淡交無逕爾無庭
花中似者唯蓮耳　　便欲相尋柳下亭

종이 희어 서리 엉기고 먹은 파랗게 물들어
새로운 시는 글자마다 황정경 같구나
맑은 향기로 깨끗이 서서 의연히 있으니
바람 이슬 서로 따라와 정자에 가득하네.

紙白凝霜墨潑青　　新詩字字似黄庭
清香淨植依然在　　風露相隨滿草亭

곱게 단장한 홍백색은 깊은 청색으로 가려
선녀가 옥황의 뜰에 거니는 것과 흡사하구나
아름다움 칭송하려 해도 내 말 졸렬함 부끄러워
낙신부에다 난정의 글씨에 의지하리라.

---

219)　君子: 周敦頤가 〈愛蓮說〉에서 연꽃을 꽃 중의 군자라 하였다. "蓮 花之君子者
也"

艶粧紅白盖深靑   恰似仙娥步帝庭
頌美却慚吾語拙   須憑洛賦[220] 字蘭亭[221]

비를 대하니, 홀연 연꽃 감상의 흥이 일다
對雨忽起賞蓮之興

아침 되어 비를 대하니 흥도 유연하여
남쪽 못으로 가 연꽃 구경하려 하나
다만 조심스러움은, 천태의 사찰이 가까워
휘파람 소리가 지관하는 참선을 깰까 함이다.

朝來對雨興悠然   欲向南池獨賞蓮
只恐天台精舍近   嘯聲驚破止觀禪

광기 흥은 늙어도 오히려 남아 있음 알겠다
흥을 만나면 때때로 문득 문을 나서니
다만 연꽃 감상은 본래 소원 어김이 한스러워
낙타교의 아래에는 물이 달려가듯 하는구나.

自知狂興老猶存   遇興時時便出門
只恨賞蓮違素願   駱馳橋下水如奔

220) 洛賦: 魏의 曹植이 지은 〈洛神賦〉를 말한 듯. 洛水의 신인 宓妃를 읊음.
221) 蘭亭: 晉의 王羲之가 지은 〈蘭亭集序〉를 말함.

한가와 이가가 서로 따르는 유항골도 깊으니
안장 나란히 이르는 곳마다 함께 시 읊는다
연꽃 감상에는 항상 우리 스님이 함께 하니
세 마음 하나의 마음으로 합쳐짐 누가 아나.

韓李相從柳巷深　　　聯鞍到處共微吟
賞蓮每與吾師會　　　誰識三心共一心

염동정이 노루 고기를 보내며 "두 노인에게
　나누다 보니 작다" 했기에 소시로 사례하다
　廉東亭送獐肉曰　分呈兩老人故甚小　以小詩致射

노루 등을 두 늙은 어버이께 나눠 올리고
다시 남쪽 마을 병든 이에게까지 미치다
채소 밭에는 오래도록 양의 발걸음 없더니
소반 상오른 옥같은 햅쌀밥에 잘 어울리겠네.

獐背分呈兩老親　　　更霑南里病餘人
菜園久矣無羊踏222)　　足配盤飱玉粒新

---

222) 羊踏菜園: 魏의 邯鄲淳의 〈笑林〉에 "어떤 사람이 항상 채소만 먹다가 우연히
　　양 고기를 먹었더니 꿈에 五臟의 신이 '양이 채소 밭을 밟아 망쳤다(羊踏破菜
　　園)'이라 했다." 해서 그 후로 '채소만 먹던 이가 고기를 얻어먹는 비유'로 쓰
　　는 말이 되다.

중추의 비
中秋雨

다 함께 중추절의 달을 사랑하니
은하수에 흰 물결이 넘실댄다
구름 한 두 점도 싫어하는데
하물며 주루룩 비를 만나다니
병든 이의 정도 다할 수 없으니
월궁 아가씨의 생각은 어떨까
다음 해 한 번 감상 용인하여
서글피 한탄할 필요는 없어.

共愛中秋月	銀河溢素波
尙嫌雲靄綴	況値雨雾霾
病客情無盡	姮娥意若何
明年容一賞	不用嘆蹉跎

느낌 있어
有感

밤비는 새벽까지 이어져 쉼 없이 뿌려
병 뒤의 감정이나 홍취는 아울러 아득하다
내년이야 꼭 금년 같지는 않겠기에
다시 서쪽 이웃의 백척루에 오른다.

夜雨連明洒不休　　病餘情興陪悠悠
來年未必如今歲　　更上西隣百尺樓

한양부윤에게
寄漢陽尹

삼각산의 청학사
전각은 안개 속에 가리워 비치고 있다
거처하는 중은 아침 저녁 먹고 잘 뿐이니
도끼 자귀가 어찌 끝없는 수고를 꺼리나
다만 지루하여 사지가 게으름이 걱정이고
혹자는 병이 생겨 쉽게 치료도 않되겠다
그 사람들 이미 인륜을 버렸다 하는데
임금께 중한 은혜 갚겠다함 헛된 말이다
장차 산 속으로 내쳐 보내어
원숭이 새 노루와 함께 하는 것만 못하다
가을 바람 하늘 가득하여 들이 누러면
빌어 먹으며 겨울 지낼 생각이 그들이다
아홉 마리 소에 터럭 하나를 어찌 아끼랴만
목은 늙은이의 이 말이 역시 사람살이이다.

三角山中靑壑寺　　觚稜[223] 掩映煙霞裏
居僧朝夕眠食耳　　斤斧豈嫌勞不已

---

223) 觚稜: 宮闕 지붕의 모서리에 입혀진 기와의 모습. 궁궐을 가리키기도 함.

但患支離四體倦　　或者疾生醫未易
其人旣曰去人倫　　上報重恩虛語爾
不如且放山中去　　猿鳥鹿麋而已矣
秋風滿天野靑黃　　乞食過冬是其志
九牛一毛豈足惜　　老牧斯言亦人事

중양절 하루 전에 유항에게 올림
重九前一日呈柳巷224)

사람의 정은 계절 사물에 괴로이 끌려
머리 위의 시간은 흐르는 물과 같구나
이미 중추절을 저버려 고대하던 뒤라
갑자기 구일이 또 앞에 당했음 놀라다
조화옹은 동쪽 울의 국화를 아끼는 듯해
늙은 나는 한갓 북해의 하늘만 쳐다본다
다행히도 네 이웃들도 함께 적막하여
다시 서로 대하길 기다려 함께 유연하다.

人情節物苦牽聯　　頭上光陰如逝川
已負中秋姑待後　　俄驚九日又當前
化工似靳東籬菊　　老我徒瞻北海天
賴有西鄰同寂寞　　更須相對共悠然

---

224) 柳巷: 韓脩(1333-1384)의 호, 자는 孟雲. 앞의 주 217) 참조.

중양절에 반주에게 부침
重九日 寄班主[225]

초제 나머지 비록 예에 따라 제군에게 미치나
두 잔의 술로 뼈 속 훈훈하게 할 수 없구나
병든 뒤 산에 올라 나를 스스로 축하하니
무용의 응양장군도 더구나 사문을 중시하거늘.

醮餘雖例及諸君　　　朋酒[226]無從骨髓醺
病後登高吾自賀　　　鷹揚[227]況是重斯文

칠월 칠일에 한 번 모이고, 구월 구일에 또 한 번 모였
으니, 이 뒤는 어떠할 지 몰라 한 수를 읊어 기록하다
七月七日作一會 九月九日又作一會 未知後當如何 吟成一
首以誌

우리들의 단란함이 우연은 아니니

---

225) 班主: 반열의 수위. 班首와 같음. 〈國朝五禮儀 2, 吉禮, 酌獻文宣王視學儀〉에
　　"侍講官以下皆跪 提調以爵酌酒 授班首 班首受爵 詣座前 北向跪進 俯伏興(시강
　　관 이하 다 무릎 꿇고 제조가 술잔에다 술을 따라 반수에게 주면 반수는 술잔
　　을 받아 좌석 앞으로 나아가 북향하여 무릎 꿇고 나아가 엎드렸다 일어난다)"
　　함이 있다.
226) 朋酒: 두 잔의 술(兩樽曰朋), 〈詩經, 豳風, 七月〉에 "九月肅霜 十月滌場 朋酒
　　斯饗 曰殺羔羊(구월달에 서리 내리고 시월달에 걷어들여 두 잔 술로 먹이니
　　염소와 양을 잡도다)" 함이 있다.
227) 鷹揚: 무용과 위엄을 갖춘 모습. 如鷹之飛揚也(매가 나는 것과 같다) '鷹揚虎
　　視'. '鷹揚將軍'.

가을 되어 두 번이나 술잔 앞에 이야기하다
자하의 신선 골짝에 샘물 울리는 바위였고
감로사의 스님 방에서 달이 비치는 하늘 있네
뜬 세상의 헛된 이름 (결락)하기 어렵고
좋은 계절 아름다운 경치에 항상 서로 끌린다
명년에 꽃 구경 모임을 마련하려 한다면
수저 놓기에 어찌 꼭 만금의 소비가 필요하랴.

我輩團圝非偶然　　秋來再得話尊前
紫霞仙洞泉鳴石　　甘露僧房月照天
浮世虛名難(缺)　　良辰美景每相牽
明年欲辦看花會　　下筯何須費萬錢

조용한 거처　세 수
幽居　三首

조용한 거처 맛이 있음 누가 아는 이 있나
한 줄기 향불 연기에 두 줄기 귀밑머리
묵은 술은 이미 깨어 저녁 밥 재촉하고
창에 가득한 비바람에 또 시를 쓴다.

幽居有味有誰知　　一燈香烟兩鬢絲
宿酒已消催夕飯　　滿腮風雨又題詩

풍류 놀이를 누룩동자에게 물으려 하니
중양절에 거의 국화 핀 것을 보게 되다
금년엔 푸른 꽃술을 참으로 따기 어렵겠다
하늘 그림자를 백옥의 구슬 잔에 밝았기에.

爲問風流麴秀才[228]　　重陽幾見菊花開
今年靑藥眞難摘　　天影分明白玉杯

하느님의 마음 씀이 십분 깊었구나
내가 쇠잔한 나이에 마음 속 드러낼까 두려워
흰 이슬 내릴 이 때에 구름이 구슬을
맑은 서리 내리려 하니 안개는 황금을 감춘다.

天公用意十分深　　恐我衰年嘔出心
白露正中雲掩璧　　淸霜欲下霧藏金

환암 스님에게 올림
奉寄幻菴[229]

스님은 한가로이 배움도 막 끊었는데
나는 늙어 이제야 갈 길을 찾는다
붉은 나무엔 가을 기운이 떴고

---

228) 麴秀才: 술을 의인화 한 것.
229) 幻庵: 고려 후기의 승려 混修(1320-1392)의 법호. 자는 無作. 시호는 普覺國
　　師.

푸른 산은 석양 볕에 비친다
시의 정을 스스로 달래지만
진리의 맛은 누구와 맛보나
다음 날 함께 돌아가는 곳에
나는 구름이 함께 아득하겠죠.

師閑方絶學　　　我老始尋行
紅樹浮秋氣　　　靑山照夕陽
詩情聊自遣　　　道味與誰嘗
異日同歸處　　　飛雲共渺茫

우수가 찾아와서
迂叟見訪

우수는 신선 골짝에서 살아
뗏목 타고 바다를 순행하다
한 몸으로 유세할 객이 되고
여섯 글자로 공신을 표하다
전고의 사실은 담아 다하고
시의 글구는 단련되어 새롭다
이따금 누추한 시골 지나면
하는 이야기마다 정신이 있다.

迂叟居仙洞　　乘槎海上巡
一身爲說客　　六字表功臣
典故牢籠盡　　詩聯煅煉新
有時過陋巷　　發語有精神

홀로 앉아
獨坐

홀로 앉아 텅빈 집 고요하니
어찌 만물과 어긋난 적 있나
숲 사이에 참새 지저귐 들리고
허공 밖에 솔개 나는 것 보다
스스로의 터득 참으로 경험키 어렵고
허공의 유영이 꼭 그릇됨만 아니다
오히려 세속 일 없음이 기쁘니
풀빛은 이끼 긴 사립문에 비치다.

獨坐虛堂靜　　何曾與物違
林間聞雀噪　　空外見鳶飛
自得眞難驗　　天游未必非
猶欣無俗事　　草色映苔扉

일식에 느낌이 있어
日蝕有感

가을 깊어짐이여 천기가 온화하더니
눈 같은 배꽃이 뜰가지에 붙는다
어둡고 은밀한 하느님이 저 하늘을 운전하되
거꾸로 가고 거슬려 시행하니 장차 어찌하려나
겨울 우레 여름 서리가 역사서에 밝히 있어
요기나 재앙의 일어남이 조금도 차이 없다
내 태어남 때 아니어도 순순히 받아야지
울적하여 좋아하지 않고 부질없이 시나 읊다
흰 해가 홀연 청천 중에서 이그러지니
우러른 얼굴에 두 줄기 눈물이 주르륵 흐른다
질책이 하늘에 보임은 정치에 있는 것이니
알 수 없다만 무슨 일이 편파적으로 갈렸나
당연히 그렇게 된다면야 운수에 맡겨야 하나
세상 도리는 날로 내려가면 돌아옴이 없다
마음 조리고 입술 타서 광기 돋으려 하니
어느 때나 다섯 색깔이 이 산하를 비칠 것인가
썩은 선비 집에 있으며 오히려 녹을 먹으니
변고를 당하면 이따금 슬픈 노래를 짓는다.

秋之深兮天氣和　　　　梨花如雪粘庭柯
冥冥眞宰斡洪鈞[230]　　　倒行逆施將奈何

---

230) 洪鈞: 하늘을 말함.

冬雷夏霜照方策　　　祅孽之興無少差
我生不辰[231]當順受　　鬱鬱不樂空吟哦
白日忽鈌靑天中　　　仰面有淚雙滂沱
讁見于天在於政　　　不識何事分偏頗
適然而然委之數　　　世道日降無回波
心焦吻燥欲發狂　　　何時五色明山河
腐儒家居尙祿食　　　遇變往往成悲歌

국화를 읊다
詠菊

울 밑의 누런 국화가 황금을 뿌려놓은 듯
늙은 할아비 서로 대하여 홀로 읊는다
중양절에 가장 한스러운 것이 몸 꼭 숨김인데
시월달에 오히려 생각 씀이 깊음에 놀란다
띄우고 띄워 술에 따라옴 사양하지 않고
조용 조용히 차라리 푸른 옷깃 대하기 바란다
무너지는 산을 제압할 방법이 없는 것은 아니지만
아득하구나 푸른 못을 어디서 찾을 것인가.
(뒷 부분의 뜻은 자세히 알 수 없다)

籬下黃花如散金　　　老翁相對獨微吟
重陽最恨藏身密　　　十月還驚用意深

---

231) 不辰: 때를 만나지 못함. 〈詩經, 大雅, 桑柔〉에 “我生不辰 逢天僤怒(내 태어
　　남이 때를 만나지 못해 하늘의 큰 노여움을 당하다)” 함이 있다.

泛泛不辭隨白酒　　　寥寥寧願對靑衿
頹岺可制非無術　　　杳矣碧潭何處尋

스님을 보내며 대작함
代送僧

뜬 구름은 원래 꼭지가 없으며
흐르는 물이 다시 무슨 뿌리인가
서로 이별함에는 인정 뿐이니
유유히 누가 기억으로 간직할까.

浮雲本無蔕　　　流水更何根
相別人情耳　　　悠悠誰記存

절구
絶句

토속의 멋은 시 속에 일고
향수는 술 뒤에 생긴다
강과 산은 은둔으로 부르고
바람 달로 승평을 서사한다.

野趣詩中起　　　鄕愁酒後生
江山招隱遁　　　風月寫昇平

벽암의 시권에 쓰다
題壁菴卷

완전한 귀의가 유익한 것 아니고
죄를 품었음이 역시 가련하구나
진리는 세속 때를 초탈하고
광채가 뜨니 달은 하늘에 가득하다.

完歸非有益　　　懷罪亦堪憐
道者超塵垢　　　光浮月滿天

어가가 서교로 나가는 때를 당해도
병으로 따를 수 없어 한 수를 짓다
伏値駕出西郊 以病不能從 吟成一首

여섯 말의 어가가 맑은 새벽에 성 서쪽 나아가니
일만 기마 바람이 푸른 옥의 발굽에서 일어난다
매와 개도 무리지어 임금 사냥에 뒤쫓고
병사들 대열을 갈라 백사장 둑을 옹위한다
군사를 정비해 마지 않음은 주서의 역사에 있고
추수 상황을 자주 살핌은 하나라 속담을 참고하라
병든 신하 화살 잡기 어려움 스스로 한스러워
밤 새도록 오뚝이 앉아 새벽 닭 소리 듣는다.

六飛[232] 淸曉出城西　　　萬騎風生碧玉蹄
鷹犬成群逐天仗[233]　　熊羆[234] 分隊擁沙堤
詰戎[235] 不止周書在　　省斂[236] 仍將夏諺稽
自恨病臣難執射　　　五更危坐聽晨雞

어제 이 상의 송헌이 화엄경의 발문을 구하고 인해 술자리를 베풀다
昨李商議松軒[237] 求跋華嚴經 因設酒

병 뒤에 나가 노닐기 이제 이미 드문데
문에 드리운 푸른 버들 그림자도 의의하다
송헌은 조정에서 나오며 자주 찾아 마시고
삼보 경전을 이루어 다시 발휘해 펴내다
국화는 늦 향기 보내어 백옥 술잔에 들고
비는 추운 기운 재촉하여 비단 휘장에 들다
훈훈한 기운 절로 형상을 잊게 하는 곳에
밤 깊도록 이르러서야 취한 몸 가누어 가다.

---

232) 六飛: 황제의 어가. 고대에 황제의 수레는 여섯 말이 날(飛)듯이 달린다 하여
　　이르는 말. 六騑. 六蜚.
233) 天仗: 천자가 사냥할 때 사용하는 병기.
234) 熊羆: 용맹한 병사나 강인한 군대의 비유.
235) 詰戎: 군사 일을 잘 정비함. 〈尙書, 立政〉에 "其克詰爾戎兵 以陟禹之迹(너의
　　군사를 잘 정비하여 저 우임금의 치적에 오르라)" 함이 있다.
236) 省斂: 임금이 백성의 추수상황을 살핌.
237) 松軒: 李成桂의 호.

病後出游今已稀　　門垂碧柳影依依
松軒朝退頻招飲　　寶典成來更發揮
菊送晚香侵玉斝　　雨催寒氣入羅幃
熏然自有忘形處　　直到夜深扶醉歸

부질없이 읊다
漫吟

새벽 햇살 창에 닿고 참새 처마에 지저귀어
늙은 할아비 오뚝이 앉아 성근 수염 비비다
시구을 지어 읊다가 오히려 맛을 잃고서는
비로소 알겠다, 순채국에도 소금칠 필요를.

曉日當牕雀噪簷　　老翁危坐撚疎髯
吟成句律還忘味　　始信蓴羹要下鹽

송헌 이성계의 초청에 나아가
赴松軒招

항시 초청받아 마시니 쇠잔한 생명 위로하고
마침 나의 한가한 거처로 태평을 노래하다
어리석은 광기처럼 취해도 큰 허물 없고
말에 난잡함이 많아도 이야기는 진정일세

꽃은 가랑비에 불어나니 봄 따사함 숨었고
바람이 뜬 구름을 쓰니 달은 광명을 낳다
부귀에다 청정 고고 다 밉지 않으니
늙은 나이에 술로 이름삼음 무엇이 해로운가.

每承招飮慰殘生	適我居閑詠大平
醉似顚狂無大咎	語多雜亂說眞情
花滋細雨藏春暖	風掃浮雲放月明
富貴淸高俱不惡	老年何害酒爲名

다듬이 소리
聞擣衣

온갖 집들 첫추위에 다듬이 소리 들리니
남쪽 고을 정서 감흥 다시 의의하구나
밤 깊어 담담한 달은 살갗 찾아 들고
새벽 싸늘해 된 서리는 귀밑털 돌아 날다
찢어진 추운 창을 기워 겨우 체모 갖추고
새로 화려한 집 지어 찬란히 빛을 날린다
멀리 변방에 가는 남편 멀어짐 가련하여
눈물 뿌리는 안방 안엔 빨리 오기 바란다.

萬戶初寒聞擣衣	南州情興更依依
夜深淡月侵肌轉	曉冷嚴霜遶鬢飛

補弊寒牕才具體　　　裁新華屋爛交輝
遙怜塞上征夫遠　　　抆淚閨中願早歸

증각사에서 자다
宿證覺寺

돌 봉우리 깎은 듯이 속세를 벗어나니
앉아서 구름 안개 아득함 어루만지다
범패 소리 잦아지자 중은 선정에 들고
바퀴 하나 밝은 달은 일천 산 비친다.

石峯如削出塵寰　　　坐撫雲煙嫖渺間
梵唄聲殘僧入定　　　一輪明月照千山

영복정 서쪽 봉에서 잠시 쉬다
小憩迎福亭西峯

어느 곳에서 날아와 성인 얼굴 대하나
금오산 머리의 하나의 신선일세
팔관회에 해마다 운반해 오는 듯이
그림자는 격구장의 일월 사이에 움직인다.

何處飛來對聖顏　　　金鼇頭上一神仙
八關歲歲如搬運　　　影動毬庭日月間

답청놀이로 어린이 손잡으니 취한 듯 얼굴 펴져
자주색 푸른 빛이 지금처럼 사방 산에 두루하다
뭇 꽃을 앉아 대하니 오히려 적막해 지고
풍류는 다만 술 잔 앞에만 존재한다.

踏靑携幼醉開顔   紫翠如今遍四山
坐對群英還寂寞   風流只在酒尊間

홀로 앉아 두 수
獨坐 二首

목은 늙은이 막 홀로 앉았으니
세월은 괴로이 서로 재촉하다
해 그림자는 꽃 사이에서 옮기고
바람 소리는 나무 위에서 온다
진리의 정은 애오라지 저절로 경험되고
세상 변화는 끝내 돌아오기 어렵다
어느 곳에서 깃들어 의탁할 만할까
하늘 땅이 하나의 낚시터인데.

牧翁方獨坐   歲月苦相催
日影花間轉   風聲樹上來
道情聊自驗   世變竟難廻
何處堪棲托   乾坤一釣臺

또 강남의 흥취가 일어나니
새로이 노란 빛이 귤 숲에 들다
배를 사 어느 날에나 가서
내 십년의 노래를 풀어볼까
흐르는 물은 가는 뜻을 따르고
긴 바람은 장열한 마음 격동시켜
가고 머뭄 스스로 결단하기 어려워
하늘 땅 같은 성은이 깊도다.

又起江南興　　　新黃著橘林
買舟何日去　　　費我十年吟
流水隨歸意　　　長風激壯心
行藏難自斷　　　天地聖恩深

이불 꿰맨 느낌
縫衾有感

공교히 짠 금 실에 현란히 붉은 안개
용이 구름으로 오르고 찬란히 핀 꽃
궁내부에 소장하여 왕비에게 제공되고
남촌의 총애받는 외가 집에 하사되다
문장은 참으로 세속 밑에 있음이 부끄러워
누가 알랴, 자고 먹는 것이 바로 생애인 것을
밟고 찢는 손자들 많음을 깊이 꾸짖으나
맑은 밤에 품고 앉았으면 기운은 절로 빛나.

巧織金絲絢紫霞　　龍騰雲彩爛開花
收藏內府供中壺　　賜與南村寵外家
自愧文章眞俗下　　誰知眠食是生涯
深嗔踏裂多孫子　　擁坐淸宵氣自華

방아노래
春米歌

부자는 서울처럼 쌓아 두어
들 밖에서 전원 안으로 이어져
가난한 집은 지고와서
손으로 찧으니 땀이 뒤엉켜
아침을 구하고 저녁을 꾀하지 못하니
어찌 서로 붉게 이어짐 알랴
부자집은 상등의 밭을 얻어
힘써 경작에 종들도 많으니
찧고 까부르기 쉽고 또 쉬워
겨 껍데기는 바람에 흩날린다
서쪽 방아는 서쪽에서 울리고
동쪽 방아는 동에서 울린다
낱낱이 모두다 옥처럼 맑아
빛깔은 갠 허공을 비친다
상품은 관가로 이받이 하고
중품은 군신 백관을 양성하고

하품은 묵은 것을 취하여
해마다 우리 농사군이 먹다
썩은 선비도 입에 풀질하나
한 자 한 치의 공도 없구나
심하구나 이제 늙었으니
일 없는 밥이 제공께 부끄럽다
제공들 함께 따뜻하고 배부르니
직언의 충간이 자신 위함 아니다.

富家積如京	野外連園中
貧家負以來	手春汗交融
救朝不謀夕	那知相因紅
富家得上田	力作多僕僮
春簸易又易	粃糠散以風
西碓鳴于西	東碓鳴于東
粒粒皆玉潔	光華燭晴空
上以供官家	中以養臣工238)
下以取其陳	歲歲食吾農
腐儒亦糊口	而無尺寸功
甚矣今老矣	素飡愧諸公
諸公共溫飽	蹇蹇方匪躬239)

---

238) 臣工: 群臣百官. 工은 官也.

239) 蹇蹇匪躬:〈周易, 蹇〉에 "六二 王臣蹇蹇 匪躬之故(육이의 효는 왕의 신하는
　　　직언 간쟁하니 자신을 위하기 때문이 아니라 국가와 군왕의 일이기 때문이
　　　다)"함이 있어 '蹇蹇匪躬'은 군왕이나 국가를 위한 직언 諫諍을 말하게 되었
　　　다.

밭의 소출이 아주 적다
田出甚少

관가 밭을 빌어 심어 한 해 벼 걷으니
줄었다 말하고 더 많아지지 않다 한다
마음이 만일 만족하면 여유가 있고
운명일 평안히 해야지 어찌하겠나
배부름이 어찌 하고자 하는 대로 되랴
주림 참겠다는 서약 밖에 따로 없다
수렴맡은 군자여 차라리 이를 알라
노적가리 강 머리엔 그림자 파도에 꽂혀.

借種官田歲取禾　　來言減少不增多
心如足矣有餘裕　　命也安之將奈何
求飽豈能從所欲　　忍飢聊復矢無他
收司君子寧知此　　露積江頭影倒波

외종형 김좌윤이 영해에서 와 기쁘게
서로 만나 한 수 읊다
外兄金左尹來自寧海 喜相逢 吟短律

시골에서 멋진 놀이는 어린 시절부터였는데
전쟁으로 떠돌다가 흰 머리가 되었구나
천금을 흩어 다했은들 무엇이 해로우랴

한 번 웃음으로 서로 만남 어찌 우연인가
아침 해 창에 비치니 술 힘으로 부축하고
추운 바람 자리로 드니 시의 어깨 들썩인다
사람의 만남 헤어짐 누구 소관인 줄 아나
머리 위엔 아득히 늙은 하늘이 있구나.

鄕里優游自少年　　干戈飄泊在華顚240)
千金散盡庸何害　　一笑相逢豈偶然
朝日照牕扶酒力　　寒風入座聳詩肩
人生聚散知誰管　　頭上冥冥有老天

동짓달 초하룻날의 느낌
仲冬朔日有詠

동짓달이 이제 또 이르렀으니
어느 날에나 나 돌아갈 수 있나
쓸쓸히 한 해도 장차 저물려 하고
어지러이 사람 일도 이미 그릇되다
살별이 불꽃을 토하는 듯하니
뭇 별도 갑자기 광채를 날린다
앉아서 말 달릴 길을 연상하니
사립문은 낚시터를 향하고 있구나.

---

240) 華顚: 흰 머리. 나이 늙음을 말함.

仲冬今又至	何日我方歸
寂寂歲將晚	紛紛人已非
長星241)猶吐燄	列宿頓揚輝
坐想黃驪242)路	柴扉向釣磯

제 웃음
自笑

부질없이 갈 기약 분명하다 하고는
오히려 나그네 행장 더디다 꾸짖다
시선 가득한 강과 산은 그림 같으니
인간 세상 어느 곳인들 시 아닌가.

謾道歸期的的	還嗔行李遲遲
滿目江山如畫	人間何處非詩

눈이 기뻐서
喜雪

더위 추위에 기도드림 요순시대부터이니
하늘 날씨 온화할 때 세상 길도 건강해

---

241) 長星: 혜성과 비슷하여 긴 광채가 나는 별.
242) 黃驪: 〈詩經, 魯頌, 駉〉에 "有驪有黃 以車彭彭(검은 말과 누런 말이 있어 수
　　레로 이용하겠다)" 함이 있다. "黃驪"를 일반적인 말을 이르게 되었다.

서리 내리면 비록 얼음이 곧 온다 하지만
봄이 살아남도 다만 겨울의 움츠림에 있다
뜰에 가득한 백옥 가루는 시의 제재로 이받고
자리로 든 구슬 꽃은 술 잔에 부딪쳐 싸운다
다만 농사 집을 위해서는 기쁨 끝이 없으니
나무군이 맨발이라도 감히 서로 잊으랴.

禳祈寒暑自陶唐　　　天氣和時世道康
霜落雖然有氷至　　　春生只是在冬藏
滿庭玉屑供詩料　　　入座瓊花鬪酒觴
只爲農家喜無極　　　樵夫跣足敢相忘

높이 읊다
高吟

높이 읊음이 이름을 다투려 함이 아니라
장차 배우와 함께 태평을 칭송하려 함이다
도덕이나 성정이 오히려 옅고 가까운 것이고
바람 꽃 달 이슬도 역시 깊은 정이 있다
봉우리들이 서로 이어져 하늘도 같이 멀고
연기 안개 막 흩으니 해만 홀로 밝구나
말이 어둔하여 도움될 바 없음 부끄러워
다른 날 어떻게 비난 평가를 면할 수 있나.

高吟不是欲爭名　　且與倡優誦大平
道德性情猶淺近　　風花月露亦深精
峯巒相接天俱遠　　烟靄方流日獨明
語拙只慚無所補　　異時安得免譏評

이판관 전이 안동에서 와서, 왜적이 또 왔다 한다
李判官展來自安東 言倭賊又來

바다 도적 해마다 언덕을 올라오니
강 마을 곳곳이 쑥대도 다 없어졌다
겨울인데 다시 높은 산 향해 들어오니
이르는 곳마다 두루 잇달아 돌아갈까
사람 마을에 용기 비겁 없음 진작케 하고
하늘 도리는 기울거나 세움 있음 분명하다
조정에서는 밤낮으로 백성 걱정 많은데
더구나 난리 꺾을 재주 다 겸했음이랴.

海賊連年上岸來　　江村處處盡蒿萊
方冬更向崔嵬入　　到處偏能邐迤回
振作人村無勇怯　　分明天道在傾栽
朝廷日夜勤民甚　　況是皆兼撥亂才

도중에 삼사판사를 만나 부수상 이씨댁에 들어가 술을
마시는데, 양가의 선사가 또 와서 진기문(빈민 구제의 글)
을 요구하기에, 즉석에서 기초하여 주고 인해서 한 수
를 쓰다
途遇判三司事　入李二相宅飮酒　兩街禪師又至　索賑飢文
就席起草與之　因賦一首

양가의 선사 노인께서는 대대로 양반 댁이고
임금 위해 축원에 백성 평안을 기대하는데
홀연 흉년을 만나 근심이 매우 심하시어
넓은 은택 베풀려하되 어려움 앞섬 염려하다
바람 먼지 막막히 형상과 그림자처럼 불고
해와 달은 밝디 밝게 오장 안까지 비추다
우연히 만난 두 노옹에게 졸필을 보여드려
다만 삼한 땅을 감동시킬 말 없음 부끄럽다.

兩街禪老世衣冠　　　　祝上仍期百姓安
忽値凶年憂太甚　　　　欲宣洪澤念先難
風塵漠漠吹形影　　　　日月明明照肺肝
邂逅兩翁觀拙筆　　　　只慚無語動三韓

가야산의 총공께서 홍시를 보내 감사함
答伽倻聰公寄紅柿

푸른 산이 바다 위에 다달아
홍시를 서리 뒤에 얻었구나
천리에서 서로 만난 듯하여
개인 창에서 짧은 편지 읽다.

青山臨海上　　　紅柿得霜餘
千里如相見　　　晴窓閱尺書

새벽에 일어나 세 수
晨興　三首

묵은 늙은이 신세는 십분 청정하구나
누워서 처마에 눈 지는 소리를 듣는다
새벽에 남쪽 창을 향해 언 붓을 녹이며
외로운 배 도롱이 삿갓으로 맹세 찾으려 한다.

牧翁身世十分清　　　臥聽茅簷雪落聲
曉向南窓呵凍筆243)　　　孤舟蓑笠欲尋盟

---

243) 呵凍筆: 언 붓을 입김으로 녹이다. 唐 羅隱의 〈雪〉시에 "寒窓呵筆尋詩句 一片
　　飛來紙上銷(추운 창에 붓을 녹여 시구를 찾노라니 한 조각이 날아와 종이 위
　　에 녹는다)" 함이 있다. 呵凍. 呵硯. 呵筆.

김좌윤형이 술을 가지고 찾아오다
謝金左尹兄携酒見訪

오랜 이별에 서로 만나니 기쁨에다 또 놀람
술잔 앞의 웃음 이야기 평생을 위로한다
유리 방랑에도 자손의 누를 면함 다행이고
쇠약 늙음에 다시 형제의 정을 이해하다
안주 술 소반 가득해 바다인가 착각 많고
시 읊고 구절 다듬음은 천연의 이룸 적다
묵은 취기 다 깨어도 몸은 오히려 피곤하니
남쪽 창을 대하고서 눈의 밝기를 돋아본다.

久別相逢喜又驚	尊前笑語慰平生
流離幸免子孫累	衰老更諳兄弟情
佐酒滿盤多海錯	吟詩鍊句少天成
宿醒消盡身猶困	坐對南窓撥眼明

동갑내기 고저에게 붓을 날려 보내다
寄古樗同甲走筆

바다에서 돌아와 화산에 드니
표연한 행장은 흰 구름 사이일세
병 뒤에 동갑내기 부질없이 기다려져
어느 때나 한 번 얼굴 펴 크게 웃을 건가.

海上歸來入華山　　　飄然瓶錫白雲間
病餘同甲空搔首²⁴⁴⁾　　問道何時一破顔

며칠을 몸이 편치않아 시를 짓지 못하다,
동짓날에 남창에 조용히 앉아 지은 세 수
數日身不寧 不得吟哦 冬至日 南窓靜坐 有作三首

문을 닫고 주역의 괘를 생각하고
죽을 마시며 고향 풍속을 따르다
홀연 시 읊을 홍이 일어나니
도에 들 공부는 전혀 잊었다.

閉關思易卦　　　　啜粥順鄕風
忽起吟詩興　　　　全忘入道功

조화는 낳고 낳는 오묘함이고
마음은 낱낱이 같구나
담담히 바야흐로 스스로 지키고
한결같은 공경으로 처음 끝 철저하게.

造化生生妙　　　　虛靈²⁴⁵⁾箇箇同
湛然方自守　　　　一敬徹初終

---

244) 搔首: 머리를 긁다. 사모하는 모습. 〈詩經, 邶, 靜女〉에 "愛而不見 搔首踟躕
　　(사랑하나 보이지 않으니 머리 긁어 머뭇거리다)"함이 있다.
245) 虛靈: 마음. 마음의 풀이로 "虛靈不昧 具衆理 而應萬事者也(허하고 영특하여
　　뭇 이치를 갖추고 만사에 응하는 것이다)" 하였다.

정도의 지킴이 나의 근본이니
음양의 조화가 내 속에 통달하다
하늘 땅은 이용해도 다함 없으니
어느 날에나 시대의 화합을 이룰까.

貞固[246] 爲吾本　　　絪縕[247] 達我中
乾坤用不竭　　　何日致時雍

---

246) 貞固: 正道를 지켜 굳게 잡아 옮기지 않음. 〈周易, 乾〉에 "貞者事之幹也…貞
　　固足以幹事(정은 사물의 근간이니…굳게 지켜야 일을 주간할 수가 있다)" 하
　　였다.
247) 絪縕: 음양이 서로 작용하는 화합의 기운.

牧隱詩藁 卷之三十一

세모에
歲暮

한 해 저물어 강산이 고요한데
내 삶은 이와 머리칼만 성글다
돌아가려는 생각 이미 익숙하나
병 치료하는 방법은 모두 헛되다
먼지 가득한 진번의 책상이고
하늘도 나즉한 제갈량의 집일세
깊은 회포는 끝내 다하지 않아
긴 휘파람으로 몇 번이나 푸나.

歲暮江山靜	吾生齒髮踈
乞歸謀已熟	療病術皆虛
塵滿陳蕃榻[248]	天低諸葛廬
幽懷竟未已	長嘯幾時舒

---

248) 陳蕃榻: 진번의 책상. 賢士를 대접하는 비유. 〈後漢書, 徐穉傳〉에 "蕃(陳蕃)
在郡不接賓客 唯穉(徐穉) 來特設一榻 去則懸之(진번이 군수로 집무하면서 손님
을 맞이하지 않았는데, 오직 서지가 오면 특별히 한 책상을 마련하여 대접하
고는 서지가 가면 또 달아매 두었다)" 그 후로 '현사를 대접하는 말'로 인용되
었다.

느낌이 있어 짓다
有感而作

이불 두꺼워 비로소 밤 추위 많음 알겠으니
꿈은 끊기고 말똥 말똥 어찌할 수 없다
진리의 맛은 보란 듯이 다 드러나는데
기미 마음은 오래도록 물결과 함께 달려
북방의 학자들은 중도에 폐하고
남방의 문인들은 뒤에야 노래하다   .
쓸쓸함 한스러워도 나이 이미 저물었으니
시경의 빈풍 아송 쫓으려도 이미 어긋났다.

重衾始覺夜寒多	夢斷惺惺不奈何
道味油然盡呈露	機心久矣共奔波
北方學者中而廢	南國騷人後也歌
恨殺蕭條年已暮	欲追豳雅已蹉跎

남경시장이 물고기를 보내어 감사함
謝南京尹送魚

한수 물 출렁출렁 낚시배를 띄우니
아득히 삿갓 쓴 이 눈오는 하늘 아래
목은이 꿈에 점친 것이 헛소리 아니니
앉아 대하는 물고기에 지난해 연상한다.

漢水滔滔泛釣船　　　渺然蓑笠雪中天
牧人占夢非虛語　　　坐對雙魚想有年

동산에 올랐다가 동년방인 송씨의 채원에서 나와 부추
공의 새 집에 들렀다. 이웃의 조판사가 술을 가지고 와
약간 취하여 읊고 돌아오다
步上東山　由宋同年菜園出　至副樞新居　其隣趙判事携酒來
微醺騎詠而歸

지팡이 짚고 아이 끌고 뒷산에 올랐다가
송씨의 채마밭 사이를 뚫고 지나다
옛날 살던 동리에 남은 흔적이 있고
전 동료의 의관에는 옛 얼굴을 대한다
비단 주머니를 점검하니 용도 스스로 돌아보고
의희한 화표의 기둥에는 학이 처음 돌아오다
어린 시절의 행락이 어제인 듯 뚜렷하니
술을 가져온 이웃 늙은이 생각도 한가롭다.

策杖携兒上後山　　　行穿宋丈菜園間
故居閭里存遺跡　　　前輩衣冠對舊顏
點檢錦囊249)龍自顧　　　依俙華表250)鶴初還
少年行樂森如作　　　携酒隣翁意氣閑

---

249) 錦囊: 비단 주머니. 옛 사람이 詩稿나 기밀문건을 소장했다. ‘錦囊佳句’唐의
　　李賀가 외출할 때는 어린 종년에게 금낭을 메고 따르게 하여, 시상이 떠오를
　　때마다 써서는 그 주머니에 담았다가 집에 가 풀어놓고 다시 썼다 한다.

머리 빗질
梳髮

짧은 머리 듬성듬성 빗에도 차지 않아
거울 속에 상대해도 희어져 남음이 없다
소년시절 풍채는 모두 사라져 다했으나
아직도 가시지 않는 호방한 기질 누가 알랴.

短髮蕭蕭不滿梳　　　鏡中相對白無餘
少年風采都消盡　　　豪氣誰知尙未除

겨울 날
冬日

닫히고 막혀 겨울 되어 해 질서도 다해
유유한 하늘 땅에 쇠잔한 늙은 이 섰다
숲도 부끄럽고 시내도 부끄럽게 소리 모양 변하고
눈 흩뿌리고 바람 사나워 그 기세 웅장하구나

---

250) 華表: 화표는 교량이나 궁전 성문 등에 장식이나 표식으로 세운 큰 기둥. 陶
潛의 〈搜神後記〉에 "丁令威는 원래 요동 사람인데 靈虛山에서 도를 배운 뒤에
학으로 변하여 요동으로 날아갔다. 성문의 華表柱에 앉았더니, 소년이 활로
쏘려 하자, 학은 '새여 새여 정녕위야 집 떠난 지 천년에 이제 돌아오니, 성
곽은 옛날 같으나 사람은 아닐세 어찌하여 신선을 배우지 않고 무덤만 총총한
가(有鳥有鳥丁寧威　去家千年今始歸　城郭如故人民非　何不學仙家纍纍)' 하면서
하늘로 높이 날아갔다" 한다.

새벽 시간 기다리는 임금 신하 근심 초조하고
화로 둘러앉은 처자식은 즐거움이 넘쳐흐른다
초연히 세상을 떠나 내가 홀로임도 잊었으니
백척의 큰 소나무가 파란 허공에 의지했네.

閉塞成冬歲律窮　　悠悠天地立衰翁
林慚磵愧聲容變　　雪虐風饕氣勢雄
待漏君臣憂悄悄　　圍爐妻子樂融融
超然離世忘吾獨　　百尺長松倚碧空

내 노래
我歌

내 노래를 누가 화답하랴 생각만 의의하구나
흐르는 물과 높은 산으로 화답 이미 드문 일
서리 달이 발에 가득하여 차가운 밤도 기니
쓸쓸히 오뚝이 앉아 거문고 줄을 어루만지다.

我歌誰和思依依　　流水高山[251]世已稀
霜月滿簾寒夜永　　悄然危坐撫琴徽

---

251) 流水高山: 伯牙와 鍾子期의 知音을 말함. 백아가 거문고를 타면 종자기는 그
　　 가락을 흐르는 물과 높은 산으로 비유해서 감상했다.

바람 소리를 듣고 짓다
聞風聲有作

창 밖의 바람 소리 귀에 들어 싸늘하니
나무꾼의 길이 높은 산으로 둘려 있음 가련하다
헤어진 옷에 또 두 발꿈치 드러남을 보니
따뜻한 온돌에다 곧 두 발을 가져다 서려야겠다
괴로움 즐거움 길이 다른데 누가 운명을 믿나
해이 긴장에 방책이 없어 나는 관직을 쉬었네
외로운 배 아직 남쪽 고을 향해 가지 않았으니
앉아서 매화가 파란 물가를 비출 것 상상하네.

牕外風聲入耳寒　　　可憐樵徑繞巑岏
弊衣又見雙跟露　　　溫突仍將兩脚盤
苦樂異途誰信命　　　弛張無策我休官
孤舟尙未南州去　　　坐想梅花照碧灣

화엄당두를 방문하려다 추위가 두려워 웅크리고 앉다
欲訪華嚴堂頭　畏寒縮坐

화엄의 영수로서 청량국사를 닮았으니
우레로 울리는 3천 대천 세계 장광한 혀일세
바다의 장경으로 이어진 구름 오묘한 빛 날리고
하늘 꽃으로 떨어지는 손가락 남은 향기 흩어진다

산 속의 보배 사찰에 영험의 이상이 모이고
새해 머리 좋은 때라 길한 상서만이 집합하네
다행히 이 남양 땅에서 시주가 되었으니
원컨대 신령한 발걸음으로 함께 드날리세.

華嚴領袖似淸凉252)　　雷振三千舌廣長
海藏連雲輝妙色　　　天花落指散餘香
山中寶刹鍾靈異　　　歲首良辰集吉祥
幸是南陽爲施主　　　願馳神足共張皇

바람 소리 귀를 메워 갖옷 끼고 혼자 앉아
風聲滿耳 擁裘獨坐

귀에 가득한 바람 소리에 해는 한낮을 지나고
남쪽 창은 매우 밝고 불 화로도 진홍빛일세
이불 끼고 홀로 앉아 생각 끝이 없으니
붓 던져 한가히 읊는 시 어구도 공교로워
다만 그는 모래 넓은 언덕에 날림 허락되나
섬세한 점으로 허공 가리는 것이야 용인되랴
구름 돛으로 바다 건너는 것은 내 일 아니니
언덕 바위에서 낚시 노인과 짝한 일만 기억하다.

---

252) 淸凉: 淸凉國師 澄觀(?-839), 唐의 승려. 華嚴宗 第4祖.

滿耳風聲日過中　　南窓明甚火爐紅
擁衾獨坐思無盡　　投筆閑吟語自工
只許細沙飄廣陌　　肯容纖翳點長空
雲帆濟海非吾事　　曾記隈岩伴釣翁

흥을 달래며
遣興

유유한 하늘 땅은 광활하여
기운 조화 저절로 옮겨져
사대원소가 다 나 아닌데
삼생의 삶 과연 누구인가
해 기울어 시는 종이에 가득하고
눈이 떨어지니 술은 잔에 차다
조화에 순응하여 결말로 가니
어찌 꼭 백세의 스승이라야 하나.

悠悠天地闊　　氣化自推移
四大[253]皆非我　　三生果是誰
日斜詩滿紙　　雪落酒盈巵
乘化聊歸盡　　何須百世師

---

253) 四大: 불교에서 말하는 地 水 火 風의 물질 구성의 네 가지 원소.

희롱삼아 쓰다
戲題

봄 바람이 반이나 지나도 시 읊지 않으니
초초한 사람살이 늙을수록 더 어리석다
귀에 가득한 거짓말에 세상 변화 상심되고
마음에 달콤한 굽은 도리 기회 찾기는 옳다
술잔 앞의 광기 태도는 나 아닌가 의아하고
거울 속의 쇠한 늙은이는 묻건대 누구인가
그래도 공자의 문하에 익힌 버릇이 남아
때때로 네가지 말라는 선성의 스승 사모하다.

春風過半不吟詩　　　草草生涯老更癡
滿耳訛言傷世變　　　甘心枉道逐機宜
樽前狂態疑非我　　　鏡裏衰翁問是誰
賴有孔門餘習在　　　時時四勿[254]慕先師

김공립이 달력을 보내 오고 또 청어를 보내다
金恭立以曆日相送　且饋靑魚

달력은 나날의 이용으로 도움되고
청어는 아침 밥을 돕는다

---

254) 四勿: 顏淵이 仁의 실행 방법을 물었을 때, 孔子가 네 가지의 길을 말했다.
　　곧 非禮勿視 非禮勿聽 非禮勿言 非禮勿動이다. 이를 '四勿'이라 한다.

길하고 흉한 일을 보기에 뚜렷하고
기운과 입맛이 내장에 꽉 찬다
구슬이 어찌 아름답지 않으랴만
적당히 풍족해야 가난을 돕는다
의를 중히 여겨 사물은 중하지 않으니
고인들은 이름을 새기지 않았다
써서 좌석의 좌우에 두어서
길이 자손들이 살피도록 하자.

黃曆255)資日用	靑魚助晨飧
吉凶判在目	氣味充於肝
珠玉豈不美	適足滋貧奸256)
重義不重物	古人名不刊
書之置座右	永爲子孫觀

가랑비

微雨

가랑비 뜰 안이 컴컴하고
가벼운 연기 옥상으로 뜨다
세월의 광채 한식에 가까우니

---

255) ·黃曆: 옛날 陰曆의 달력. 날짜와 節氣 이외에도 그 날의 吉凶을 제시했다. 어
　　느 날은 제사가 좋고, 어느 날은 외출을 삼가라는 등등.
256) 奸: 干求의 뜻.

봄의 윤택이 우유빛 술 같네
사물 완상에 한가함 심하고
시 읊기는 늙어도 쉬지 않다
금관성의 벌겋게 젖은 곳에서
풍류를 상상하는 것과 비슷하구나.

微雨庭中暗　　　輕烟屋上浮
年光近寒食　　　春澤似酥油
玩物閑尤甚　　　吟詩老不休
錦官[257]紅濕處　　　髥髵想風流

한식　세　수
寒食　三首

한식날은 해마다 나그네의 정을 요동시키니
고향 산천은 아득히 파란 물결만 수평지다
어떻게 하면 조상 성묘하고 띳집으로 돌아가
배꽃이 지면을 밝게 비친 곳에 취해 누울까.

寒食年年動客情　　　鄕山縹渺碧波平
何當拜掃[258]回茅舍　　　醉臥梨花照地明

---

257) 錦官: 錦官城. 지금의 四川 成都에 있다. 성도에는 大城 小城이 있었는데, 소
　　성은 織錦官의 본관이어서 얻은 이름이다. 唐 杜甫의 〈春夜喜雨〉시에 "曉看紅
　　濕處 花重錦官城(새벽에 벌겋게 젖은 곳을 보니 꽃이 금관성을 압도한다)" 함
　　이 있다.
258) 拜掃: 조상의 묘소에 參拜하고 掃除함. 省墓.

정릉의 바위골에 몇 차례의 봄인가
온 나라가 내달리니 길에는 먼지만 인다
홀연 쌍분 무덤에 공들인 역사 끝나고도
지금껏 이어지는 말들은 유독 서쪽 이웃.

正陵259) 岩谷幾番春　　　闔國奔馳路起塵
忽見雙墳功役畢　　　至今聯騎獨西隣

동쪽 들에 비 지나가니 물은 찰랑찰랑
병든 뒤에 나에게도 답청이 오히려 즐거워
만약 나를 부른다면 내 곧 달려갔다가
취하고 와서 곧 누워 긴 병과 동반하리.

東郊雨過水泠泠260)　　　病後吾猶喜踏靑
如有喚吾吾便去　　　醉來卽臥伴長甁

몸 피곤해
身困

하루를 즐겁게 놀아 한가함 넉넉히 느끼나
사지는 시고 아픔이 홀연 서로 이어지네
긴 즐거움이란 고래로 적은 것 분명 알라
남은 생명 지금부터 점점 어려움 한스럽지

---

259) 正陵: 고려 恭愍王의 비 魯國大長公主의 陵. 경기도 개풍군 중서면에 있다
260) 泠泠: 물 소리가 맑고 멀리 들림을 형용함.

막막 아득한 바람 먼지 도성 거리에 어지럽고
연연히 고운 구름 달은 푸른 산에 가득하다
갓을 걸고 가려함이 딴 뜻이 아니라
하우와 후직에게도 처지를 바꾼 얼굴과 같다.

一日遨遊剩得閑	四支酸痛忽相關
明知長樂古來少	稍恨殘生今漸艱
漠漠風塵迷紫陌	娟娟雲月滿靑山
掛冠欲去非他意	禹稷261) 還同易地顔

동정 염흥방이 초청한 술자리
東亭招飮

남쪽 들로 어가 모신 사냥 파하고 와서
산 폐를 적시려고 깊은 술잔이 있구나
늙은 이 지독히 마시니 근심스런 내장을 적시고
먼 나그네의 높은 노래에 웃는 입이 열린다
온갖 나무 흐늘흐늘하니 기쁨이 있는 듯하고
봄 바람은 살랑살랑 또 서로 재촉하는 듯
꽃은 때로 다시 진홍 치마 입어 취하여서
흐르는 세월에 보답하려해도 재주 없음이 부끄럽다.

---

261) 禹稷: 夏禹와 后稷. 堯舜을 도와서 治山 治水를 잘한 신하.

扈駕南郊獵罷回　　灌來生肺有深杯
老夫劇飲愁腸潤　　遠客高歌笑口開
萬木欣欣如有喜　　東風蕩蕩又相催
花時更著紅裙醉　　報答流光愧不才

서쪽 이웃이 초청하여
西隣來招

삼사의 판사를 지내고 팔순에 가까운
송재의 남은 경사는 아직도 새로워
목은은 분수 넘치게 자주 한 쪽에 앉으니
버들 빛은 황금색으로 또 한 해의 봄일세.

判事三司近八旬　　松齋餘慶尙新新
牧童分外頻隅坐　　柳色黃金又一春

귀법사 천상에서
歸法寺川上作

백 번 구르는 맑은 시내 돌 위를 흘러
급할 때는 내닫듯 더딜 땐 멈추는 듯
흰 머리에도 어릴 때 보던 것과 방불하니
너와 더불어 어느 때나 크게 쉬어갈 것인가.

百轉淸溪石上流　　　急如馳去緩如留
白頭髧髽童時見　　　與爾何時大歇休

서봉에서 돌아오는 길에　한 수
西峰歸途　一首

묵은 늙은이 늙어가니 형 아우도 드물어
더구나 이 봄바람에 또 이별을 하다니
흐르는 물과 세월은 다 함께 출렁출렁
뜬 구름과 신세의 몸도 다 아득하기만
실로 누렇게 된 버들에 꾀꼬리 울려 하고
파랗게 된 고향 산천엔 말은 이미 달려가
돌아올 날이 어느 날이 될 지 알 수 없어
술잔 앞에서 손 잡고 눈물 옷을 적신다.

牧翁垂老弟兄稀　　　況是春風又別離
流水光陰俱袞袞　　　浮雲身世儘依依
絲黃陌柳鶯將囀　　　寸碧鄕山馬已馳
不識歸來在何日　　　樽前握手淚沾衣

앵 두 꽃
詠櫻桃花

앵두꽃이 피어 사뿐한 여인 자태로 희롱하고
졸음 깬 맑은 난간에 눈에 비쳐 밝구나
다음 날 올챙이알 되어 여름 이받이로 바치면
궁궐 깊은 곳엔 더운 바람도 맑아지리.

櫻桃花發弄輕盈262)   　　睡起晴軒照眼明
蚪卵異時供夏薦   　　閟宮深處暑風清

사관이 모두 딴 일이 있어 대리 숙직을 하다가 새벽에
일어나니, 달빛이 아주 밝아 제공들의 운을 이용하다.
당시에 막 금주령이 있었음
史官皆有他故 代宿館中 五更而起 月色正明 用諸公韻 時
方酒禁

금주령이 금년에는 옛날과 달라서
온 성이 성인인가 또 정결한 현인인가
흰 머리로 다시 한림원 향해 숙직하니
뼈 시리고 혼을 맑고 달은 하늘을 비춘다.

---

262) 輕盈: 여자의 자태가 부드러움. 행동이 경쾌함. 唐 李白의 〈相逢行〉에 “下車
何輕盈 飄然似落梅(수레에 내리자 어찌 이리 경쾌한가 사뿐히 지는 매화와 같
구나)” 함이 있다.

酒禁今年異昔年　　　　滿城疑聖又精賢
白頭更向鑾坡²⁶³⁾直　　骨冷魂淸月照天

어제 저녁에 하성 성선생이 기로회를 벌여놓고
문에 나와 맞아 새벽에 일어 한 수 짓다
昨晩 夏城成先生辦耆老會 臨門相邀 曉起吟成一首

어제 저녁 하늘이 흐리어 병든 뼈가 시더니
새벽 되어 다시 거동 어려움을 느낀다
노인들을 모시려 함이지 술 탐함 아니니
급히 아이들 불러서 의관을 정제케 하다
복숭아 오얏꽃 풍성해도 열흘이 없지만
풍운 속의 경사 모임은 삼한을 이었네
세월이 옮아가기 마치 흐르는 물과 같으니
꽃 앞에서 백옥 잔 씻는 것 어찌 해로우랴.

昨夜天陰病骨酸　　　　曉來更覺起居難
欲陪耆老非耽酒　　　　旋喚兒童爲整冠
桃李盛時無十日　　　　風雲慶會亘三韓
年光荏苒²⁶⁴⁾如流水　　豈害花前洗玉盤

---

263) 鑾坡: 한림원의 별칭. 唐의 德宗이 한림원을 金鑾殿 옆에 있는 金鑾坡로 옮긴
　　 뒤로 그렇게 불렀다.
264) 荏苒: 세월이 흘러가는 모습.

송헌 이부수상이 와서 술자리로 청하다
松軒李亞相 臨門招飮

장안 가득한 복사오얏의 비단 병풍 속에
하나의 창안 백발의 늙은이가 있구나
마음 맞는 이 만나 손을 잡고 가니
말 발굽 닿는 곳에 지는 꽃잎 밟는다
송헌은 자주 산천 같은 서약을 하되
귀중한 전적은 원래가 문장의 공에 있다고
비속한 문사로 책권 뒤에 쓴 것 자괴로워서
또 여러 분들을 따라 봄 바람에 취해 본다.

滿城桃李錦屛中　　　一箇蒼顔白髮翁
邂逅可人265)携手去　　馬蹄隨處踏殘紅
松軒累與山川誓　　　寶典元憑翰墨功
自愧鄙詞題卷尾　　　又隨群彦醉春風

백련회에 나아갔다가 돌아온 소감
赴白蓮會 歸而有感

두 시중 노인께서 나와 놀지 않아
고상한 모임에 풍류가 감하게 하였구나
국가의 중임으로 의탁하니 말할 나위 없어

---

265) 可人: 才德이 있는 사람. 사랑스런 사람. 마음에 드는 사람.

술잔에다 한가함 내던지기 쉽게 하지 못해
옛 여한이나 새 수심은 세월을 따르는 것
쇠잔한 붉음 연한 녹색은 숲에 가득하다
끝내 향불 받들기 그 인연 옅은 것 아니니
다시 국화꽃에 소박한 가을 감상 기대하다.

兩侍中翁不出遊	便敎高會減風流
國家倚重寧容說	樽酒投閑未易求
舊恨新愁隨歲月	殘紅嫩綠滿林丘
終知香火緣非淺	更待黃花賞素秋

흰 구름을 보며
望白雲而作

휘파람에 갠 난간 기대어 흰 구름 바라보니
홀연 남쪽 들에서 농사일이 염려된다
백성의 삶과 국가의 비용이 다 풍족하고
하늘 뜻 사람 마음도 원래 구별이 없는 것
푸른 바다 파란 하늘이 모두 아득하고
푸른 넝쿨 밝은 달은 함께 분분하구나
늙은 내가 배우려고 표연히 갔더니
스스로 뭇 영웅이 있어 대군을 돕더라.

嘯倚晴軒看白雲	忽從南畝念耕耘
民生國用須皆足	天意人心本不分

蒼海碧天俱杳杳　　　綠蘿明月共紛紛
老吾欲學飄然去　　　自有群英佐大君

흰 머리
白髮

흰 머리 빗질해도 점점 드물어져
어지러이 눈처럼 교묘히 옷에 붙다
늙은 아내는 자못 알머리 되려나 의아하고
아이들은 오히려 얼굴은 살찐다고 말한다
푸른 산이 비춰오면 어찌 그리 시원하며
밝은 달에서 헤쳐내면 함께 희미하구나
인간세상은 오색의 빛이 눈을 흐리게 하니
다만 너와 함께 돌아갈 기약을 원한다.

白髮梳來漸漸稀　　　紛紛如雪巧粘衣
老妻頗訝頭將禿　　　童子猶言面尙肥
映得靑山何洒落　　　披從明月共喜微
人間五色迷人眼266)　　只願期將與爾歸

---

266) 五色人眼迷: 다섯 가지 색으로 구분되는 것이 오히려 사람의 눈을 어둡게 한
　　다는 老子의 논리임. 〈老子〉에 "五色令人目盲(다섯 가지 색깔이 사람으로 하
　　여금 눈 어둡게 한다)" 하였다.

송산을 바라보며
望松山

송산의 푸른 빛은 네 계절이 똑같으니
나라의 복이 분명히 만세에 풍족함 알겠다
이것은 모두 대신들의 경영의 힘이니
공을 논하면 다분히 시중의 공들에게 있다.

松山蒼翠四時同　　　國祚明知萬世豊
盡是大臣經濟力　　　論功多在侍中公

요통
腰酸

얼굴 쭈굴어짐이야 내 어찌 간여하랴
먼지에 묻힌 거울도 소진할 것인데
허리 시끈거림은 절로 참기 어려워
불 타는 기와를 자주 덥힌다
백 년으로 하루의 길이를 보내고
일천 산 더듬어 긴 밤을 지새운다
만약 내가 있음을 잊을 수 있다면
외계 사물과 함께 소요하리라.

面皺吾何與　　　塵埋鏡欲消
腰酸自難忍　　　火烈瓦頻燒

百歲經長日　　　千山度永宵
若爲忘有我　　　與物共逍遙

꾀꼬리를 듣고　세 수
聞鶯　三首

북창의 꾀꼬리 노래 공교롭기 생황 같고
취한 꿈이 가물거려 해는 석양이 되려네
상림 숲에서 한 번 들은 적 기억하는가
오색 구름 깊은 곳에 온갖 꽃이 향기로웠지.

北牕鶯語巧如簧　　　醉夢初回欲夕陽
記得上林曾一聽　　　五雲深處百花香

젊어서 강 마을을 향해 초당을 지으니
푸른 버들 높게 낮게 연못에 비친다
꾀꼬리 울음은 당시에 듣던 것과 흡사한데
다만 내 머리는 서리 같이 흰 것이 한스럽다.

少向江村搆草堂　　　綠楊高下暎池塘
綿蠻267) 恰似當時聽　　　只恨吾頭白似霜

---

267) 綿蠻: 꾀꼬리. 원래 꾀꼬리의 울음을 나타내었다. 〈詩經, 小雅〉에 "綿蠻黃鳥
　　止于丘阿"라 하고, 주에 "綿蠻 鳥聲也"라 하였다.

낮잠에 홀연히 꾀꼬리 벗 부르는 소리 들으니
외로운 그림자는 쇠잔한 삶과 짝한 것 가련하구나
일찍이 그칠 줄 안다는 깊은 뜻을 들은 적 있으나
대학의 공부는 어느 날이나 이룰 수 있을 것인가.

午枕忽聞求友聲　　　自憐孤影伴殘生
曾聞知止²⁶⁸⁾有深意　　　大學功夫何日成

봄날의 흐림(3수 중 2수)
春陰

흐린 봄날 아득한데 한낮 바람은 경쾌해
녹음 어둡고 꽃은 지는데 작은 원집 밝다
가랑비 잠시 내려 보아도 보이지 않는데
홀연히 꾀꼬리 두서너 가락이 들린다.

春陰漠漠午風輕　　　綠暗紅殘小院明
微雨乍來看不見　　　忽聞黃鳥兩三聲

하늘이 늙은 나이에 조용히 살라 하여서
서책만이 어지럽고 온갖 일은 다 쉬다
당 뒤쪽 당 앞에 늙은 나무가 많아
가장 높은 나무 위에 우는 비둘기 있다.

---

268) 知止 : 〈大學〉에 "詩云綿蠻黃鳥 止于丘隅 子曰 於止 知其所止 可以人而 不如鳥
乎(시에 이르기를 꾀꿀 꾀꿀 꾀꼬리여 언덕에 멈췄다 했으니, 공자 말씀하되
그치는 곳에 그칠 것을 아는데 사람으로서 새만 같지 못하냐)"함이 있다.

天敎晩歲卜居幽　　書冊紛紛萬事休
堂北堂前多老樹　　最高樹上有鳴鳩

앉아 졸다
坐睡

해는 길고 일은 없어 길이 읊으며
비 갠 빈 초당에 푸른 숲을 대하다
마음 가는 곳 있어 곧 활동해 보나
기운이 서로 침범하면 곧 혼미해져
위로 아래로 항상 옆 사람의 웃음 사고
게으름엔 항상 하느님의 내리심 놀란다
하늘 땅이 태평 결합하는 곳 알려 하면
훈훈한 바람이 오현의 거문고에 불려든다.

日長無事坐長吟　　雨罷虛堂對碧林
心有所之方活動　　氣來相襲便昏沈
低昻每任傍人笑　　怠惰常驚上帝臨
欲識乾坤交泰處　　熏風吹入五絃琴

늦게 서늘함
晩凉

녹색 가득한 동산 숲에 늦게 서늘하니
노란 꾀꼬리 꾀꼴꾀꼴에 또 사양이 되다
겹옷을 경쾌히 들면 정신이 건강해 지고
시구를 원만히 이루면 흥미도 길다
벼슬 길의 먼지는 바깥에서 일고
신선 누대 바람 이슬 마음에 간직하다
묵은 노인 지금에는 역시 툭 털었으니
꼭 신선 음료를 먹어야 할 필요도 없다.

綠滿園林生晩凉	黃鸝恰恰269) 又斜陽
裌衣輕擧精神健	詩句圓成興味長
宦路塵埃外面起	仙臺風露中心藏
老牧於今亦蕭洒	不須更佩飡玉漿

---

269) 恰恰: 꾀꼬리 울음 소리. 唐의 杜甫의 〈江畔獨步尋花〉 시에 "留連戲蝶時時舞
　　自在嬌鶯恰恰啼(계속되는 나비 희롱은 때때로 춤추고, 자재로운 교태의 꾀꼬
　　리는 꾀꼴 꾀꼴 울다)"함이 있다.

牧隱詩藁 卷之三十二

남경시장이 순채를 보내와 붓을 날려 감사함
謝南京尹送蓴菜走筆

학의 이마 약간 서로 비치고
용의 침은 매끄러이 여유 있다
강동으로 돌아갈 흥이 발동하나
다만 농어가 없음이 흠이다.

鶴頂微相暎	龍涎滑有餘
江東歸興動	只是欠鱸魚

제공들과 더불어 정포은을 보내다
同諸公送鄭圃隱

사절로 잦은 해에 바다 파도를 건너
충성의 간장 의리의 담이 함께 높도다
하늘이여 운명이 있으니 어찌 내게 관여하며
나라 뿐이라 집은 잊고 다른 맹세 없다
달 궁전엔 재주의 꽃으로 단계나무 날리고

학궁의 풍교 조화는 청아의 시를 읊도다
또 집정에 참여하여 왕조에 조회를 가니
황제는 이제는 바로 전쟁을 중지하리라.

使節頻年涉海波　　　忠肝義膽共嵯峨
天邪有命何關我　　　國耳忘家矢靡他
月窟才華擅丹桂　　　泮宮[270] 風化詠菁莪[271]
又參執改朝王去　　　皇帝如今正止戈

오늘 날씨
今天

오늘 날씨 가뭄이 심하니
우리 농민 어떻게 사나
일천 마을엔 수심만 있고
온 고을 탄식 소리로 잇다
보리 언덕 파란 물결 뜨고
뽕나무 숲에 꾀꼬리 울다
높은 국가 조정 위에선
급급 답답한 백성의 격정

---

270) 泮宮: 學宮이나 學校를 말함. 〈詩經, 魯頌〉에 "思樂泮水 薄采其芹(泮宮의 물
　　가를 즐거이 생각하며 미나리를 캐도다)"이라 하여 僖公이 泮宮을 수리함을
　　칭송하였다. 그 뒤로 학궁을 '泮宮' 또는 '芹宮'이라 하였다.
271) 菁莪: 〈詩經, 小雅〉의 편명. 인재 육성을 즐기는 내용의 시. "菁菁者莪 在彼
　　中阿 旣見君子 樂且有儀(왕성하도다 쑥대풀이여 저 언덕 중앙에 있구나, 이미
　　군자를 보았으니 즐겁고도 위의가 있도다.)" 하였다.

늙은이 함께 지위에 있다면
몸이야 새털보다 가볍지
시 이루자 다시 오열하니
어느 때나 풍년이 이를까.

今天旱旣甚	我農何以生
千村有愁色	百邑連嘆聲
麥壟翠浪浮	桑林黃鳥鳴
巍然廟堂上	汲汲憂民情
老夫同在位	身則鴻毛輕
詩成更嗚咽	何日臻豊年

반가운 비
喜雨

비를 솔솔 내리어 흙에 깊이 드니
사람 사랑은 끝내 하늘의 마음이다
서쪽 들엔 기쁜 빛이 배나 보이니
짐승을 쳐 가로 달리는 우림장군 있다.

興雨祁祁272) 入土深	愛人終是上天心
西郊倍見欣然色	擊獸橫馳有羽林273)

---

272) 祁祁: 徐緩貌. 〈詩經, 小雅, 大田〉에 "有渰萋萋 興雨祁祁 雨我公田 遂及我私
　　(구름이 뭉게뭉게 일어 비를 솔솔 내리도다. 우리 공전에 비 내리고 곧 우리
　　사전에도 내리다)" 함이 있다.
273) 羽林: 궁궐 호위의 군영. 국가의 羽翼으로 숲〔林〕처럼 무성하다는 의미로 쓰임.

강 마을에 내가 하나의 낚시터를 가졌는데
서울에 누워 있노라 홀로 사립문을 닫았다
홀연히 푸른 도롱이 옷의 흥이 이니
고기 낚아 어느 날에 비 속에 돌아올까.

江村我有一苔磯　　　病臥京華獨掩扉
忽起綠蓑衣底興　　　釣魚何日雨中歸

가난
家貧

집 가난하나 나 의당 즐거워 하니
보존된 것은 오직 빈한이라
구차히 아침 저녁을 넘기면서
평안하여 변천함이 없다
두자미도 두려워 머뭇거린다
주머니에 한 푼은 차려두다
이도 역시 희롱의 말일 뿐이니
다만 구하기는 충성 의리 온전함
백년이라야 한 순간인데
어지러이 우자니 현자니 하네
서로 이어서 다하고 마는데
몇 사람이나 이름 전할까
이름 전함이 가난 부자 아니라
다만 나의 천성 온전히 함이네.

家貧我當樂	所保唯靑氈274)
苟其度朝夕	安焉無變遷
子美恐羞澁	囊中番一錢
亦是戲語耳	但求忠義全
百年一瞬息	紛紛愚與賢
相繼以漸盡	有幾能名傳
名傳非貧富	只在全吾天

조용한 거처
幽居

조용한 거처 번잡한 일 없으니
병든 나그네 홀로 길이 읊다
바람 그치니 나무도 육중하고
비 많으니 이끼 색깔도 깊다
지팡이 의지해 개미 싸움 구경하고
베개 기대어 우는 새 소리 듣다
족히 천명을 즐길만 하니
유유 아득한 군자의 마음이네.

幽居無宂事	病客獨長吟
風定樹容重	雨多苔色深

---

274) 靑氈: 청한한 빈곤을 말함. 또는 벼슬아치의 집안에서 대대로 내려오는 가업
이나 유전물. 晉의 王獻之가 밤에 도적이 들어 방 안의 물건을 거의 다 가져
가려 하나, 누워 일어나지 않고서 "저 푸른 담뇨(靑氈)는 우리 집에서 대대로
전해내려오는 물건이니 특별히 놓아두어라" 한데서 유래함.

倚笻看鬪蟻　　　欹枕聽啼禽
足以樂天命　　　悠悠君子心

허리를 뜬 소감
熨腰有感

맑은 새벽 기와 구워 허리를 뜨니
괴로움 참으려 붓 잡아 시를 써내다
어느 곳 강산이 돌아가 늙을만 한가
하늘 가득한 바람 이슬 쇠약함 부축하는 듯
관녕은 또 바다 건널 계획을 할 것이고
순욱인들 어찌 내침을 면할 수 있겠나
하늘 땅 유유히 아득하니 내 이미 끝났으니
거울 속에서 서로 말하는 귀밑털 드리우다.

清晨燒瓦熨腰肢　　　忍苦抽毫寫出詩
何處江山可歸老　　　滿天風露似扶衰
管寧275)又欲謀浮海　　　荀彧276)安能免撤籬
天地悠悠吾已矣　　　鏡中相語鬢絲垂

---

275) 管寧: 삼국시대 魏나라 사람. 黃巾의 난리에 요동으로 가서 태수를 보고 대화
　　하되, 경전 이야기만 하고 세상사엔 언급이 없었다. 산을 파서 집을 지으니,
　　바다를 건너 따라온 이가 많아 한 달 안에 하나의 고을이 형성되었다.
276) 荀彧: 後漢 사람. 曹操에게 기용되어 군국사를 위임받기도 하였다. 그러한 공
　　적으로 만세정후로 봉해졌는데, 董昭 등이 조조를 魏公으로 봉하려 하나, 순
　　욱이 조조는 의병을 일으킨 것이니 그렇게 하는 것이 옳지 않다 하여, 조조의
　　마음에 불평을 샀다. 마침 孫權을 정벌하게 되어 출정하여 濡須에 이르러 荀
　　彧이 병이 났는데, 조조가 빈 그릇을 보내자 욱은 약을 먹고 죽었다.

신부가 와서 보다
新婦來見

예쁜 아기의 예쁜 며느리의 절을 받으니
너는 공손 검소로 길이 집안 명성을 바란다
시경 서경의 깊은 뜻이 종신토록 할 일이고
하늘 땅의 온화한 기운에 만물이 생성한다
비록 태어날 처음부터 밝은 운명이 있었어도
오히려 끝까지 아름다운 이름 펴도록 해야해
양반의 자산이나 재물들은 장차 묻지도 말라
청렴 결백한 아들 손자로 좌우명을 삼아라.

坐受佳兒佳婦禮　　顚渠恭儉永家聲
詩書隱約終身事　　天地絪縕萬物生
縱是在初貽哲命　　還須逐後播芳名
班資財賄且休問　　淸白子孫爲座銘

19일 입추
十九日立秋

나의 병에 더위 소멸시킬 생각으로
하늘은 가련히 여겨 입추가 되다
매미 소리 바람 책상을 맴돌고
기러기 그림자 별 누대에 가깝다

보신이나 양기는 당연 근신이니
몸소 내닫는 것은 잠시 쉬어두자
신량에 의기 통하는 이와의 생각은
강 가에 조각배가 있구나.

我病思消暑　　天憐又立秋
蟬聲遠風榻　　鴈影近星樓
保養當加謹　　軀馳且少休
新凉可人意　　江上有扁舟

박정당이 술과 고기를 보내와 감사함
謝朴政堂送酒肉

서른 여섯 해의 사귄 정이 깊었으니
어찌 마주 대하고서야 진심 토로한 적 있나
맑은 술잔 연한 고기 근래에는 적은데
흰 머리에 훈훈하게 또 한 번 읊어본다.

三十六年交契深　　何曾當面始輸心277)
淸樽軟肉今來少　　白髮醺然又一吟

---

277) 輸心: 진심을 표현함. 唐의 杜甫의 〈莫相疑行〉에 "晩將末契託少年　當面輸心背
　　面笑(늦게야 후배와의 사귐 소년으로 기탁해, 마주 대하면 진심 토로 돌아서
　　면 웃는다)" 함이 있다.

수상께서 전함을 살핀다는 소식을 듣고 짓는 세 수
聞上相觀戰艦江上 三首

전함 배가 강 위에 나열하여
위엄스런 풍모가 바다 동쪽 떨치다
일의 경영이야 유능한 관리에게 맡기지만
지휘와 수업은 원수의 명에 있다
돛대의 눈은 들판에 뿌리고
풍향계의 까마귀 먼 허공을 날다
도적의 평정은 발을 들고 기대되고
무용과 병략은 뭇 영웅을 누른다.

戰艦橫江上　　　威風振日東
經營屬能吏　　　指授在元戎
雪棹灑平野　　　檣烏278)飛遠空
寇平蹻足待279)　　武畧蓋群雄

가랑비 오는 성남의 길이고
뜬 구름은 들 밖의 산일세
숲 가까워 새도 조용함 알겠고
절 바라보니 중 한가함 부러워

---

278) 檣烏: 돛대 위의 까마귀 모양의 風向計.
279) 蹻足待: 발꿈치를 들고 기다리다. 단시간 안에 일의 결과를 기대하는 것의 형
　　용. 〈漢書, 高帝紀〉에 "大臣內畔 諸將外反 亡可蹻足待也(대신은 안에서 배반
　　하고 제장들은 밖에서 배반하니 망한다는 것은 발꿈치를 들고 기대된다)"함
　　에서 유래된 말임. '蹻足'. 蹻의 蹻는 같은 뜻임.

얼굴은 술 기운 띠어 훈훈하고
수염은 나라 걱정 더해 얼룩지다
어떻게든 담소로 모시고 있다가
곧바로 석양이 되어서 돌아오다.

小雨城南路　　　浮雲野外山
傍林知鳥靜　　　望寺羨僧閑
顔帶得酒暈　　　鬢添憂國斑
何當陪笑語　　　直到夕陽還

내 원래 강가에 살아서
때로는 어부 따라 놀았으니
푸른 도롱이는 비 가리기 좋구나
밝은 달은 배 띄우기에 좋다
늙어서는 돌아갈 곳 없으니
지금처럼 전쟁이 멈추지 않아서
국가의 전선이 아직도 맞아 싸워
나의 수심을 위로할 만하구나.

我本居江國　　　時從漁者游
綠蓑宜冒雨　　　明月好行舟
到老歸無所　　　如今戰不休
官舡尙格鬪　　　足以慰吾愁

급한 비
急雨

급히 급히 어느 곳에서 오나
구름 사이에서 번개 뱀을 거스르다
홀연 지붕 기와에 울림을 듣다가
곧바로 뜰 모래에 내달음 본다
넘쳐 흐르기 바다 일렁이듯하고
어지러이 헤쳐 다만 꽃이 아깝다
누가 알랴, 천 년의 세월 뒤에
큰 정치 이루어 순임금 상상할지.

急急來何處	雲間逆電蛇
忽聞鳴屋瓦	旋見走庭沙
泛溢如翻海	紛披只惜花
誰知千載下	納麓[280] 想重華[281]

---

280) 納麓: 큰 정치를 모두 이룬다. 〈書經, 舜典〉에 "納于大麓 烈風雷雨弗迷(큰 기록인 모든 정치를 다 받아들여 비 바람 우레 번개의 사시 계절이 화순하여 미혹되지 않다)" 하였다. 麓은 錄이니 大錄으로 萬機의 정치적 기록이란 뜻이다.

281) 重華: 舜임금을 미화해 일컫는 말. 華는 文德을 이름이니, 그 광채 문화가 거듭〔重〕 堯와 합쳐져 聖明을 갖추었음을 이른 것이다.

매미 소리
蟬聲

매미 소리 귀에 들어 내 감정을 움직이니
비천하구나, 늙어서 오히려 삶을 탐하다니
몸은 길러서 살찌게 할 수 있고
마음은 보전하여 평정하게 할 수 있다
군왕을 섬김은 내 힘을 다하고
어버이 섬김은 내 정성 다한다
젊어서는 실행하고 늙어서는 저장하지
무얼 의지에 매달려 바둥바둥하나
봄의 꽃 가을의 벌레를 내 보고 들으며
분분히 어지러운 만물은 다 나고 자라
장차 세상 맛까지 잊으려
담담히 내 정조를 껴안다
넉넉히 유연하게 세월 보내어
거의 나의 맹세 저버리지 않게 하는데
어찌 오늘은 홀연히 서글퍼져
오히려 계절 사물에 놀래는 것인가
알 수 없구나, 내 마음이 쇠약한 것이냐
아니면 인정에 어찌할 수 없는 것이냐
빈 집의 새벽에 읊어대는 매미 소리여.

蟬聲入耳動吾情　　　鄙哉老矣猶貪生
有身養得肥　　　　　有心存得平

事君致吾力　　　　事親盡吾誠
壯而行兮老而藏　　夫何役志兮營營
春花秋虫我耳目　　紛紛萬物皆生成
將期忘世味　　　　淡然抱吾貞
優悠送歲月　　　　庶不寒我盟
奈何今日忽悽惻　　反爲節物之所驚
不知吾心之衰　　　抑人情之所不免耶
虛堂曉日吟蟬聲

가을 밤
秋夜

가을 밤은 물처럼 시원한데
외로운 생명은 침상에 누워 있다
등불 빛은 두 눈을 시기하고
술 기운은 쇠약한 장과 싸운다
유가 학문은 응당 쓸쓸하고
요순의 시대 다시 아득하네
마음만이 부질없이 깨어있어
귀밑머리에는 이미 서리 엉겼네.

秋夜凉如水　　　　孤生偃在床
燈光猜兩眼　　　　酒氣鬪衰腸

洙泗[282] 應蕭索　　　　　唐虞[283] 更渺茫
有心空耿耿　　　　　雙鬢已凝霜

한청성이 순흥군과 나를 초청하여 그의 장인 별장 연못
의 꽃을 감상하자 했는데, 나는 마침 병이 나고 순흥군
도 편찮으니 사람 일의 어긋남이 이와 같다. 붓을 날려
올리다
韓淸城邀順興君及僕　賞蓮于其外舅別墅之池　僕適疾作　順
興有微恙　人事多乖如此　走筆寄呈

늙은 경지엔 의당 소원한 것
신바람 나는 도모도 점점 어긋나
스스로 우아한 소망 어김 알아
하늘이 또 맑은 놀이를 아끼다
비취빛 일산에 안개 물에 뜨고
진홍빛 단장에 이슬이 가을을 씻다
옥같은 사람과 상대한 곳에서
누구와 풍류를 함께 할꼬.

老境宜疎曠　　　　　狂謀漸謬悠
自知違雅望　　　　　天又靳淸遊

---

282) 洙泗: 孔子의 고향인 曲阜에 있는 두 강의 이름. 공자가 이 洙水와 泗水 사이
　　　에서 講學하여, 孔子와 儒家를 이르는 말이 됨.
283) 虞唐: 虞는 舜의 나라이고, 唐은 堯의 나라이다.

翠盖烟浮水　　　紅粧露洗秋
玉人相對處　　　誰與共風流

홀로 앉아 또 짓다
獨坐又賦

청성이 별장에서 노는데
연꽃이 (결락) 못에 비치다
홀로 제자의 술에 잔질하고
높이 동리 노인 시 읊다
이슬 구슬 둥글어 절로 흐르고
바람 일산 의지하여 서로 버티다
백로는 어느 곳에서 왔나
번천의 두목지를 상상한다.

淸城遊別野　　　菖葵照　池
獨酌門生酒　　　高吟里老詩
露珠圓自瀉　　　風盖倚相持
白鷺來何處　　　樊川284)想牧之

---

284) 樊川: 陝西省 長安縣에 있는 강 이름인데, 唐의 杜牧(자 牧之)의 별장이 있
　　어, 杜牧을 樊川翁이라 한다.

가을 구름
秋雲

가을 구름은 희기가 눈 같아
바람 따라 동해 바다로 향하다
동해에 봉래산이 있다 하나
망망하게 어느 곳에 있나
가려해도 나는 날개가 없고
세월의 광채는 바뀌고 또 바뀌어
어느 때나 시원하게 가서
내려다보면 다만 먼지 뿐이겠지
하늘 위 상계는 신선이 많아
깃털 옷이 나는 일산에 접하다
보허사를 낭랑히 읊으며
소요하여 밤 이슬을 마시다.

秋雲白如雪　　　隨風向東海
東海有蓬萊　　　茫茫何所在
欲去我無翼　　　年華改又改
何時冷然行　　　俯視但塵滓
上界多神仙　　　葳蕤285)接飛盖
朗詠步虛詞286)　　逍遙飡沆瀣287)

---

285) 葳蕤: 깃털로 수식한 모습. 아름다운 모습.
286) 步虛詞: 樂府의 雜曲歌辭名인데, 신선의 표묘한 모습을 노래한 것임.
287) 沆瀣: 夜間의 水氣, 이슬. 신선이 마시는 것이라 일러 왔다.

구름
詠雲

구름은 비를 아들삼아 뭇 싹을 윤택케 하니
공은 신성한 용에 짝하고 자취는 아득해
잠시 동으로 가다가 또 서쪽 가는 것 보고
비로소 바람 신이 유독 신령함을 알겠다
누대 달이 한밤에 밝은 것을 반쯤 가리고
고향 산이 만리에 푸른 것을 가로 자르다
다만 이 무심함을 조롱할 수도 없어서
청려장으로 종일토록 홀로 뜰을 거닐다.

雲能子雨澤群萌　　功配神龍跡渺冥
乍見東行又西去　　始知風伯獨爲靈
半遮樓月三更白　　橫斷鄉山萬里靑
只是無心嘲不得　　杖黎終日獨行庭

맑은 바람
清風

맑은 바람은 어디서 오나
시원하게 서로 만나는 초면
가는 먼지도 깨끗이 치우고
찌는 더위도 들로 거두어가다

나의 마디 마음 안까지도
홀연 눈 얼음으로 의아하다
옛 군자에게 견주어 본다면
덕이 있는 이름 헛되지 않아
소리 소문이 접촉되는 것엔
인색함 사라지거나 혹은 없어져
밝고 밝은 가을 달의 광채나
맑고 맑은 가을 물의 시내일세
둘 사이는 다만 한 맛이니
이를 이해하는 이 그 누구인가.

淸風何處來	灑然相遇初
纖塵淨寥廓	溽暑收郊墟
而吾方寸間	忽疑氷雪如
比之古君子	有德名不虛
聲聞之所觸	吝消仍或袪
明明秋月輝	淡淡秋水渠
兩間只一味	會此其誰歟

늙어가며
老來

늙어감에 세상에선 버려졌지만
욕심은 적어 마음 편해 진다

시 읊기 한가한 가운데 버릇이고
경영의 간구는 병 뒤엔 어렵다
시름은 멀리 진나라 나무에 잇고
꿈은 한나라 난초에도 끊겼구나
하늘의 운행은 아득히 끝이 없으니
멍청히 홀로 난간에 기대어 있다.

老來爲世棄　　　欲少得心安
嘯咏閑中慣　　　營求病後難
愁連秦地樹288)　　夢絶漢宮蘭289)
天運茫無際　　　悠然獨倚欄

노닐다
出遊

노닐기에 어느 곳이 좋을까
비를 맞으며 삼지 못에 가다
풍채어린 선배들을 기억하며
쓸쓸히 이런 때를 상심하다
붉은 치장의 꽃 전혀 보이지 않고
푸른 일산의 잎도 쫓기가 어렵구나

---

288) 秦地樹: 秦樹楚天으로 길이 먼 것을 형용하는 말.
289) 夢蘭: 蘭夢. 鄭文公의 천첩 燕姞이 천사가 내려와 난초를 주는 꿈을 꾸고 穆
　　　公을 낳았다. 〈左傳, 宣公三年〉. 그래서 夢蘭을 아들 낳는 징조를 이르는 말
　　　이 되었다.

다만 옥당의 늙은이만 있어
이제는 오히려 센 머리만 드리우다.

出游何處好　　　冒雨傍三池
風采憶前輩　　　蕭條傷此時
紅粧渾不見　　　翠盖亦難追
只有玉堂老　　　今猶垂鬂絲

내 늙어서 즐거운 멋도 적고
시대 어려우니 즐거운 놀이도 없다
연꽃 못도 이제는 또 져버렸으니
어느 곳에서 우리 근심 써내나
옛 자태를 한갓 기억할 뿐이니
남은 향기를 찾을 수 없구나
서로 만나 바로 경도되니
백발에도 오히려 풍류롭구나.

我老少歡趣　　　時艱無樂遊
蓮池今又廢　　　何處寫吾憂
故態徒能記　　　餘香不可求
相逢定傾倒　　　白髮尙風流

서쪽 이웃의 약속에 나아가
반나절의 한가함 함께 하려 하나
이리 저리 높은 홍은 사라졌고
먼 놀이는 결정하기 어렵다

물결 이니 바람 나무에서 일고
꽃이 환하니 비도 산을 비춘다
회포 있어도 풀 길이 없으니
병 많아 의관 정제도 게으르다.

欲赴西隣約　　　同乘半日閑
參差高興廢　　　決定遠游難
水動風生樹　　　花明雨映山
有懷舒不得　　　多病懶衣冠

낮 꿈
午夢

거처 궁벽하니 닫아 두어도 좋고
가을 서늘하니 높은 베개가 편하다
기운이 변하니 곧 혼돈해지고
일이 뒤섞이니 다시 이끌린다
뚜렷한 것은 다만 반쯤 되어
희미하여 온전히 기억하기 어렵다
주나라의 법도 폐한 지 이미 오래니
점법을 누가 있어 전하나.

地僻閉門可　　　秋涼高枕便
氣變俄混沌　　　事雜更牽聯

的實只居半　　　依俙難記全
周官廢已久　　　占法有誰傳

지난 밤에 ‘달빛이 뜰에 가득하니 풀벌레 운다’라 한
한 구를 얻어 놓고는 새벽에 일어나 마저 짓다
昨夜 月色滿庭草蟲啼 有感得一句 曉起足成

늙어가니 참으로 불교에 기울어지는 듯
밤에 가을 초당에 앉아 벽오동을 대하다
달이 엿보는 듯하여 세 번 탄식을 하고
벌레 소리 서로 화답하니 일곱 번의 탄식
산과 강은 아득하여 하늘가로 이어졌고
바람 이슬은 어지럽게 자리에 들다
내 머리 희어 다해도 마디의 효험 없어
몸을 빌어 어느 날이나 강호로 향할까.

老來眞似蠶浮圖　　　夜坐秋堂對碧梧
玉兎290)似窺三歎息　　　草虫相和七嗚呼
山河縹渺連天際　　　風露凄迷入座隅
白盡我頭無寸效　　　乞身何日向江湖

---

290) 玉兎: 달에 옥 토끼가 산다 하여 ‘달’을 이르는 말.

비 속에 홀로 앉아 한 잔 마시려 해도
술이 없어, 스스로 조롱하다
雨中獨坐 欲酌一杯 而無酒因自嘲

가득한 잔도 고사했던 옛날을 생각하니
술 없어도 마시려는 것 나도 쇠했음 알겠다
평생의 의지 기개는 흘러 방탕하지 않으니
악식이나 미식이 어찌 마음 빼앗을 수 있나
굴원이 깨었음이 나의 무리는 아니고
도잠의 취함이 나의 스승도 아니다
중도가 있는 곳이 나의 처소이니
움직이고 주선함이 모두 법도에 맞다
어찌하여 움직이려면 정도 내닫는가
힘을 다해 물리치려니 잠시 어지럽다
너도 지금 흰 머리라 역시 늙었구나
실패 탄로 이러하니 누구를 허물하리오
욕심 막으라는 밝은 교훈 아득하니
도척으로 가게됨을 사양할 수 있겠나
어찌 사양하랴 어쩌면 그리 위험하냐
지난 공이 애석하다 함 의당 깊이 생각하라.

滿酌苦辭思往時　　　無酒欲飮知吾衰
平生志氣不流蕩　　　菽水291) 羊酪292) 何能移

---

291) 菽水: 먹는 것이 오직 콩과 물이라 하여, 淸貧한 생활을 형용하기도 하고. 孔
　　子가 "콩을 씹거나 물을 마셔도 기쁨을 다하는 것이 효(啜菽飮水盡其歡 斯謂

屈之醒也非我徒　　陶之醉也非吾師
是有中道兮吾所　　周旋折旋皆規矩
奈何欲動情又逸　　盡力屏去俄紛披
汝今白頭亦老矣　　敗露至此將咎誰
窘欲明訓苟茫昧　　盜跖之歸寧可辭
寧可辭何其危　　　前功可惜宜深思

밤이 길다
夜長

밤이 기니 잠이 평온치가 않아
곧바로 내 삶을 버리려 한다
새벽이 싸늘하니 일찍 일어나
점점 도의 정이 굳어짐 기쁘다
산 밝으니 첫 햇살이 돋고
나무 가까워 산들바람 맑다
다만 세속 일 있을까 두려운데
뜰 안에 신발 소리가 들리네.

夜長眠不穩　　直欲舍吾生
曉冷起來早　　稍欣凝道情
山明初日出　　樹近細風淸
只恐有塵事　　門庭聞履聲

之孝)”라 하여, 아래 사람이 윗 사람 공양함을 이르는 것으로도 쓰인다.
292) 羊酪: 양 젖으로 만든 일종의 음식. 향토적 특산의 美食.

담담함 달래며
遣悶

음산한 비에 사지 마디 아프고
맑은 날씨에는 신기가 펴진다
어떻게 하나의 육체 안에서
우러르고 굽어봄이 건곤과 같이하랴
이 호연의 기질을 생각하면
의리를 결집해야 여유가 있어
이것 기르는 까닭 알려 하면
추나라의 책에 뚜렷이 있는데
어찌하여 힘을 쓰려 하지 않다가
늙어서야 부질없이 한탄하나
크도다 이 우주의 공간 안에
영웅 호걸이 살 수 있는 곳이여
어지러이 끝내 달리고 쫓다가
만고의 세월 오직 빈 터일세.

陰雨支節痛　　　淸明神氣舒
那期一塊肉　　　俯仰同堪輿293)
念玆浩然氣　　　集義294) 乃有餘
如求所以養　　　灼灼鄒國書295)

---

293) 堪輿: 하늘과 땅. 乾坤.
294) 集義: 의리를 모음. 孟子가 浩然之氣를 설명할 때에 "是集義所生者(이는 의리
　　　가 결집되어 생기는 것이다)" 하였다.
295) 鄒國書: 孟子를 말함. 맹자가 鄒國 사람이니, 시호도 鄒國公이다.

胡爲不用力　　　老至空欷歔
大哉宇宙內　　　英豪之所居
紛然竟馳逐　　　萬古唯丘墟

농사를 권함
勸耕

밭을 나눠 가짐 국가 힘 입어
씨 뿌려 가을 수확을 얻다
가까이 보면 사람 힘의 재주이나
다분히 땅 힘의 아름다움이네
너는 폐단이 되는 일 없게 하고
나도 돌아오는 계교에 익숙하다
띠 집에서 서로 왕래하면서
좋은 계절에 함께 술잔 나누자.

分田蒙國制　　　下種得秋收
近見人心巧　　　多將地力休
爾無深作弊　　　我亦熟歸謀
茅舍同來往　　　良辰共獻酬

향교　한 수
鄕校　一首

세대의 가르침이 오래 침체되어
누가 다시 근원을 궁구할 것인가
애석하구나 청년학도여
얼마 안되어 흰 머리가 된다
어찌 알랴 백성들의 소망은
다만 걸음이 주나라로 가려함
풍수의 물은 동으로 흘러서
유유히 또 유유히 흐른다
미인을 만나기 진실로 어려우니
내 마음은 한갓 근심만 더해.

世敎久陵替　　　　誰復窮源流
哀哉靑衿子[296]　　未幾成白頭
那知民所望　　　　只在行歸周
灃水日東注　　　　悠悠復悠悠
美人諒難見　　　　我心徒增憂

---

296) 靑衿子: 學生, 靑年學徒. 唐의 陳子昻의 〈登澤州北樓宴〉 시에 "勿使靑衿子 嗟
爾白頭翁(청년학도에게 백두의 늙은이로 탄식하게 하지 말라)"함이 있고, 杜
甫의 〈元日示宗武〉시에 "訓諭靑衿子 名慚白首郞(청년학도에게 가르치노니 이
름은 백두의 늙음에 부끄럽다)"함이 있다.

가난한 이
貧者

가난한 이 사람에게 버려져
말한다 해도 누가 긍정해 주나
마음 속에는 자못 자신이 있어
사물 따라 이동함 보이지 않다
혹 누가 부귀로 유혹하여도
나를 위해 좋게 사양한다 하고
괴롭구나 무엇이 즐거운 것인가
흥얼거림이 곧 시편을 이룬다
시 안에 저절로 맛이 있으니
어찌 제후나 왕을 위하랴
급급히 명예 이욕 좇다가
이따금 기울어지고 위태로움이 많다
물 마시고 바람 달 읊어
천수의 기약 보존할 만하다
고기 술이 어찌 소망 아니랴
돈을 지킴은 더욱 어리석어.

貧者棄於人	有言誰肯之
其中頗自恃	不見隨物移
或誘以富貴	曰善爲我辭
苦哉何所樂	吟哦便成詩
詩中自有味	焉用侯王爲

汲汲逐名利　　　往往多傾危
飲水咏風月　　　足以保期頤297)
鮮醴旣非望　　　守錢尤可嗤

술회
述懷

나라에 바침은 늙은 신하의 의지
밭을 주심은 성명한 군주 은혜
비록 마음은 아직도 붉은 단충인데
어찌하여 눈은 자꾸 흐려지는가
곡령의 하늘이 처마에 나즉하고
여강에는 달이 문에 와 비치다
사는 것에 어찌 기필함을 써야 하나
다만 먼지 들렘이나 피하려네.

許國老臣意　　　賜田明主恩
雖然心尙赤　　　奈此眼從昏
鵠嶺天低屋　　　驪江月照門
所居何用必　　　只欲避塵喧

---

297) 頤: 保養. 수명을 잘 보존함. 頤年(수명을 잘 보존함).

牧隱詩藁 卷之三十三

기뻐 쓰다
志喜

삼사의 판사를 요사이에 와서 쉬고
순군의 만호후도 또 면직되다
마음 고요하고 기미도 잊음으로 날마다 일삼고
마음 가벼이 이끌림 없이 문득 천연의 놀이
죄수의 신문엔 감히 진정이 드러남을 보존하고
녹봉의 지급엔 기본을 두루하기 참으로 어렵다
의기 양양하여 위세를 드날리려
흰 머리에도 분주히 날뛰며 땀 흘림이 부끄럽구나.

判三司事近來休　　又免巡軍萬戶侯
心靜忘機爲日用　　身輕無累便天游
問囚敢保眞情見　　給祿誠難本敷周
愧殺揚揚逞威勢　　白頭奔走汗交流

돌아갈 생각
思歸

새 소리 사람의 생각 기쁘게 하고
새벽 창에는 맑은 햇빛 머금다
향불 사뤄 오똑이 앉아 있으니
여윈 몸에는 솜 옷이 어울린다
세수하고 빗질할 마음도 없이
다만 전날의 잘못이 부끄럽다
문득 가고 머묾 결정하려 하나
움직이려다 다시 머뭇거린다
사람이 백이와 숙제가 아닌데
누구나 다 서산의 고사리를 캐나
강동으로 돌아가려는 나그네 있으니
더구나 지금 농어가 살쪘으니까
멈추고 멈춰 세상을 쫓지 말라
세상 길에는 위태로운 기미 많다.

鳥聲悅人意　　曉窓含淸暉
焚香兀然坐　　瘦體宜綿衣
無心盥以櫛　　只愧前日非
便欲決去就　　欲動還依違
人非夷與齊　　孰採西山薇
江東有歸客　　況今鱸魚肥
止止莫趁世　　世路多危機

동년방인 임씨가 전원의 여러 채소를
보내와 절구로 장난삼다
任同年以園中諸菜見遺 絶句爲戲

늙은 계집종 문에서의 응답이 헛되지 않아
수염난 노비를 바가지 상서라 부르고 있다
지금에 다시 나를 순순히 벗어나게 하려
어느 곳의 전원 농부가 채소를 보내왔나.

老婢應門語不虛　　　鬚任喚作匏尙書
如今更使吾順脫　　　何處園丁送菜蔬

교외 밖의 보현사 근처에서 산다고 들었으니
가을 깊어 게잡이 횃불이 시냇가에 있겠지
병든 몸이라 서로 찾아갈 수도 없으니
성 남쪽 달 가득한 하늘만 앉아 연상하네.

聞說郊居近普賢　　　秋深蟹火傍溪邊
病軀不得相尋去　　　坐想城南月滿天

혜생승통이 엄천사의 주지로 가는 송별시
送惠生僧統住嚴川

유생과 승려가 서로 비난하기 오래나
누가 나만은 유독 가까운 것을 알랴

행적은 비록 부처 아들 되었지만
마음은 인륜 질서 버리지 않았지
세월 따라 어머니의 북당 고요하고
구름 깊은 산엔 불사가 새롭구나
강론이 끝난 뒤엔 부모의 안부도 살펴
풍속이 오히려 순박해질 것도 상상하소.

儒釋相非久　　　誰知我獨親
跡雖爲佛子　　　心不廢人倫
歲月萱堂[298]靜　　雲山紺宇[299]新
講餘時定省[300]　　風俗想還淳

회포의 서술
述懷

내가 동파의 시를 사랑함은
호방한 기상이 속세를 초월했기에
지금까지 읊어 쉬지 않으니
아침이 되면 살며시 얼굴을 푼다

---

298) 萱堂: 萱은 원추리 풀인데, 고인들은 이 풀을 심으면 근심을 없앨 수 있다 하
여, 어머니가 계신 북당에다 심었다. 그래서 어머니를 '萱堂'이라 한다. 〈詩
經, 衛風〉에 "焉得諼(萱)草 言樹之背(어떻게 원추리를 얻어서 북당에 심을꼬)"
함이 있다.
299) 紺宇: 佛寺의 별칭. 紺園이라고도 함.
300) 定省: 昏定晨省의 준말. 아침 저녁으로 어버이의 안부를 보살핌.

원컨대, 아들 딸 시집 장가 끝내고 나면
손 잡고 명산 찾아 노닐리라
이 시구는 나를 위해 펴낸 듯
마음과 시선 사이에 훤하구나
이름난 산이야 있는 곳마다이니
새 나는 밖으로 머리칼 날리자
푸른 봉우리 저절로 높고 낮고
흰 구름은 수시로 오고 간다
세상사 걸림은 이미 다했으니
몸이 경쾌해 이끌릴 곳 없다
잎을 주워서 흰 돌을 지지니
귀밑머리 얼룩짐 무얼 걱정하랴
다만 생각건대, 조물주께서는
사람에게는 인색한 것이 많구나
의지와 소원을 과연 이룰까 아닐까
나를 더욱더 아프게 하는구나
놓아 두고 다시 말하지 말라
장차 마음과 정신 한가히 하리라.

我愛東坡詩	豪氣超塵寰
至今吟不休	朝來微破顔
願言畢婚嫁	携手遊名山
此句爲我發	瞭然心目間
名山在在是	鳥外抽煙鬟301)

---

301) 煙鬟: 부녀자의 머리. 아름다운 머리칼의 표현. 煙鬟霧鬢.

靑嶂自高下	白雲時往還
世累已追盡	身輕無所關
拾葉煮白石302)	何憂雙鬢斑
但念造物者	於人多所慳
志願果遂否	益使吾痌瘝
置之勿復道	且放神心閑

주상전하께서 동쪽 교외로 순찰을 나가시는데,
신 색은 병으로 호종을 할 수가 없어 한 수를 짓다
伏値主上殿下省斂303)東郊　臣穡病不能從　吟成一首

남쪽 농경지 가난하여 임금 마음 아프게 되니
동쪽 들의 추수 살핌이 깊은 가을에 이루어지다
대신의 재배가 궁궐의 뜰에서 드려지기를 축원하고
응양의 무관들이 위수군에서 빛냄 끊기기 바란다
많은 농사 하늘 끝에 닿아 넓은 들에 펼치고
끊긴 구름이 해를 가려 가벼운 그늘을 희롱하다
정치는 응당 군사 이는 찰나를 따질 수 있어서
다시 훈훈한 바람이 순임금의 거문고에 들어야.

---

302) 煮白石: 전설에 신선은 흰 돌을 지져서 양식을 만든다 하여, 도가에서 수련의
　　방편으로 말하게 됨. 唐 韋應物의 〈寄全椒山中道士〉시에 "澗底束荊薪　歸來煮
　　白石(시냇가에서 나무 가시 묶어다가 돌아와 흰 돌을 지지다)" 함이 있다.
303) 省斂: 제왕이 봄 가을로 농민을 순시하여 작황을 살핌. 〈孟子, 梁惠王〉에 "春
　　省耕而補不足　秋省斂而助不給(봄에 경작을 살펴 부족함을 보조하고, 가을에
　　추수를 살펴 공급되지 않음을 돕는다)" 함이 있다.

南畝艱難軫上心³⁰⁴⁾　　東郊省斂屬秋深

頌思虎拜³⁰⁵⁾呈文陛³⁰⁶⁾　　望絶鷹揚³⁰⁷⁾耀羽林³⁰⁸⁾

多稼際天鋪廣野　　斷雲遮日弄輕陰

政當克詰戎兵際　　更待薰風入舜琴

송산 가는 길에
松山道中

말을 타고 산 마루에 올라

구름 가의 언덕 심히 위태롭다

비록 탄환이 구르는 날은 아니지만

모난 자루를 가진 때보다는 낫구나

우주 공간은 걷어놓은 천막 같고

여염집은 펼쳐놓은 바둑알 같구나

회포 있어도 누구와 이야기하나

유독 나의 사사로움만도 아니지.

---

304) 軫上心: 임금의 마음을 아프게 하다. 軫心.
305) 虎拜: 〈詩經, 大雅, 江漢〉에 "虎拜稽首 天子萬年(召穆公 虎가 머리 조아려 재
    배하니 천자시여 만수무강하소서)"함이 있다. 虎는 召穆公의 이름이다. 召虎
    가 淮夷 땅을 정벌하니, 宣王이 전토를 하사하고 소호는 이에 계수재배하여
    천자의 만수를 축원하였다. 그 후로 '虎拜'가 대신이 왕에게 드리는 예를 이르
    는 말이 되었다.
306) 文陛: 宮闕의 계단으로, 조정을 가리키는 말.
307) 鷹揚: 무용과 위엄의 모습. 如鷹之飛揚也(매가 나는 것과 같다) '鷹揚虎視'.
    고대 武官의 명호, 鷹揚校尉, 鷹揚將軍 등.
308) 羽林: 별 이름, 남쪽에 뭇 별이 있는데 羽林天軍이라 하였다. 이로 인해서 宮
    闕 衛成軍의 명칭이 되었다.

騎馬登山頂　　　緣雲坂甚危
雖非丸走[309]日　　猶勝笒來[310]時
宇宙如褰幕　　　閭閻似布棊
有懷誰與語　　　不獨爲吾私

솔 아래에서 음복하다
松下飮福

두 아들 집 빚은 술 색깔과 향기 똑같아
술 맛이 천연으로 되어 얼굴 유쾌하려 해
아이 손자들에게 나누어 복을 주려 하니
때로 밝은 해가 푸른 솔에 비침을 보다.

兩郎家釀色香同　　　醇味天然欲逞容
分與兒孫流福慶　　　時看白日照靑松

---

309) 丸走: 走丸. 언덕에서 구르는 彈丸처럼, 일의 진행이 편리하고 빠름을 이르는
　　 말.
310) 笒來: 笒은 筍과 같은 자이고 모난 나무자루(柄)이니, 모난 자루를 가지고 둥
　　 근 구멍에 꽂듯이 일이 이루어지기 어려운 비유로 쓰인 말이다. 〈史記, 孟子
　　 荀卿列傳〉 "持方柄欲內圜鑿 其能入乎(모난 자루를 가지고 둥근 구멍에 박으려
　　 면 가능할 수 있나)"라 함이 있다.

부령인 종학이 송경에서 술을 가지고 와서 대접하다
種學311)副令 自松京載酒食來餉

둘째 아들이 추위 무릅쓰고 양친을 배알하니
양강의 벼슬길은 깨끗해 먼지가 없더냐
술은 내린 이슬 같아 향기 더욱 아름답고
밥은 연밥 구슬 같아 모양이 절로 고르구나
충성을 군왕을 돕는 일에 옮기려 한다면
먼저 의지를 길러 인륜 도리를 아름답게 해야지
한 잔 술로 문득 약간의 훈기 있는 곳을 보니
눈 밑에도 잠시 호탕한 봄이 돌아왔구나.

仲子凌寒拜兩親　　兩江官道淨無塵
酒如滴露香尤美　　飯似蓮珠體自均
若欲移忠裨衮職312)　須先養志美彝倫
一杯便見微醺處　　雪底俄迴浩蕩春

남정당의 별장에서 자다
宿南政堂別墅

여러 날을 배 안에서 자다
오늘 밤에는 온돌에서 졸다

---

311) 種學: 牧隱 李穡의 아들, 자는 仲文, 호는 麟齋.
312) 衮職: 고대 제왕의 직무, 곧 군왕을 지칭함.

평안 위험은 처지따라 나타나고
온기나 습기는 계절따라 편하구나
산이 울밀하니 구름 골에서 나고
서리 맑으니 달은 하늘에 가득하다
유연히 속세의 멋이 없으니
문득 신선인가 두렵구나.

數日舟中宿　　　今宵突上眠
安危隨處見　　　燥濕逐時便
山密雲生谷　　　霜淸月滿天
悠然少塵趣　　　便恐似神仙

퇴포에서 달을 띠고 광진으로 와서 자다
自禿蒲 乘月到廣津宿

퇴포의 백사장 가에 어둠이 몰려와
먼 산 넓은 평야 형세도 아련하다
뱃사람 벼리줄 풀어 흐름 따라 내려오니
달이 양주 땅에 밝으니 시 얻기에 적당.

禿浦沙頭暝色來　　　遠山平野勢逶迤
舟人解纜隨流下　　　月白楊州恰得詩

화산군을 방문했다 만나지 못하고 돌아오다
訪花山君 不遇而歸

양주의 강 머리엔 얕은 산이 분명하고
사방 돌아봐도 망망한 지형은 평평하다
한 필 말로 나와놀기 여기부터 시작인데
문에서의 응대는 오히려 나의 문생일세
하늘 바다로 낮게 숨으니 사친의 눈물이고
해가 교궁에 비치니 임금 사랑하는 정일세
늙은 지경에 함께 노님 더욱 나쁠 것 없는데
더구나 국가 조정에서는 기영 노인 중히 하니.

楊州江上淺山明	四顧茫茫面勢平
匹馬出游從此始	鷹門還是我門生
天低海藏思親淚	日照郊宮313)愛主情
老境同游殊不惡	況今廊廟重耆英

식사 뒤 앉아 졸다 깨어서 짓다
食罷坐睡 覺而有作

아침 되어 흰 밥이 창자를 받쳐 주니
다만 시를 읊는 야인의 흥만이 길다

---

313) 郊宮: 天子가 祭天하는 처소.

시구 얻어도 끝내 맑은 운율은 못되어
담에 기대어 오히려 졸음 마을로 들다
사락사락 가랑비는 산 빛을 더해 주고
조각 조각 한가한 구름 햇빛을 희롱한다
가장 즐거움은 꿈에서 깬 맑은 시선 안에
양주 땅 강 북쪽의 작은 마을의 전장일세.

朝來白飯又撑腸	只管吟哦野興長
得句竟非淸苦律	倚墻還入黑甛鄕314)
絲絲小雨添山色	片片閑雲弄日光
最喜夢迴淸眼界	楊州江北小村庄

태평 세상의 풍월은 글 쓰는 신하에게 있으나
무슨 죄로 나의 생애에는 유독 때가 없는가
길이 경색된 중원 땅에서 계절도 혼미스럽고
배로 오가는 동쪽 바다에는 안개만이 어두운가
노나라의 가송을 알리려 해도 망녕으로 돌리니
어찌 제나라 생황으로 다시 진짜와 혼돈 바라랴
흥이 나면 곧 읊고 읊으면 곧 또 쉴 것이니
기롱이나 평가는 뒷날 오는 이에게 맡겨두다.

大平風月屬詞臣	何罪吾生獨不辰
路梗中原迷節序	舶交東海暗烟塵

---

314) 黑甛鄕: 꿈 나라. 달게 자는 잠을 黑甛이라 한다. 宋 蘇軾의 〈發廣州〉詩에
　　 "三盃軟飽後 一枕黑甛餘(석 잔 술로 배불린 뒤에 베개 하나로 달게 자는 여
　　 유)"라 함이 있다.

欲陳魯頌徒歸妄　　　　豈願齊竽315)復混眞
有興便吟吟便輟　　　　譏評付與後來人

어느 사실　두 수
卽事　二首

병든 뒤에 안락한 집을 정해 살지만
기운이 쇠하여 공양 어려움 어찌하랴
문을 나서면 시선 가득한 청산의 빛이고
허공 밖으론 한 쌍의 날아가는 새일세.

病後卜居安樂窩　　　　氣衰難養欲如何
出門滿眼靑山色　　　　空外一雙飛鳥過

식사 뒤 졸음이 와 기운이 조금 평온한데
주인 집에는 낮 닭의 울음 소리가 있구나
붓을 들어 새로운 시를 지어내려 하니
또 서쪽 창에는 석양의 밝음을 본다.

---

315)　齊竽:〈韓非子, 內說苑〉에 "齊宣王이 사람들에게 생황〔竽〕을 불게 하면 꼭 3
　　　백 명으로 하였다. 南郭處士가 자청하여 생황을 불겠다 하니, 선왕이 기뻐서
　　　수백 명을 함께 먹게 하였다. 선왕이 죽고 湣王이 즉위하여는 한 사람이 부는
　　　것을 좋아하니, 處士는 도망가고 말았다." 한다. 뒷날 학식이나 기술이 없는
　　　사람 또는 自謙하는 말로 쓰이기도 한다. '濫竽'와 같음.

攤飯[316]眠來氣稍平　　主人家有午雞聲
抽毫欲掃新詩出　　又見西牕夕照明

사실의 서술
紀事

늙은 아내는 내가 찬 바람에 두려워함을 알아
비단 적삼을 따뜻하고 평안하게 꿰매 보내다
병든 골격이라 제 멋대로 피부 이미 쭈구러지고
올 한해도 또 해는 장차 저물어 가려 하는구나
산을 쳐다보며 나그네와 함께 지팡이에 의지하고
눈을 맞으며 스님 찾아 안장을 얹을 만하구나
우리 백성들 얼어죽는 이 없음을 볼 수 있으니
새벽까지 시각을 기다리기도 역시 어렵지 않다.

老妻知我畏風寒　　縫送綿衫煖且安
病骨自由皮已皴　　今年又是歲將闌
望山與客堪扶杖　　冒雪尋僧可跨鞍
得見吾民無凍者　　五更待漏亦何難

---

316) 攤飯: 밤 먹은 뒤의 낮잠. 〈詩人玉屑〉에 "(동파가 말하기를 새벽에 먹는 음식
　　을 '요서'라 하고, 이황분이 말하기를 낮잠을 '탄반'이라 한다 東坡謂晨飮爲澆
　　書 李黃門謂午睡爲攤飯)"고 하였다.

대사가 두부를 구해 가지고와 먹이다
大舍317)求豆腐來餉

나물 국에 입맛 없은 지 오랜데
두부모의 윤기는 새롭구나
보자마자 성근 이빨에 적당하니
참으로 늙은 몸 보양에 좋겠다
농어나 순채국엔 월나라 사람 생각하고
양 젖에는 북방 오랑캐 상상되지만
우리 땅에는 이것이 아름다우니
하느님은 백성을 잘 양육하신다.

菜羹無味久	豆腐截肪318)新
便見宜疎齒	眞堪養老身
魚蓴思越客	羊酪想胡人
我土斯爲美	皇天善育民

이호연 집이 아들 한림을 데리고 술을 가지고 와 밤 되어 돌아갔다. 한 수를 읊다
李浩然319)携子翰林 以酒食來 入夜而歸 吟成一首

호연 이집의 호걸 기상은 유림을 압도하여

---

317) 大舍: 宋元 이래로 官僚나 부자 집 자제에 대한 칭호로 '大公子'와 같은 뜻.
318) 截肪: 잘라낸 脂肪. 안색이나 피부의 윤기나는 백색을 비유함
319) 李浩然: 李集(1314-1387)의 자가 浩然. 호는 遁村.

풍진 세상을 오가며 바로 지금에 이르렀네
다만 사문의 유도 있어 은혜 의리 존재하고
매양 임금님 이야기에는 눈물 옷 적셔
교분을 말하면 또 딴 사람과 비길 바 아니고
시구 얻으면 누가 그대와 함께 읊을 만한가
소고기 술로 지내도 정은 다시 중한데
기지고까지 왔으니 이 또한 천금일세.

浩然豪氣盖儒林　　　蹭蹬風塵直至今
只有斯文恩義在　　　每談迎日[320]淚沾襟
論交我又非他比　　　得句誰能與子吟
牛酒特過情更重　　　携來況復是千金

병풍에 쓰다
題屛風

살구꽃 가지 위에 따뜻한 바람 살랑 살랑
제비 참새 서로 쫓아 쪼으고 또 날다
한가로이 병풍에 기대어 보아도 부족하니
작은 봄 움직이려고 볕살이 좋구나.

杏花枝上暖風微　　　燕雀相隨啄又飛
閑倚小屛看不足　　　小春將動好陽暉

---

320)　迎日: 고대에 제왕이 정월 초하루나 춘분날에 교외에 나가 태양을 맞아 제사
　　하는 일인데, 여기서는 임금을 맞이한다는 비유로 쓴 듯하다.

초여드레가 동지이다. 한청성이 팥죽과 꿀을 보내오고,
부추도이어 가져오고, 부윤도 뚜 보내오다
初八日 冬至也 韓淸城送豆粥幷蜜 副樞繼持至 府尹又送來

이웃 늙은 이 죽을 보내기 송경과 같으니
부윤도 가져올 수 있어 기쁘고도 놀라다
다시 토끼국을 마시니 예쁜 아내의 이받이고
복의 무늬가 등에 난 것은 노친의 정임을 알다
고향 풍속 시골 예의 점점 인자한 수가 되어가니
계절 풍물 시로 엮어 태평을 묘사한다
응당 남경과 더불어 고사로 된 것이니
양반의 마음이나 마을 집에 이름 전한다.

隣翁送粥似松京　　　府尹得來喜且驚
更啜兎郞佳婦饋　　　可知鮐背[321] 老親情
鄕風俗禮稍仁壽　　　節物詩聯寫大平
應與南京爲故事　　　班心村舍亦傳名

마을 집
村家

세상을 따르려 시골에 살고
집을 짓되 옛 법규 본받다

---

321) 鮐背: 노인의 등에 복어의 무늬가 생기면 장수할 징조라 함.

네모졌으니 온전 입口자 같고
중심은 가늘기 눈썹 같구나
문은 산을 마주해 냈고
창은 달이 와서 엿볼 만하다
내 드디어 여기에 살고자 하니
응당 소도 시를 이해하게 하리라.

居鄕從世上　　　結屋案前規
四角全如口　　　中心細似眉
門從山作對　　　牕可月來窺
我欲遂居此　　　應敎牛解詩

화산군 권공과 전밀직 이공과 함께 내당의 기거를 문안
하니, 도당이 공사로 소집하고 내당의 식사를 차려 실
컷 취해 돌아오다
與花山君權公前密直李公謁內起居　都堂召議公事　設堂食
醉飽而歸

내당을 알현하여 조회의 예를 닦으니
성큼성큼 귀밑머리 서리와 같구나
은혜를 입어 하사하신 술에 절하고
공사를 논의하려 도당에 모였다
물에 빠짐 구하려면 배가 필요하고
기운 것 잡으려면 기둥이 필요하다

분명히 하늘 이치 있음 알겠으니
나라 오래되어도 오히려 강건하구나.

詣內修朝禮	蕭蕭鬢似霜
蒙恩拜宣醞	議事集都堂
救溺須舟楫	扶傾要棟梁
明知天道在	國老尚康强

주인 부부가 와서 대접하다
主人夫婦來餉

태평성대라 늙은 선비 용인하고
밝은 창에서 주인에게 감사하다
찐 떡은 아직도 따뜻한 기운이고
거른 술은 맛이 바로 순수하구나
산과 바다는 찬 모습으로 고요하고
띠와 잔디는 새벽 빛에 새롭구나
장차 여름 겨울의 제사도 함께 하여
오래되어 이미 바람 먼지를 여의었다.

盛代容儒老	明窓謝主人
蒸餻氣猶熱	壓酒味仍醇
山海寒容寂	茅茨曉色新
庶將同伏臘[322]	久已離風塵

슬
酒

술은 하루도 없을 수 없고
마시면 반 잔으로 많다할 수도 없다
온화한 기운 운행시켜 더러움을 씻어내니
무기를 씻어내려 은하수를 끌어당긴 듯
혹 입에서 달아 주정하기에 이르면
깊은 병 고치기엔 백약이라도 방법 없다
인인이나 의로운 선비는 예로써 절제하고
광기 사나이 호걸객은 휩쓸려 중화를 잃네
푸른 산이 자리 가득하여 대낮이 고요하고
문 앞에는 어쩌다 고귀한 수레 지나간다
신을 거꾸로 마중하기 돌을 물에 던지듯 하고
이 잡으며 앉은 좌담에도 서리로 칼을 간다
이것들이 누구의 힘인 것인가
국생의 풍채요 국생의 너그러움이다
조정의 잔치나 제사로 하늘 땅이 태평하고
육합의 우주 공간이 곧 안락한 집이 된다
나의 생명 신령을 몰아 수역으로 든다면
나도 역시 남훈가를 지어 올리리라.

酒不可一日無　　　　飮不可半盞多
導行和氣滌邪穢　　　　如洗甲兵挽天河

---

322) 伏臘: 옛날 두 가지 제사의 명칭. 伏은 말복에 드리는 제사이고, 臘은 선달에
　　드리는 제사이다.

或甘於口至於酡　　百藥無計痊沈痾
仁人義士節以禮　　狂夫豪客流失和
青山滿座白日靜　　門前或値高軒過
倒屣相迎石投水　　捫虱坐談霜磨戈
是誰之力也歟哉　　麴生之風兮麴生之蘧
朝廷燕享天地泰　　六合便爲安樂窩
驅我生靈入壽域　　我亦製進南薰歌323)

유도재상이 백관을 거느리고 선흥사의 동쪽에서 교례맞이를 하니 성균관의 학생들이 가요를 지어 바침

留都宰相324) 率百官 郊迎于禪興寺之東 成均諸生 進歌謠

삼경을 순행하심이 우리 성상의 가르침이니
마음은 만세를 기약하여 동쪽 구석을 보존함이라
하늘이 성인군주를 내시어 남긴 유훈을 따르고
신하는 태사로 욕되이 참여한 썩은 선비 부끄럽다
상서로운 햇살 공중에 달려 우러러 보기 용납하고
상서로운 바람 만물에 부딪쳐 다시 살아나는 듯
흰 도포들이 길가에서 태평의 가송을 올리니
장안 사람들 온 거리를 메웠으리라 상상되네.

---

323) 南薰歌: 南風歌. 전하는 말에 舜임금이 지었다 함. 가사 내용에 "南風之薰兮
　　可以解吾民之慍兮(남풍의 훈훈함이여 우리 백성의 속알이를 풀만 하구나)" 등
　　의 구절이 있어서 그렇게 부른다.
324) 留都宰相: 留都는 서울에 남아 있음을 말함. 留都宰相은 임금이 서울을 떠나
　　있을 때, 서울에 남아 정무를 관장하는 재상.

巡駐三京我聖謨　　心期萬世保東隅
天生聖主遵遺訓　　臣忝台司愧鄙儒
瑞日當空容仰見　　祥風觸物似來蘇
白袍道左呈歌頌　　想見都人塞九衢

동대문에서 대궐 문 앞에 이르도록 산대잡극을
벌리니 전에는 보지 못했던 것이다
自東大門至闕門前　山臺雜劇　前所未見也

산대 놀이를 가설하니 마치 봉래산인듯
과일 드리는 신선이 바다 위에서 왔네
뒤섞인 사람들 징을 치니 땅이 요동하고
처용의 한삼 소매는 바람에 불려 나부낀다
긴 장대에 의지한 사람 평지처럼 움직이고
불꽃이 하늘을 찌르니 마치 빠른 우레 같다
태평의 참 기상을 써내려고 하나
늙은 신하의 꽃은 붓이 재주 없음 부끄럽다.

山臺結綴似蓬萊　　獻果仙人海上來
雜客鼓鉦轟地動　　處容衫袖逐風迴
長竿倚漢如平地　　瀑火衝天似疾雷
欲寫大平眞氣像　　老臣簪筆愧非才

牧隱詩藁 卷之三十四

서쪽 이웃에서 재차 연꽃 감상으로 초청했으나
비에 막혀 감회 어려 한 수 지어 올리다
蒙西隣再邀賞蓮 阻雨有感 吟成一首錄呈

노나라에 군자가 없으면 어찌 이것을 취하리요
우리들의 연꽃 감상에는 참으로 두 가지에 만족
오늘 아침의 어긋남이야 누가 시켜서이겠나
정을 머금기에 감히 비의 신을 조롱할 수 없지
내 쇠약해 병을 안음은 인연 운수 기이함이니
좋은 계절 즐거운 일이 의당 어긋날 수밖에
다행히도 옛날엔 함께 쫓고 따라서
홍장의 붉은 화장이 황금의 술잔에 비쳤었지
바람을 맞아 주렴계의 애련설을 암송하니
두렵듯이 공경의 마음 일어 간사한 생각 없다
한 번으로 이미 족하거늘 감히 많음 바라랴
다시 누런 국화가 서리 속에 피는 것을 바라자
서리의 꽃은 진실로 은일한 자의 꽃이니
사는 처지가 다르고 피는 시기도 다르다
예로부터 그칠 줄 알면 위태함이 없는데
이성이나 감정은 사물 따라 옮기기를 좋아해

장차 내 말을 매어 내닫지 못하게 하리니
시를 써서 아이들에게 알리려 일러두다.

魯無君子焉取斯　　我輩賞蓮眞兩宜
今朝齟齬誰使之　　含情不敢嘲雨師
吾衰抱病緣數奇　　良辰樂事宜參差
幸哉疇昔共追隨　　紅粧照耀黃金巵
臨風暗誦濂溪325)辭　　竦然起敬無邪思
一已足矣敢多爲　　更望黃菊霜中披
霜葩固是隱逸者　　所處異地生異時
古來知止326)無殆危　　性情喜爲尤物移
且繫我馬勿驅馳　　題詩報與兒曺知

날씨 개어 기쁨
喜晴

늦비가 농사 해침이 가뭄보다 심하더니
오늘 아침에는 다행히 푸른 하늘 보다
몸 평안히 녹을 먹으니 참으로 요행이나
배 두드리며 시 읊음이 어찌 우연이겠나
낱알 하나 하나의 신고에 수저들기 어렵고

---

325) 濂溪: 周敦頤의 호. 周濂溪가 〈愛蓮說〉을 지었다.
326) 知止: 멈출 것을 안다. 〈大學〉의 가르침에 "知止不殆(그칠 줄을 알면 위태롭
　　 지 않다)"함이 있다.

집집마다 차고 넘치니 전원으로 갈 만하다
늙은 나이 다시 풍류로운 곳이 있어
항시 높은 분과 함께 연꽃을 감상하다.

晩水妨農甚旱年　　今朝大幸覩靑天
安身食祿眞僥倖　　鼓腹吟詩豈偶然
粒粒苦幸難下筋　　家家盈溢可歸田
老年更有風流處　　每與高人共賞蓮

조용히 앉아
靜坐

조용히 앉아 마음 보존하는 백발의 늙은이
해맑은 가을 물이 긴 허공에 들다
삼라히 많은 물상 끝내 오래기 어려운데
물욕은 오히려 한 줄기의 바람 같구나.

靜坐存心白髮翁　　淡然秋水浸長空
森羅物像終難久　　物欲還如陣陣風

참새 무리
群雀

밤에는 뜰 안 나무에서 자고

아침이면 성 밖 곡식을 쪼다
무리로 날아 정히 득의해서
제각기 안락한 집이라 한다
어찌 알겠나, 호협한 아이들이
탄환을 끼고 그물을 벌려 놓음
누런 고니들은 사해에 놀아
시선 끊기면 장차 어찌하나.

夜宿庭中樹　　　朝啄城外禾
群飛政得意　　　各謂安樂窩
那知豪俠兒　　　挾彈張罻羅
黃鵠游四海　　　望絕將奈何

해주목사가 소라젓을 보내와 감사함
謝海州牧使送小螺醢

큰 바다는 넓어 언덕도 없는데
작은 고동은 미미해도 형체가 있다
어부의 길을 찾으려 하여
가랑비 백사장에 내리네
백옥 낱알 아침 상에 가득하고
황금 물결은 낮에 병에 넘실거린다
바야흐로 알겠다, 마음 쓰신 곳을
머리 흩으며 바람 난간에 기대다.

大海浩無岸　　　小螺微有形
欲尋漁者路　　　細雨白沙汀
玉粒朝盈案　　　金波晝灩瓶
方知用心處　　　散髮倚風欞

연꽃
詠蓮

덕을 숭상해 끝내 색을 좋아하지 않았고
마음 씻어 애오라지 다시 향내를 맡다
앉아 중간 뚫리고 외부 곧음 대하니
어찌 꼭 육지의 것들과 비교하랴.

尙德終非好色　　　洗心聊復聞香
坐對中通外直　　　何須較與陸郞

뿌리는 싸늘한 서리의 단 꿀에 견주고
꽃은 갠 달과 빛나는 풍광을 만나다
다만 푸른 통의 즐기는 술 있어
사람들의 두 뺨을 붉게 만드네.

藕比冷霜甘蜜　　　花逢霽月光風
只有碧筒嗜酒　　　令人兩頰浮紅

온 세상이 누가 좋은 계절에 술 주나
다음 해에는 내가 꽃 자리를 장만해
이 좋은 짝의 군자를 사랑하는데
어찌하여 네 제왕 네 하늘이라 하나.

擧世誰酬令節　　　明年我辦華筵
愛此好逑君子　　　胡然而帝而天

하늘 밝아
天明

하늘 밝으니 구름 기운은 곧 되돌아가려 하고
해 한낮 되자 세발 까마귀 바로 날아오른다
자못 몸과 마음이 천지의 조화에 참여하고
덕스런 일에 정일 묘미 없음 오히려 부끄럽다
누런 꾀꼬리 버들 컴컴하여 나무길에 이었고
흰 새 물결 맑아 낚시터에 둘렀다
나그네 물골이란 가을 빛 속이 가장 알맞아
조각배 한 잎에 푸른 도롱이 옷일세.

天明雲氣欲旋歸　　　日午陽烏[327] 政奮飛
頗驗身心參位育[328]　　　還慚德業欠精微

---

327) 陽烏: 신화 전설에서 태양 속에 있다고 하는 세 발의 까마귀.
328) 位育: 〈中庸〉에 "致中和 天地位焉 萬物育焉(中과 和를 이루면 천지가 자리잡
　　고 만물이 길러진다)"함이 있다.

黃鸝柳闇連樵徑　　白鳥波淸遶釣磯
行色最宜秋色裡　　扁舟一葉綠簑衣

유항 한수가 술을 보내 감사함
謝柳巷送酒

영천 문하의 국선생은
주객들의 풍류로 일찍이 이름이 있다
사람들의 사랑에다 공경까지 겸했고
성인의 화합에다 또 성인의 청렴이지
봄 물결은 넘실넘실 하늘 무젖어 푸르고
가을 이슬 동글동글 달을 비춰 밝구나
병이 많은 목은 늙은이도 참으로 다행이라
이웃 덕에 맛을 보니 조미된 국보다 낫다.

潁川門下麴先生　　酒客風流早有名
人所愛兼人所敬　　聖之和又聖之淸
春波灩灩涵天碧　　秋露團團映月明
多病牧翁眞萬幸　　卜鄰嘗味勝調羹

백일홍 한 수
詠百日紅　一首

푸릇푸릇 솔잎은 네계절에 한가지인데
또 신선 꽃이 일백 날을 붉은 것 본다
새 것 묵은 것 서로 이어 일색이 되니
조물주의 공교한 생각은 다 알 수 없네
서리와 눈을 겪으니 마음 더욱 괴롭고
여름에서 가을 오니 자태는 절로 짙다
만물 절로 균일됨 없고 균일된 자도 적으니
꽃을 보여 세 번 감탄하는 백두의 늙은이.

靑靑松葉四時同	又見仙葩百日紅
新故相承成一色	天公巧思儘難窮
經霜與雪心逾苦	自夏徂秋態自濃
物自不齊齊者少	對花三歎白頭翁

동북면에 소요 있다 듣고
聞東北面有警

원나라의 조정을 만난 지가 근 백년인데
바다 어구 천 리엔 태평의 자연이다
인심의 옳고 그름은 세태 따라 옮기지만
국운의 흥하고 망함은 다만 하늘에 있다

사신의 연맹이 남으로 달릴 때 어찌 뒤로했으며
먼 길의 오감도 중단되었으니 앞으로 가기 어려워
이것이 모두 운명이라 도피할 곳 없으니
거울 속의 서리 털이 배나 성글구나.

際遇元朝近百年　　海隅千里大平烟
人心正譌能移世　　國運興亡只在天
玉帛329) 南馳安敢後　　梯航330) 中斷苦難前
是皆命也無逃處　　鏡裡霜毛倍颯然

뜬 구름
浮雲

뜬 구름이 아침 햇살을 조롱하니
산하는 어둠 밝음으로 어지럽다
서늘한 기운이 베개 자리에서 일고
시원하게도 정신 기개가 맑구나
열리고 닫히는 오묘함 더듬으려 하니
노둔한 수레 붕새 길을 향하네
회포를 열어 긴 휘파람 부니

---

329) 玉帛: 고대에 祭祀나 聯盟 또는 朝聘에 쓰이는 예물. 제후들이 會盟할 때 이
　　옥백을 가졌기 때문에 후대에는 使臣을 지칭하기도 함.
330) 梯航: 梯山航海의 준 말. 먼 곳을 나들이함. 또는 인재의 많음을 이르기도
　　함. 唐 玄宗이 〈賜新羅王〉시에 "먼길 오가 사해를 두루했고 사신들은 돌아갈
　　길에 올랐다. (梯航遍四海　玉帛上歸道)"라 함이 있다.

하늘 끝에서 바람 소리 오네
옛부터 세상에 오만한 자는
달게 시대에서 경멸되는 것.

浮雲弄朝旭　　　山河紛晦明
凉意生枕簟　　　爽然神氣清
欲探闔闢妙　　　駕車向鵬程
放懷發長嘯　　　天末來風聲
古來傲世者　　　甘爲時所輕

불각사를 바라보며
望佛覺寺

일만 소나무 푸르러 산을 감추려 하니
산 아래 스님 방은 그늘과 볕 사이일세
20 년 전에 옛날 놀던 곳에는
한 줄기 흐르는 물이 저절로 잔잔하구나.

萬松蒼翠欲藏山　　　山下僧房隱映間
二十年前舊游處　　　一條流水自潺潺

북풍
北風

북녘 바람 하루 밤 불어 새벽까지 이르니
강물은 얼어붙어 다리처럼 평평해지다
남쪽 소 북쪽 말들이 건너느라 들레더니
오늘은 적적하게도 사람 소리도 없다
산 숲은 높고 높아 나는 새도 끊기고
하늘 땅도 막혔으니 누가 울게 하랴
말라 꺾이고 썩은 식물들은 견고히 서서
정기를 안으로 맺혀 봄 꽃을 기다리다
늙은이는 추위 두려워 문을 나서지 않고
시 읊으며 다만 바람 소리와 다툰다
바람 소리 멀리 가려도 조금도 막힘 없고
시의 소리는 다만 지붕 마루나 놀랠 뿐이다
다만 사해 안이 아름다운 징조로 흐름 보니
띳집 아래에서도 영주의 신선에 오른 듯하네.

北風一夜吹到明　　江河凍合如橋平
南牛北馬爭渡喧　　今日寂寂無人聲
山林崢嶸飛鳥絶　　天地閉塞誰使鳴
摧枯拉朽植物固　　精氣內結須春榮
老翁畏寒不出戶　　吟哦只與風聲爭
風聲及遠無少碍　　詩聲只得梁屋驚
但見四海流休徵　　茅屋之下如登瀛

연꽃 말을 대신하여 동정에게 보내다
代蓮語 寄東亭331)

여러분들이 방문해 주니 역시 영광이로구나
재상님께서 올해에는 술도 보내 주셨는데
목은 노인은 헛된 이름이 좌석은 놀랠 뿐
묘당의 높은 모임에 몇 차례나 모셨나요.

諸公見訪亦榮哉　　　冢宰今年送酒來
牧老虛名驚座耳　　　廟堂高會幾時陪

어제 김판사집에서 매화를 감상하고
다음날 세 수를 올리니 다 실록이다
昨賞梅金判事宅 明日寄呈三首 皆實錄也

봄 그늘은 아득아득하여 누대를 잠그니
봄 동리를 두루 대하며 말에 맡겨 돌아오다
이 늙은이의 풍류를 누가 알 수 있으랴
동쪽 언덕 남쪽 언덕에 홀로 매화를 찾다.

春陰漠漠鎖樓臺　　　轉對春坊信馬回
此老風流誰得識　　　東阡南陌獨尋梅

---

331) 東亭: 廉興邦(?-1388)의 호가 東亭. 字는 仲昌. 앞의 주 210) 참조

삼원에서 장원한 문장이 학사원을 이었으나
지난 일은 흐르는 물 따라 가고 아니 오다
나는 가정에서 소나 말을 달리는 몸이니
그대 찾음이 어찌 유독 매화만을 찾음이랴.

三元³³²⁾辭采繼銀臺³³³⁾　　往事隨流去不回
我是稼亭牛馬走　　尋君豈獨爲尋梅

내외 친척들 화합하여 마치 신선대에 오른 듯
늙은 나도 홍건히 한 번 취해 보았구나
판사부의 얼음같은 노인 가장 건강하니
명년에도 다시 함께 매화의 감상 약속하다.

姻親和翕似登臺　　老我陶然醉一回
判府冰翁最强健　　明年更約共看梅

서주의 성루에서 쓰다
題西州城樓

서림의 돌 성이 구름 끝에 들었으니
정자 나무 바람 머금어 여름에도 춥다
파란 눈의 주인이 웃음 이야기로 대접하고

---

332) 三元: 과거에서 鄕試 省試 殿試를 합해서 三元이라 함.
333) 銀臺: 원래 銀臺司의 약칭. 門下省의 소관으로 奏狀이나 案牘을 관장한 곳.
　　　高麗 초기에는 學士院을 이르는 말.

흰 머리 외로운 손은 시선 두루 살펴본다
하늘 높고 땅 낮아 이 모습은 왜소하나
바다 넓고 산 아득하여 기상은 너그럽구나
스스로 한스러움은 나 쇠하여 붓 힘이 없으니
부질없이 안개 오리 읊어 난간에 의지하다.

西林石堡入雲端　　　　亭樹涵風夏亦寒
靑眼主人供笑語　　　　白頭孤客縱游觀
天高地下形骸小　　　　海闊山遙氣像寬
自恨吾衰無筆力　　　　謾吟霞鶩334)凭欄干

---

334) 霞鶩: 王勃의 〈滕王閣詩〉에 "落霞與孤鶩齊飛 秋水共長天一色(지는 안개는 외
　　　로운 기러기와 나란히 날고 가을 물은 긴 하늘과 한 빛이라)"함이 있는데,
　　　이 시구가 절창이라 하여 왕발의 대표적 시구처럼 이야기한다.

牧隱詩藁 卷之三十五

장단 노래
長湍吟

기사(1389) 12월 초엿새날, 순위부제공 박위생이 와서 전하되, 국가에서 신에게 장단 새 거처로 물러나 살도록 명령하셨다 하니, 신이 궁전을 향해 숙배하고 또 말씀을 드리다.

두 시중이 제공을 이별하고 말에 올라 대덕산 아래에 이르니 해는 이미 서쪽이라, 감응사에 들려 빌어 자는데, 문생인 유경이 말 술로 보내와 두어 잔 이어 마셔 약간 취했다. 잠에 들어 아침이 되니 스님은 아침 참배하고 경쇠 소리 들려서 짓다.

己巳十二月初六日 巡衛府提控朴爲生 來傳內敎 命臣出居長湍新居 臣向闕肅拜 且致詞兩侍中別提控上馬 至大德山下 日已夕 入感應寺借宿 門生劉敬 以斗酒來餞 連數杯微醉 就寢達旦 居僧朝參 聞磬聲有作

불법등은 밝았다 꺼졌다 하여 새벽 닭은 울고
이 몸 이 세상에서 의연히 하나의 바다 거품이네
홀연히 풍경 소리 들으니 깊이 감흥이 있으나
봉황이 쇠잔했으니 어찌 꼭 창오의 순임금 바라랴.

佛燈明滅曉雞呼　　　　身世依然海一漚
忽聽磬聲深有感　　　　鳳衰何必望蒼梧335)

다섯 거리의 제자들은 모두가 준재이니
봉황의 못이나 어사대에 많이 참여했다
오늘 서로 전별하는 이가 없다고 말하지 말라
이 문생 유경의 술 두어 잔을 얻지 않았나.

五牓門生摠俊才　　　　多參鳳沼336) 與烏臺337)
莫言今日無相送　　　　得此髥劉酒數杯

초이레날 길을 가다
初七日途中

장년시절 사람들 내가 원만 좋아한다 조롱하여
궁한 것을 알게 된 오늘날엔 문득 망연하구나
국가 조정에 그래도 지음이 있음을 알아
별장에서 평안히 살며 좌선을 배우게 되다.

壯歲人譏我好圓　　　　知窮今日却茫然
廟堂賴有知音在　　　　別墅安居學坐禪

---

335) 蒼梧: 일명 九疑. 湖南省 寧遠縣 동남에 있는 舜이 巡行하다 죽었다 하는 곳.
336) 鳳沼: 범속하지 않은 경지의 비유.
337) 烏臺: 御使臺를 말함.

송헌 시중에게 올리니 은혜의 감사이다
寄呈松軒338)侍中 謝恩也

신의 죄는 의당 죽어야 하나 성주의 은혜로
서울 관내를 벗어나 몸을 평안히 하게 되다
나에게 묻되 어떻게 하여 천행을 만났나 하면
다만 송헌이 있어 바로 친구이었다 하리.

臣罪當誅聖主仁　　　屛居關內得安身
問渠何以逢天幸　　　只爲松軒是故人

16일에 셋째 아들이 술과 음식을 보내오다
十六日 三郞送酒食

다행히 면죄된 내가 지금 하늘에 감사하니
너의 형이 남쪽으로 간 것도 나는 망연하다
대간의 비평에 문을 닫았다 들은 듯도 한데
보낸 음식이 오지 않으니 더욱 가련하더라.

幸免吾今謝上天　　　汝兄南去我茫然
似聞閉戶臺評裏　　　送饌不來尤可憐

---

338) 松軒: 뒷날 조선조 太祖인 李成桂의 호.

18일

十八日

현릉 때의 장수 재상 몇 사람이 남았나
공신각 벽의 사진도 역시 다 어두웠구나
병 많은 목은은 잦은 벼슬도 끝났으니
지금에 와서의 정치경제는 홀로 송헌일세.

玄陵[339] 將相幾人存　　壁上圖形亦已昏
多病牧隱頻仕已　　至今經濟獨松軒

송헌의 충성 의리는 하늘 구름이 엷으니
한의 장군이나 당의 기둥과 어깨를 견준다
태평의 참다운 기상을 알려고 한다면
문 닫고 높은 베개에 편안한 잠 얻을 수 있어야.

松軒忠義薄雲天　　漢絳唐梁[340] 與比肩
欲識大平眞氣像　　閉門高枕得安眠

평안한 졸음 나를 기쁘게 해 이미 할 일이 없어
뜬 세상의 공명이야 끊고 생각하지 않노라
다만 많은 삶에 남은 버릇 있음 한스러워
때때로 흥을 만나면 곧 시나 쓴다.

---

339) 玄陵: 고려 31대 恭愍王의 능.
340) 絳梁: 絳은 絳衣로 將軍服을 의미하고, 梁은 棟梁之材의 의미로 쓴 것이 아닌
　　가 여겨진다.

安眠喜我已無爲　　　浮世功名絶不思
只恨多生餘習在　　　時時遇興卽題詩

셋째 아이가 떡과 술을 보내오다
三郞送燒餠酒瓶

꽃다운 술은 맛이 싸늘하고 떡은 향기로워
쇠퇴하는 나이 당겨다가 신장을 보호할 만해
비록 대간의 탄핵을 받아올 수 없다해도
분명히 착한 자손은 내 곁에 있구나.

芳醪味冽餠生香　　　可引頹齡補腎腸
縱被臺彈來不得　　　分明鸞鵠341)在吾傍

20일에 있은 일
二十日卽事

셋째 아이가 약을 보내도 올 수가 없으니
너의 마음가짐도 역시 괴로움을 보겠구나
다시 의원을 찾으려 하나 누가 돌보겠느냐
오직 운명이나 믿어야 하니 서로 서러워 말자
어려서 벽수에 놀 때는 바람이 나무에 무젖고

---

341) 鸞鵠: 鸞鵠在庭의 약칭. 난새와 고니처럼 훌륭한 자손이 집에 있음의 비유.

늙어서 금릉을 감상하니 눈은 매화를 얼린다
이르는 곳마다 이 마음으로 평안함이 옳으니
장단의 띳집이 곧 춘당대이구나.

三郞送藥不能來　　看汝操心亦苦哉
更欲求醫誰肯顧　　唯當信命莫相哀
少游璧水風涵樹　　老賞金陵雪凍梅
到處此心安便是　　長湍茅屋卽春臺

평안한 마음
安心

평안한 마음으로 또한 견고히 앉아
여강을 바라볼 필요도 없구나
감악산 구름은 모옥에 잇고
장단의 달은 창을 비춘다
남은 삶은 이미 얼마 없지만
맑음 경치는 나와 쌍을 이루다
어찌 새우 물고기 씹기 없으랴만
오직 항아리 가득한 술만 소비해.

安心且堅坐　　不用望驪江
紺嶽雲連屋　　長湍月照窓
殘生已無幾　　淸景可爲雙
豈乏蝦魚喫　　唯消酒滿缸

28일
二十八日

세상 변화란 끝이 없고 자취 심히 위태로우나
나는 지금 순순히 받아들여 무얼 다시 의심해
하늘 땅은 절로 거친 것 포용할 양이 있고
우레 비가 어찌 때를 씻길 때가 없겠는가
적막한 강산에는 바람은 외쳐 급하고
태평한 시골 동리엔 해 걸음도 더디다
장차 장단 땅의 밥을 배불리 먹을 것이니
붓에 맡겨서 여덟 구의 시를 이루었다.

世變無涯跡甚危	吾今順受復奚疑
乾坤自有包荒量	雷雨寧無滌垢時
寂寞江山風吼急	大平閭巷日行遲
且須飽喫長湍飯	信筆題成八句詩

경오(1390)년 정월 이레, 적성 유판사가 술 한 병 월병
과 유병의 떡 한 그릇과 생선 한 마리를 보내오다
庚午正月七日　赤城兪判事　以酒一瓶月餅油餅同一器　生鮮
一首送至

둥글둥글 흰 달인가 의심하니
낱낱이 새로운 기름에 지졌구나

오래되었다, 이미 술 없은 지가
다행하게도 물고기까지 있구나
세상 물정은 다시 옛날 같지 않으나
친구의 도리는 오히려 처음 같구나
세세한 일이라도 관심됨이 크니
나의 시는 하나도 헛됨이 없다.

團團疑皓月　　　箇箇煮新油
久矣已無酒　　　幸哉仍有魚
世情非復舊　　　交道尙如初
細事所關大　　　吾詩無一虛

사람 기다리나 오지 않다
待人不至

새 해 되어 집을 생각하지 않는 날이 없으니
어찌 공부하는 것이 사물의 화려함 따지랴
적적히 쓸쓸한 작은 마을에 왕래도 끊겼으나
서산엔 예전처럼 석양 볕이 비꼈네.

新年無日不思家　　　豈有功夫管物華
寂寂小村來往斷　　　西山依舊夕陽斜

배불리 먹고 평안히 살아 국가에 감사하나
강산은 어제와 다름없고 머리는 꽃이 더한다

국풍 아송을 쫓아 왕의 교화를 노래하려 하여
때로는 다시 긴 시 읊어 붓을 찍어 긋는다.

飽食安居謝國家　　　江山如昨鬢添華
欲追風雅歌王化　　　時復長吟點筆斜

입춘 전날
立春前日

밝는 날이 입춘을 당하니
오늘이 곧 제야의 그믐일세
안부 묻는 이도 막혀 많지 않으나
어쩌면 요행히 미인을 볼 것인가
생물은 하늘 땅이 떠받혀 있고
인자한 풍교는 조야에 날린다
오히려 북과 거문고 같기를 바라니
편하고 한가롭게 농사 집에 늙으리라.

明日當立春　　　今日卽除夜
寒暄342)隔無多　　　何幸見粲者343)

---

342) 寒暄: 추위와 더위로 기후를 말함. 처음 만나서 기후의 변화에 따른 안부를
　　　묻는 인사.
343) 粲者: 美女. 또는 아름다운 事物. 〈詩經, 唐風, 綢繆〉에 "今夕何夕 見此粲者
　　　(오늘 저녁이 무슨 저녁인가 이 아름다운 이를 본다)"함이 있다. 朱子의 주
　　　석에 粲은 美이니, 이는 남편이 아내에게 하는 말이라 하였다.

生物荷天地　　　仁風扇朝野
尙冀如鼓琴344)　　安閑老田舍

입춘자
立春帖字

조정에 도의가 있을 때는 청춘이 좋고
시골에 사사로움 없으면 흰날이 길다
이 시의 참 기상을 알려고 한다면
청컨대, 오늘 세상에서 우리 동방을 보라.

朝廷有道青春好　　　門巷無私白日長
欲識此詩眞氣像　　　請看今世我東方

청산은 언약이 있어 항상 집을 마주하고
흐르는 물은 정이 없이도 절로 못으로 든다
목은 늙은이의 읊고 노래하는 곳 알려거든
봄 바람 호탕할 때 새로운 시가 요동한다.

青山有約長當戶　　　流水無情自入池
欲識牧翁吟嘯處　　　春風浩蕩動新詩

---

344) 鼓琴: 부부의 화목을 지칭하는 "거문고 비파 잘 어울리고, 종소리 북소리에
즐겁구나(琴瑟友之 鐘鼓樂之)".

한낮이 되려 하니 철롱이 약식을 가져오다
日將午 龍鐵以藥飯來

보내온 약식에는 꿀이 섞여 엉기니
이것이 남쪽 신사집에서 찐 것이라네
물건 대하면 뜬 세상 일 배나 상하니
먹지 않고 서역 중을 배우는 것만 못해.

送來藥飯蜜調凝　　　云是南神宅裏蒸
對物倍傷浮世事　　　不如不食學西僧

사냥을 바라보며
望獵騎

평평한 산에 눈 개니 흰 빛이 반짝거려
개 끌고 때때로 몇 마리 달리는 말 본다
어느 곳에서 새벽을 틈다 토끼를 쫓아서
많이 잡았다 자랑하며 반은 취해 돌아온다.

平山雪霽白皚皚　　　牽狗時看數騎來
何處凌晨逐狡兔　　　競誇多獲半酣迴

23일날 송헌에게 부치다
二十三日 寄松軒

적현에서 우리는 오히려 자유롭지 못하니
하늘가의 귀양살이에 시름을 알 만하구나
잘 도모하여 편한 대로 따라 가라 허락한다면
수를 축원하되 응당 백만의 산가락을 더하리다.

赤縣吾猶不自由　　　天涯謫客可知愁
善謀若許從便去　　　祝壽應添百萬籌

마음의 시 한 수, 송헌에게 올림
心詩一首 寄呈松軒

마음 바탕은 비고 영특한 것
밝고 밝게 하느님이 내리셨다
돌아보면 지난 옛날을 안았고
곧바로 살피면 오늘 내일 훤하다
비치는 곳은 진실함 거울 같고
때를 같이하면 쇠라도 자를 수 있다
어떻게 한 잔 술로 마주하여
서로 세밀한 마음 논할 수 있을까.

方寸虛靈[345]地　　　明明上帝臨
迴看包往古　　　直視燭來今
照處眞如鏡　　　同時可斷金
何當一樽酒　　　相對細論心

농사지으려는 이들에 널린 것 보고, 스스로 웃는 한 수
見耕者將徧野 自笑一首

평생의 동작 출입을 하늘에 맡겼으나
늘그막에 어긋남이 스스로 가련하구나
물러나기 애걸에 비록 그래도 집을 물은 적 있고
배줄임 참으며 어찌 감히 다시 전답을 구하랴
물은 땅의 형편을 따르지만 하늘은 넘치고
소는 사람 말을 이해해 갔다 다시 돌아온다
며칠 안된 봄 논갈이가 장차 들에 꽉 퍼지니
늙은이라 하여 어떻게 금년도 그냥 넘기나.

平生行止付於天　　　垂老參差自可憐
乞退雖然曾問舍　　　忍飢安敢更求田
水隨地勢乾仍溢　　　牛解人聲往復旋
不日春耕將徧野　　　老夫何以度今年

---

345) 方寸虛靈 : 방촌은 마음을 이르는 말이고, 虛靈은 마음의 정의를 "비고 신령하
　여 어둡지 않아 뭇 이치는 갖추어서 온갖 일에 응한다(虛靈不昧 以具衆理 而
　應萬事)"라 하였다.

초파일에 아내가 왔으니, 나의 남쪽
나들이를 보내려 함이다
初八日 室人來 盖欲送我南行也

백년 평생 같이 늙는 것이 바로 인정인데
쇠잔 노약에 무슨 마음으로 먼 길을 보내나
머리 위에 하늘이 있어 도망갈 수도 없으니
뒷날 다시 서로 함께 할 수 있음 어찌 알랴.

百年偕老是人情　　　衰老何心送遠行
頭上有天逃不得　　　那知後日復相幷

아내 손잡고 석벽에 노니는데 이웃 박씨가
물을 건너다 말에서 떨어져 삿갓을 잃다
携室人游石壁 隣朴渡水 墜馬失笠

한 구간의 뛰어난 경치는 그림으로도 닮기 어려워
아내에게도 나의 여유 있음을 감상하게 하려는데
이웃 노인은 어찌하여 이 즐거움을 방해하여
마치 정이나 흥도 없는 듯이 내 집으로 돌려보내나.

一區形勝畫難如　　　欲使夫人賞我餘
隣老奈何妨此樂　　　若無情興返吾廬

함창의 노래
咸昌吟

경오(1390)년 8월 13일, 함창에 이르니 압송관인 근시랑장 주인기가
돌아갔다 그 편에 두 시중에게 올리다.

庚午八月十三日 到咸昌 押送官近侍郎將朱仁起回程 附呈兩侍中

늙어가며 항상 나그네가 되니
운명이니 어찌 남의 탓이랴
이르는 곳마다 청산이 좋고
시 읊으매 백발이 새로워진다
조정에서는 비와 이슬 드리우나
향리 시골에는 풍진으로 막혔다
세상 맛은 도무지 다 사라졌어도
취해 재상의 자리에 토함 잊지 못하오.

老來常作客　　　　命也豈關人
到處青山好　　　　吟詩白髮新
廟堂垂雨露　　　　鄕里隔風塵
世味都消盡　　　　難忘醉吐茵346)

---

346) 醉吐茵: 醉吐相茵. 漢나라의 재상 丙吉의 마부가 술을 좋아해서 취하여 재상
　　 의 수레에다 토했다. 西曹지방 사람들이 그를 내쳐야 한다 하니, 병길이 "취
　　 해서 실수한 것으로 선비를 버리면 이 사람을 어디에서 용납하게 하겠느냐.
　　 이 사람은 재상의 차에 깔린 자리〔茵〕를 더럽혔을 뿐이다" 하였다. 이 마부는
　　 서조 사람으로 이 지방의 일을 익히 알기 때문에 병길이 정책을 세울 때 많은
　　 도움을 주었다.

경산부의 동년방인 김판서 수에게 부치다
寄京山府金判書同年隨

지척의 땅은 함께 하는 천리이고
하늘 땅 사이 한 늙은 몸일세
서로 만날 날이 어느 날일까
앉아서 같은 참방 사람 세본다.

咫尺同千里	乾坤一老身
相逢是何日	坐數榜中人

희롱삼아 쓰다
戲題

시골 사람들 귀양온 신선 늙은이 웃어대니
마을 노래 들 피리 소리에 진탕으로 취하다
비록 풀려날 수 있어도 어디에 쓸 바 있나
이빨은 빠져 다하고 안력은 희미 몽롱한 걸.

鄕人爭笑謫仙翁	泥醉村歌野笛中
縱使得還何所用	齒牙落盡眼朦朧

송헌에게 부침
寄松軒

가을 들 언덕에 들어 좋은 경치도 이동하니
만물 경관 쾌청해 좋지만 비도 이어 기이하네
태평한 국가 조정엔 높은 모임 많을 터인데
매양 연꽃 구경 가는 이 또 누구일 것인가.

秋入郊原淑景移　　　物華晴好雨仍奇
大平廊廟多高會　　　每趣看蓮又是誰

세 번째 함창에 오니 흥도 다시 새로워
여전히 물고기 새들은 또한 서로 가까워라
한산 땅에는 나의 선조 무덤이 있으니
중추 추석에는 두 어버이께 절하고 싶소.

三到咸昌興更新　　　依然魚鳥亦相親
韓山有我先墳在　　　欲及中秋拜兩親

삼봉에게 부침
寄三峯

선비 되어 일찍이 천명을 알았고
부처를 배워 또 육신을 잊었네
머리 돌리니 도무지 궁원 희미하나

삼봉의 세 봉은 사람을 송별하는 듯
세상 물욕은 가을 터럭처럼 작고
친구의 정은 죽 표면처럼 짙다
맡긴 가르침이 어긋난다 하여도
백 번 꺾인 물도 동으로 흐른다오.

爲儒早知命	學佛又忘身
回首都迷院	三峯似送人
世利秋毫小	交情粥面[347] 濃
任敎中齟齬	百折水流東[348]

칠석에 주인인 대선사가 음식을 차렸지만, 늙은이는
취해 누워 절구를 지었다가 다음날 올리다
七夕 主人大禪師設食 老夫酣臥 吟得小絶明日錄呈

하늘 위 아름다운 기약 견우와 직녀
인간 세상 높은 모임엔 승려와 유생
떠나고 만남 옛부터 어려운 일이니
잔 주고 받아 기쁨 즐거움 다하려 한다.

天上佳期牛女	人間高會釋儒
離合古來難事	獻酬要盡懽娛

---

347) 粥面: 진한 차나 술의 표면이 죽의 표면처럼 엷은 막이 지는 것.
348) 百折水流東: 중국의 지형은 어떤 강물이 어느 방향으로 흐르더라도 황해인 동
　　쪽으로 흐른다. 모든 사리는 끝내 정의로 간다는 비유.

솔솔 내리던 산 비 홀연 개고
살랑살랑 시내 바람 곧 서늘해
이미 몸에 시원히 이름 기쁜데
즐겁구나 여기에 술까지 왔으니.

山雨霏霏忽霽   溪風細細俄凉
已喜致身蕭爽   樂哉到此氷醬

바야흐로 십년의 노래 시 배웠지만
다섯 말이 찾아올 줄이야 기약했나
채소, 고기, 원래 진리 관계 아니니
장차 먼지 마음 깨끗이 씻어야지.

方學十年歌誦   何期五馬來尋
素肉本非關道   且須淨掃塵心

이 날 군수인 정공이 술을 가지고
내방하여 다음날 시로 감사하다
    是日監郡鄭公 携酒來訪 明日以詩謝之

목은 선생은 귀양온 신하이고
귀족의 총재님은 정무에 백성 걱정인데
먼 마을에서 술을 가지고 와서 위로하니
응당 장원했던 사람들의 모임을 생각함이지.

牧隱先生是逐臣　　　華宗冢宰政憂民
遠村携酒來相勞　　　應念龍頭會[349]裏人

오래 앉아서
久坐

오래 앉아서 허리 다리 시고
나가려 해도 말 발굽이 병나
도보 걷기는 진흙길 두렵고
마부는 청해올 길이 없구나
가고 머뭄 오직 골임을 아니
끝내 사방의 병풍에 만족하다
서늘함 점점 사람을 즐겁게 하여
몸 건강하면 청하는 대로 따르자
언덕을 지나고 골짜기를 찾아
의지에 따라 먼지 경계 벗어나다.

久坐腰脚酸　　　欲出馬蹄病
徒步畏泥塗　　　輿夫無從倩
進退諒惟谷　　　終甘四夷屛
新凉漸可人　　　身健隨所請
經丘與尋壑　　　縱意出塵境

---

349) 龍頭會: 龍頭는 壯元의 별칭이니, 용두회는 장원인들의 모임.

매미 듣고 두 수
聞蟬 二首

해마다 여름 가을이 맞물릴 때
더위 극심하다 약간의 서늘함 돈다
평안한 수양을 터득하지 못해
마침내 비위까지 상하게 하다
기운 화평하려면 오히려 정중해야
더구나 피곤하여 엎어질 지경이랴
매일 아침 이질 설사 심하여
이미 무너지는 담 같음 알겠다
매미 소리 홀연히 마음에 드니
다시는 저 창천을 부르지 않다.

年年夏秋交	暑極生微凉
頤養未得法	遂致脾胃傷
氣平尙鄭仲	況乃困欲僵
連朝泄痢甚	已覺如頹墻
蟬聲忽適意	不復呼彼蒼

가을을 슬퍼함은 남아의 일이니
갑자기 늙은이가 되기 때문이다
하느님은 다시 무슨 생각으로
나를 매미 소리 속에 앉히나
군문은 하늘이라 계단이 없어

어떻게 나는 기러기를 탈 수 있나
귀를 막고 듣지 않으려 하니
다시 쇠약한 몸 속임을 깨닫다
만물이란 각기 때를 얻는 것이니
나도 장차 부지런히 술에 취하리.

悲秋男兒事	倏忽成老翁
天公復何意	坐我蟬聲中
君門天無階	何由駕飛鴻
掩耳欲不聽	更覺欺衰躬
萬物各得時	我且勤醉醲

큰 비의 탄식 노래
大雨歎

밤 중에 꿈을 깨니 비바람이 일어
이리 저리 굴러 잠 못들고 또 엎치락 뒤치락
솔 소리 물 소리인가 이것이 무슨 소리인가
홀연히 빈 계단에 빗방울 떨어짐 듣다
올해 이 지방에 자못 일찍 가뭄이 들어
비가 오기 내가 처음 오던 날 저녁이었다
폭포 흐름 밭을 씹어 낮은 곳은 잠겼으니
좋은 곡식 손상됨이 참으로 가석하구나
날씨 갠 지 10여일에 새로움 맛보니

농가들 힘을 허비하지 않았다 기뻐하여
나도 막 구걸하기 쉽다고 다행히 여겨
들 중과 함께 놀고 먹으려 하였더니
이 어찌 오늘 또 처음 비와 같으니
갑자기 온갖 감회가 가슴에 쌓인다
늙은 아내 어린 자식 모두가 전답이 없어
가난한 집에 어찌 쌓아둔 것 있은 적 있나
나같이 영세한 백성 응당 다시 많은데
오호라 오호라, 하늘은 어둡고 검구나 어둡고 검구나
새로 갤 시각은 어느 시각인가
눈물 져도 소리 삼켜 울부짖을 수도 없구나.

夜半夢回風雨作	展轉不眠多反側
松聲水聲是何聲	忽聽空階有點滴
今年此邦頗早旱	有雨是我初交夕
暴流囓田卑者沒	嘉禾損傷眞可惜
天晴旬餘得嘗新	農家喜不虛費力
我方自幸易勾求	欲與野僧共游食
乃何今日又如初	俄然百感堆胸臆
老妻愚子皆無田	家貧何曾有畜積
細民如我應更多	嗚呼嗚呼天昏黑天昏黑
放新晴在幾刻	淚落吞聲哭不得

기쁨의 기록
志喜

홀연 시원한 서신 얻으니 태평을 알리네
동문으로 납시어서 충성을 감상하신다네
삼한 땅 이런 일이 종래에 없었으니
크게 써 그 빛 만고에 드리우자.

忽得涼書報太平　　　東門駕幸賞忠誠
三韓此事從來少　　　大筆光垂萬古名

답답함 달램, 김상장이 술을 가져와
밤과 청태콩으로 대접함
遣悶　金上將携酒來　栗及靑豆侑之

들렘 고요함을 보아오니 길이 다른 것 아닌데
어째서 창을 잡아 유생을 쫓으려 하는가
늦은 햇살에 깊이 살아 사람 피하려는 곳이고
높은 소리 크게 외쳐 부처 이루려는 계획이네
한가로이 동자 시켜 고을 부서에 들게 하고
고요히 족친을 사랑해 술병을 가져오다
집을 물가에 짓는 것이 본래의 참 소원이나
어찌 꼭 호탕하게 오호로 돌아가야 하나.

看來喧寂不殊塗　　　　胡乃操戈欲逐儒
晚景深居避人處　　　　高聲大叫成佛圖
閑敎童子入州府　　　　靜愛族親携酒壺
築室臨流眞素願　　　　何須浩蕩歸五湖350)

양산 대선사가 송지버섯을 보내와 감사함
謝陽山大禪師送松芝

한 번 절에서 자니 옛날 지기 같더니
떠나온 다음날 송지버섯 보내오다
담담한 중에 맛이 있어 그대 인품 같아
비 맞으며 푸른 짚신으로 다시 대사 찾다.

一宿菩提似舊知　　　　別來明日送松芝
淡中有味同風調　　　　踏雨靑鞋更訪師

금주의 노래
衿州吟

홍무 임신(1392)년 4월 14일, 사순랑이 교지를 전하되, 두 아들이
언론의 일이 사실을 상실한 죄에 참여되어 지금 모두 폄직되었다 하니,

---

350) 五湖: 春秋시대 越의 范蠡가 越王을 도와 吳나라를 멸망시키고, 은퇴하여 작
　　은 배를 타고 오호에 노닐다.

경의 마음이 어찌 강가에 평안히 살 수 있습니까. 신 이색은 춤추며 은
총에 감사하여 곧 나와 보현원에 이르러 비로 잠시 머뭅니다.

　洪武壬申夏四月十四日　上使司楯郎[351]傳旨　二子與於言事失實之
罪　今皆例貶矣　卿心豈得安可居江外　臣穡蹈舞謝恩　卽出至普賢院
有雨小留

나라 임금 연민한 마음 드리우고
집 사람들은 이별에 익숙합니다
창황망조하여 송별할 사람도 없고
적막 쓸쓸하게 손자만 따릅니다
밝은 달은 응양의 칼을 비추고
푸른 이끼는 마비를 잠식합니다
비가 와서 잠시 쉴 수 있으니
하늘도 위로하려 더디더디합니다.

國主垂憐愍	家人慣別離
蒼黃無客送	寂寞有孫隨
明月輝鷹劍	靑苔蝕馬碑
雨來成小歇	天亦慰遲遲

---

351) 司楯郎: 고려 말에 궁궐의 호위와 근시를 맡았던 관원.

15일, 행주의 유영공의 들 집에서 자다
十五日 宿幸州柳令公野庄

일찍이 산두사를 말한 적 있는데
멀리 바다 끝 하늘에 닿았네
그대가 더위 피해 오라 권했고
손 꼽아보니 이미 해가 지났네
아름다운 술에 정신 화창해지고
좋은 음식은 입과 배에 맞는다
계집 종 부지런히 접대하니
다시 주인의 착하심 깨닫다.

曾說山頭寺	遙臨海角天
勸子來避暑	屈指已經年
美酒精神暢	嘉飧口腹便
女奴勤接待	更覺主人賢

16일, 공암진을 건너다
十六日渡孔岩

온갖 소나무 아래 이씨의 마을에는
건너려도 사람 없어 문을 두드리다
공암을 거의 건너도 마음 아직 두려워
조각배 바람은 급하고 물결 꽃이 번득여.

萬松崗下李家村　　　　欲渡無人枉叩門
過了孔岩心尙悸　　　　小舟風急浪花翻

이날 광주촌에 이르니, 이는 우리 노복들이
사는 곳이라 며칠을 묵으며 단가를 짓다
是日至廣州村 是吾蒼頭赤脚[352]居止處也 留數日 作短歌

금주의 북쪽이고 과천의 서쪽
그 중간에 광릉 마을 한 구간이 있다
얕은 산 둘러 모아 짧은 병풍 이루고
띳집 두어 점이 그림과 같구나
마을 사람 사는 법 심히 삭막하여
내 말하려 해도 주석 달기 어려워
벽은 비어 작은 양식 있은 적 있나
장자의 물고기 수레 자욱에 있음과 같다
서쪽 언덕의 긴 수염은 군자의 거처이라
늙음을 봉양하려 이따금 쌓아둔 것 밀어주다
한산의 쫓기는 신하 처음 말에 내려서
곧 마음 씀 있으나 저들을 무엇으로 근면시키나
천리의 한 선비가 어깨 나란히 서 있어도
서로 따르기는 은근하나 서로 만나면 성글어

---

352) 蒼頭赤脚: 종 奴婢. 韓愈의 시에 종놈 하나 긴 수염에 알 머리(蒼頭)이고 계
　　집종 하나 뻘건 다리에 늙어 이가 없구나(一奴長鬚不裹頭 一婢赤脚老無齒) 한
　　데서 유래함.

내 짧은 노래 지어 이런 정을 풀어 보나
하늘 높고 땅은 낮아 오직 바람 소리 뿐.

衿州之北果州西	中有廣陵村一區
淺山環合成短屏	茅茨數點如畫圖
村人生理甚蕭索	我欲言之難注脚
壁空何曾有甔石353)	不異莊鱗居轍涸354)
西崖長鬐君子居	養老往往推所儲
韓山逐客初下馬	便荷用意何勤渠
千里一士比肩立	相須之殷相遇踈
我作短歌舒此情	天高地下唯風聲

자는 마을 집에 쓰다
題所寓村舍

위태한 길 순탄한 경지 둘 다 한가로워
조물주는 의연히 나의 어리석음 웃겠지
이미 나쁜 소리 처음 귀에 든 것 잊었고
자주 부끄러운 빛이 얼굴에 다시 뜨게 한다
서쪽 언덕에 희게 가로지른 금주의 길이고
비취빛 동쪽 문으로 떨어지는 관악의 산일세

---

353) 甔石: 극히 소량의 양식.
354) 鱗居轍涸: 涸轍鮒魚와 같음. 〈莊子, 外物〉에 수레바퀴가 지나간 자리에 고인
   물에 있는 붕어로, 고단한 삶을 비유한 말이 있다.

보리 언덕 벼 밭에 새로운 비가 풍족하니
이제부터는 먼지 세간 내닫기 원치 않소.

危途順境兩閑閑　　造物依然笑我頑
已忘惡聲初入耳　　肯敎慚色再浮顏
白橫西阪衿州路　　翠滴東門冠岳山
麥隴稻田新雨足　　從今不願走塵間

　박돈이 고기를 보내옴에 감사하고,
　겸해서 회포를 서술하다
　謝朴惇之饋魚　兼述所懷

새벽 오경 닭이 울고 비는 솔솔 내려
옛 병 새 시름이 다같이 요적하구나
홀연 나는 물고기에 전하는 소식 보니
친구의 정은 소중하게 무료함 위로하네.

五更鷄叫雨蕭蕭　　舊病新愁共寂寥
忽見飛魚傳尺素　　故人情重慰無聊

성은이 크고 너그러워 강 가에 누웠으니
오히려 이는 삼한의 부원군이건마는
한 허리의 무소 띠를 시렁에 걸고
사람을 멀리 곡봉의 구름이나 바라게 한다.

聖恩寬大臥江濱　　　猶是三韓府院君
犀帶[355]一腰懸架上　　　令人遙望鵠峯雲

현판서가 메기를 보내와 감사하며 소감을 쓰다　세 수
謝玄判書送鮎魚 因有所感　三首

옛날에는 봉황새가 금란전에 든 것 같았는데
지금은 메기가 대 장대를 오르는 것 같구나
사물 대하면 감회 일으키는 것은 군자의 일이나
거처 정함에 어느 곳도 평안함 구할 수 없구나.

昔如鳳鳥入金鑾　　　今似鮎魚緣竹竿[356]
對物興懷君子事　　　卜居無處可求安

오랜 병에 의사가 나에게 자세히 설명하되
비늘 없는 물고기는 약과는 서로 방해 된다네
그대 보낸 뜻 감사하여 어찌 저버릴 수 있나
수저 대다가 조금 맛보고 다시 꺼려하게 돼.

久病醫官語我詳　　　無鱗魚與藥相妨
感君來意何容負　　　下筋還教少忌嘗

---

355) 犀帶: 犀角帶. 무소 뿔로 장식한 띠. 귀한 고관의 상징.
356) 鮎魚竹竿: 속설에 메기가 대나무를 잘 오른다 하나, 메기는 미끄러운 점액이
　　많고 비늘이 없어 대에 오르기가 매우 힘들 것이다. 그래서 이 말은 오르기
　　어렵거나 이루기 어려운 상황에 비유되어 쓰인다.

동방의 풍속은 중화를 사모하여
순박한 이웃들을 쉽게 찾기를 원하나
누가 금주 땅의 현씨 봉익만 할 것인가
한 달에 하루도 빠짐 없이 성찬 보내시니.

東方風俗慕中華　　　淳朴比隣願易求
誰似衿州玄奉翊[357]　月無虛日送珍羞

어느 사실
卽事

밭 田자 창문이 입 口자 뜰에 다다르고
밥짓는 연기 아침 저녁으로 빈 대청 잠기다
문을 나서면 긴 휘파람 불 만도 하니
시선 가득한 관악산은 지나치게 푸르구나.

田字窓臨口字庭　　　炊烟朝暮鎖虛廳
出門可是舒長嘯　　　滿眼冠山分外靑

---

357) 奉翊: 奉翊大夫, 고려시대 종2품의 文官의 官階.

관악산 신방암의 주지 무급이 동행했다. 무급이 북방에
서 이 암자로 와 산다. 노스님 아무와 함께 음식을 가
지고 먹이다
冠嶽新房菴主 無及之同行也 由朔方迴居是菴 與老宿某某
携食來餉

재올리는 중에게 시주는 일상적이지만
산승이 속인 대접은 놀랄 만한 일이다
만두는 속이 쌓여 찌면 색깔 더하고
두부는 기름이 엉겨 지질수록 향기롭다
후한 녹으로 삶이 많음 우연의 값 아닌데
은혜 깊은 한 번의 밥에는 감당키 어려울 듯
이 말을 써서 천고에 전하려 하니
돌 벽이 하늘과 가즈런히 만 길도 더돼.

檀越齋僧是故常　　　山僧饗俗可驚惶
饅頭虛積蒸添色　　　豆腐脂凝煮更香
綠厚多生非偶値　　　恩深一飯恐難當
欲書此語傳千古　　　石壁天齊萬仞强

어느 사실의 세 수, 직설적 서술이니 헛된 말이 아니다
卽事三首 直述非虛語也

강 구름은 비를 끝내고 바람 쫓아 날고

물에 침놓은 새 싹은 푸르고 다시 살찌다
내 금년에도 경작할 수가 없으니
추수에는 좋은 곳으로 몸 빌려 가야하나.

江雲罷雨逐風飛　　　針水新苗綠更肥
我又今年耕不得　　　秋收好處乞身歸

기러기 진흙에 발자국 남기고 구름으로 날아들어
옛부터 고상한 사람은 요지에 숨어 살찐다
신선 용을 낚시로 얻을 방법을 하려 하여
장차 상산의 사호 선인 옷 떨치고 돌아오리.

鴻留泥爪358) 入雲飛　　　自古高人遁要肥
釣得神龍由有欲　　　且看四皓359)拂衣歸

뜰 안에 사람 드무니 제비새끼 날기 연습하고
언덕 못에 비 풍족하니 물이 처음 넉넉하구나
기수의 목욕 높은 홍이 유연히 태동하니
누구와 함께 바람 쐬고 읊고 오나 자탄하다.

---

358) 鴻留泥爪: 鴻爪留泥. 鴻爪雪泥. 진흙에 새 발자국을 남기면 쉽게 없어져 버린
　　다 하여 지난 사적이 쉽게 자취가 없음을 비유하는 말. 宋 蘇軾의 시에 "사람
　　살이 이르는 곳을 무엇과 같다 하겠는가. 날던 기러기 눈과 진흙 밟음과 비슷
　　할까. 눈위에는 우연히 발톱 자욱 남기고는 기러기 날면 어찌 동쪽 서쪽을 따
　　지겠는가(人生到處知何似　應似飛鴻踏雪泥　雪上偶然留爪印　鴻飛那復計東西)"
　　함이 있다
359) 四皓: 秦末 商山에 은거했던 네 노인 '商山四皓'를 말함. 東圓公 甬里先生 綺
　　里季 夏黃公인데, 漢高祖가 불러도 가지 않았다. 뒤에 고조가 태자를 폐하려
　　하자, 呂后가 張良의 계략을 이용하여 四皓를 맞이하여 太子輔를 삼아 태자의
　　羽翼을 만들어 태자 개립의 의사를 제거했다.

庭宇人稀燕習飛　　　陂塘雨足水初肥
浴沂360)高興悠然動　　　自歎與誰風詠歸

어제 안양의 도생승통이 술과 음식을 보내어 위로하고
오늘 아침엔 종이를 보내와 시로 감사하다
昨日安養道生僧統　扶携酒食來勞　今早送紙以詩謝之

어제는 좋은 술과 함께 와서
훈훈히 나에게 좋은 회포 열게 하고
저생이 또 산중에서 왔으니
응당 새로운 시를 취한 뒤 쓰라 함이네.

昨與靑州從事361)來　　　熏然令我好懷開
楮生362)又自山中至　　　應要新詩醉後裁

---

360) 浴沂: 曾點이 孔子의 물음에 대하여 기수에서 목욕하고 기우제터에서 바람 쏘
　　이고 시를 읊으며 돌아오겠다 한 고사에서 유래된 말로 유유자적한 의지를 말
　　한다. 「論語」〈先進〉에 "봄 옷이 이미 되었으면 어른 오륙인과 어린이 육칠인
　　과 함께 기수에서 목욕하고 무우에서 바람을 쐰 뒤 시를 읊조리며 돌아오겠습
　　니다(春服旣成　冠者五六人　童者六七人　浴乎沂　風乎舞雩　詠而歸)"라 함이 있
　　다.
361) 靑州從事: 좋은 술을 비유한 말. 南朝 宋의 劉義慶의 〈世說新語〉에 "환공이
　　主簿가 있는데, 술맛 구별을 잘하여 술이 있으면 꼭 먼저 맛보게 하였다. 좋
　　은 술은 '靑州從事'라 하고 나쁜 것은 '平原督郵'라 하였다. 청주에는 齊郡이
　　있고, 평원에는 鬲縣이 있다. 그러니까 청주종사는 '齊'이니 齊는 배꼽[臍]과
　　동일음으로, 술이 좋아 배꼽까지 간다는 뜻이고, 평원독우는 '鬲'이니 鬲은 가
　　슴[膈]과 동일음으로, 술이 가슴에 있어 나쁜 술이라는 뜻이었다.
362) 楮生: 종이를 의인화한 말. 닥나무[楮] 껍질로 종이를 만들기 때문에 하는
　　말.

새 정자
新亭

새로운 정자 비록 작아도 소요할 만해
늦 계절 풍류를 잠잠히 스스로 자랑하다
앞이나 뒤를 어찌 땅 이치 따른 적 있나
심상하게 다만 서울이나 바라보려 하는 것
높고 낮게 나열한 뫼는 병풍처럼 예스럽고
굽고 꺾인 긴 강은 피륙 천을 깔아놓은 듯
개어도 좋고 비엔 기이하여 보는 것으로 부족해
곧바로 오늘부터 이것으로 집을 삼으리라.

新亭雖少足婆娑363)　　　　晚節風流默自誇
背向何曾從地理　　　　尋常只欲望京華
高低列岫屛風古　　　　曲折長江匹練斜
晴好雨奇看不足　　　　直從今日此爲家

손님 가고 혼자 앉아 강상의 경치 즐겨 차마 가지 못하
는데 권홍주가 마침 와서 술 불러 약간 마시다
客去獨坐 樂江上之景 而不忍去 權洪州適至 呼酒小酌

그대 지방관 나갔다 들어 나 근심스럽게 하니

---

363) 婆娑: ①너울너울 춤추는 모양.　②옷자락이 너울거리는 모양.　③흩어져 어
지러운 모양.　④댓잎 같은 것이 바람에 부딪히는 소리.　⑤배회하는 모양 등
여러 뜻이 있음. 여기서는 ⑤의 뜻으로 풀이했음.

새 정자에서 긴 휘파람에 보리도 이미 가을
뜬 세상 공명이란 헤어진 신짝과 같은 것
온 집의 늙은 이 어린이 조각배에 기탁하다
내 자취는 지금 조롱 안의 새와 같으니
누가 옛날 마음으로 바다 위 갈매기와 같나
자네에게 다시 바른 관리의 열전에 참여케 하니
여항 시골의 작은 백성 근심하게 하지 마소.

聞君出牧使吾憂　　　長嘯新亭麥已秋
浮世功名同弊屣　　　全家老少寄扁舟
我今跡似籠中鳥　　　誰昔心同海上鷗
將子更參循吏傳　　　莫敎閭巷小民愁

다음 날 피곤히 누워 조용히 읊다
明日困臥微吟

호화 선박 노래 소리에 뭇 현인 모여
백두로 병 많은 이도 역시 흐뭇하구나
돌아와 피곤해 누우니 다시 서글퍼져
열흘 이어 진탕 마시는 이 소년인가.

畫舫絃歌集衆賢　　　白頭多病亦欣然
歸來困臥飜惆悵　　　痛飮連旬是少年

14일, 군수가 내방하여 감사함
十四日 謝郡守來訪

늙어가는 정황이란 모두가 아득하여
먼 물 높은 산에 홀로 누대 의지하다
풍류롭고 현명한 수령님 없었다면
한 잔으로 어떻게 일천 수심 날릴까.

老來情況儘悠悠　　水遠山長獨倚樓
不有風流賢刺史　　一杯安得散千愁

환암에게 올림
寄呈幻菴

배 안에다 새로 지은 작은 띳집에서
앉아 구름 산 대하니 사면이 푸르구나
혹 환옹이 석장 날려 지나가게 된다면
백년을 깊이 취한 것이 일시에 깨겠네.

舟中新作小茅亭　　坐對雲山四面靑
倘得幻翁飛錫過　　百年沈醉一時醒

7월 보름에 사실의 기록
孟秋望日 記事有感

우란분의 의식이 서천에서 출현했는데
우리나라에선 거꾸로 달린 것을 푼다고 번역되다
온 나라가 내달림은 오직 후일을 걱정함인데
우리의 놀이 전락이 오히려 여전함 부끄럽다
두 병의 꽃 술은 참으로 얼마 없는데
한 줄기 향 연기는 대천세계 두루한다
다행히 조당의 새로운 쌀을 얻을 수 있다면
대낮에도 관세음보살께 절하고 올릴 수 있겠지.

孟蘭盆[364] 法出西天　　震旦翻爲解倒懸
擧國奔馳唯恐後　　愧吾流落尙如前
兩瓶花蘂眞無幾　　一穟香烟徧大千
幸得祖堂新粳米[365]　日中拜獻白衣仙[366]

---

364) 孟蘭盆: 죽은 사람이 사후에 거꾸로 매달려 고통받는 것을 구하기(解倒懸) 위
　　해 제사의식을 만들어 삼보에게 공양하는 것. 目蓮이 아귀도에 떨어진 어머니
　　의 괴로움을 구하기 위해 행한 것이 기원이라 한다. 7월 보름에 행해진다.
365) 粳米: 부처님과 감응을 하기 위해서는 이받이하는 공물〔加持物〕이 서로 應涉
　　해야 한다. 복덕의 增進을 바라는 增益法에는 멥쌀〔粳米〕를 쓴다 함.
366) 白衣仙: 觀世音菩薩

■ 역주자

이종찬(李鍾燦)

1933년 충남 서산 출생
동국대학교 국어국문학과 졸업
동대학원 석사과정 수료(문학석사)
한양대학교 박사과정 수료(문학박사)
동국대학교 국어국문학과 교수
현재 동국대학교 국어국문학과 명예교수

韓國漢詩大觀 11

李穡 3

인　쇄	2001년　2월　20일	
발　행	2001년　3월　1일	

역주자　이종찬
발행처　박영희
발행인　**이회문화사**
　　　　서울시 동대문구 답십리동 488-338 원영빌딩 302호
　　　　전화 : 02-2244-7912~3　팩스 : 02-2244-7914
　　　　E-mail : ih7912@chollian.net
등　록　제1-1342(1992.5.2)
ISBN　89-8107-311-2　　94800
　　　　89-8107-300-7　　94800(세트)
　　　　　　　　　　　　　　　Printed in Korea